KALT FLIESST DIE *MOSEL*

Petra Reategui, geboren in Karlsruhe, war nach dem Dolmet-
scher- und Soziologiestudium Redakteurin bei der Deutschen
Welle. Heute lebt und arbeitet sie als freie Autorin in Köln. Sie
schreibt überwiegend zu historischen Themen.
www.petra-reategui.de

PETRA REATEGUI

KALT
FLIESST
DIE
MOSEL

HISTORISCHER
KRIMINALROMAN

emons:

Bibliografische Information der Deutschen Nationalbibliothek
Die Deutsche Nationalbibliothek verzeichnet diese Publikation
in der Deutschen Nationalbibliografie; detaillierte bibliografische
Daten sind im Internet über http://dnb.d-nb.de abrufbar.

© Emons Verlag GmbH
Alle Rechte vorbehalten
Umschlaggestaltung: Nina Schäfer unter Verwendung der
Bildmotive shutterstock.com/Andi111, shutterstock.com/ischte,
shutterstock.com/Werner Baumgarten
Gestaltung Innenteil: DÜDE Satz und Grafik, Odenthal
Lektorat: Dr. Marion Heister
Druck und Bindung: GGP Media GmbH, Pößneck
Printed in Germany 2023
ISBN 978-3-7408-1754-1
Historischer Kriminalroman
Originalausgabe

Unser Newsletter informiert Sie
regelmäßig über Neues von emons:
Kostenlos bestellen unter
www.emons-verlag.de

Der Weltkrieg begann,
und wir sahen Gott und Sterne sterben im Abendland.

Aus den Aufzeichnungen von Willy Peter Reese,
in: Mir selber seltsam fremd. Die Unmenschlichkeit des Krieges.
Russland 1941–44, hrsg. von Stefan Schmitz, München 2003

1

DIE FRAU

Sonntag, den 19. August 1945

Der Himmel war von sattdunklem Blau. Von einem so gleichmäßigen satten Blau, dass es fast unnatürlich wirkte. Es war noch früh am Vormittag, doch über Feldern und Weinbergen lastete bereits hochsommerliche Hitze.

Der steile Aufstieg vom Tal zur Ruine der alten Wallfahrtskirche auf dem Bleidenberg fiel ihr schwerer, als sie gedacht hatte. Der Schweiß rann ihr über Rücken und Arme. Die Bluse, die einzige, die sie besaß, klebte an der Haut. Immer wieder musste sie haltmachen und sich auf ein Terrassenmäuerchen oder eine der schmalen Treppen setzen, die zu den Rebstöcken führten.

Plötzlich ziepte und krampfte es in ihr. Sie erschrak, aber dann beruhigte sie sich. Es konnten noch keine Wehen sein. Bis zum errechneten Geburtstermin waren es ihrer Meinung nach noch ungefähr drei Wochen.

»Hab noch ein bisschen Geduld«, murmelte sie und streichelte ihren Leib.

Vielleicht war es leichtsinnig, dass sie sich mit ihrem Hummelchen im Bauch noch eine solche Bergwanderung zumutete. Bequemer wäre ein Spaziergang unten am Fluss gewesen. Aber sie hatte sich nun mal die Wallfahrtskirche in den Kopf gesetzt, von der Schwester Hildegard immer erzählte. »Die Ruhe dort oben, die weite Sicht. Da musst du mal hin.«

Und Ruhe war es, was sie im Augenblick brauchte. Den Fluss entlang gab es viel zu viele Leute, vor allem an einem Sonntag wie heute, und sie wollte allein sein, allein mit sich und dem Hummelchen in ihr. Wollte niemanden sehen, mit niemandem reden, wenigstens für einen Tag. Es war eine Flucht, eine Reaktion auf die unerwartete Begegnung vom Tag zuvor. Noch immer steckte ihr der Schreck in den Gliedern.

Am Anfang hatte sie die Kirche auf dem Berg nicht interessiert. Eine Ruine, die seit Menschengedenken in der Landschaft herumstand, na und! Sie hatte in den letzten Jahren genügend Zerstörung gesehen, verwüstete Ortschaften, zerbombte Schulen und Krankenhäuser. Das reichte für ein ganzes Leben. Da musste sie sich nicht auch noch eine Kirchenruine antun. Aber als sie am Morgen Kloster Kühr verließ, war ihr eingefallen, was die Nonne gesagt hatte: »Wenn du Stille suchst, dort oben findest du sie. Eine unermessliche Stille.«

Wenigstens hatte Schwester Hildegard nicht auch noch den Heiligen Geist beschworen. Dann wäre sie nie im Leben hier hoch gegangen. Aber wahrscheinlich hatte die Nonne selbst schon längst den Glauben an einen Allmächtigen verloren, der seine Hand schützend über alles hielt. Gott, wenn es denn jemals einen gegeben hatte, lag stumm und bleich auf den Schlachtfeldern.

Sie schaute den Pfad zurück, auf dem sie gekommen war. Nimm dir Zeit, ermahnte sie sich, du musst keinen Wettlauf gewinnen. Der lang gezogene Ruf eines Milans schallte durchs Tal. Als hätte auch das kleine Wesen in ihr den Ruf gehört, boxte ein winziges Füßchen energisch gegen ihre Bauchwand. Befreit lachte sie auf. Sie mochte es, wenn das Kind sich auf diese Weise meldete. Als wolle es ihr »Guten Morgen« sagen und: »Hab keine Angst, ich mach mich auch ganz leicht.«

»Guten Morgen, kleine Hummel«, antwortete sie. »Du hast recht, wir beide schaffen das.« Und langsam stapfte sie weiter bergauf. Nach einem kurzen Stück durch ein lichtes Wäldchen lag die letzte Strecke des Wegs bis zur Wallfahrtskirche wieder in der prallen Sonne. Als sie das Plateau erreichte, war sie erschöpft, aber auch stolz. Als hätte sie den Himalaja bestiegen. »Guck, Hummele, da sind wir.«

Sie sah sich um. Weit und breit kein Mensch. Aber Vogelgezwitscher, Bienensummen, das sanfte Lied des Winds und ein grenzenloser Himmel. Drunten auf dem Fluss glitt, wie von Geisterhand geschoben, ein Nachen übers Wasser, eine

Fähre oder ein Fischer in seinem Kahn. Leise begann sie zu summen, »ich weiß nicht, was soll es bedeuten« … Ihre Worte verhallten, unten floss nicht der Rhein, sondern die Mosel. Es war wirklich schön hier oben. Gut, dass sie gekommen war. Hinter ihr lag der Hunsrück, drüben auf der anderen Seite des Tals das Maifeld. Dort am Horizont erwuchs aus bläulichem Morgendunst eine hügelige Bergkette. Davor dehnten sich Felder, unterbrochen von kleinen Wäldchen und Baumreihen. Sie vermutete Obstbäume, Äpfel, Birnen, Mirabellen, Walnüsse. In Sichtweite ein Dorf. Es lag so friedlich da. Noch kein halbes Jahr zuvor waren dort Panzer durchgerollt.

Das Hauptportal der Kirche war verriegelt, der Türbeschlag vom Rost zerfressen. Doch der Eingang an der Nordseite stand offen. Aber anders als erhofft, schlug ihr keine angenehme Kühle entgegen. Die Sonne, die das dachlose Innere des Gebäudes durchflutete, hatte den schmucklosen Raum aufgeheizt. Hinter einem der mächtigen Pfeiler entdeckte sie einen Stuhl. Sie säuberte ihn notdürftig und setzte sich. Wieder verspürte sie ein Ziehen im Unterleib. »Hummelchen«, sagte sie begütigend und streichelte in kreisrunden Bewegungen ihren Bauch, »nicht hier!« Und als hätte das Kind sie gehört, gab es Ruhe.

Sie entspannte sich.

Zwischen den Säulen flirrte die Luft. Lichtflecke huschten über den nackten Geröllboden. In den milchigen Schwaden tanzten Heerscharen von Mücken. Spatzen schossen kreuz und quer. Auf einem steinernen Altar in einer Nische gewahrte sie eine einsame Marienfigur, scheinbar vergessen von Gott und den Menschen. Wind und Wetter hatten der Skulptur zugesetzt. Das Holz war morsch. Vom Gesicht blätterte die Farbe ab. Die Haare bedeckten Schmutz und Vogelkot. Einzig der Mantel der Madonna erstrahlte in frischem Blau, in einem Blau, so leuchtend wie der Himmel über ihr und der Heiligen. Wer war in diesen Zeiten, in denen es nichts zu essen und zu beißen gab, nur auf die Idee gekommen, dem Gewand der Muttergottes einen neuen Farbanstrich zu verpassen?

Die kleine Pause hatte ihr gutgetan, die Müdigkeit war verflogen, und auch das gestern Erlebte bedrückte sie nicht mehr so sehr. Plötzlich war sie überzeugt, dass sich eine Lösung finden würde. Bestimmt. Wenn sie heute Abend ins Kloster zurückkäme, würde sie einen Brief schreiben.

»Weißt du was, Hummelchen? Wir gehen noch nicht zurück, sondern wandern noch ein Stück weiter.«

Sie stand auf und verließ das Gotteshaus. Von der Kirche gingen mehrere Wege ab. Sie nahm den breiteren, der anscheinend flach am Hang entlangführte. Grasbüschel säumten ihn. Hin und wieder blitzte rechter Hand die Mosel auf, doch meist verdeckten Gesträuch und Bäume die Aussicht. Irgendwo würde es einen Abzweig hinunter ins Tal geben.

Vor ihr zeichneten sich Reifenspuren im Sand ab. In einer jähen Kurve liefen sie auf die Böschung zu und verloren sich im Nichts. Die Pneus hatten tiefe Kerben in den von altem Laub bedeckten Rand der Piste gegraben. Drum herum aufgewühlte Erde, geknickte Sträucher, gesplitterte Äste.

Sie blieb stehen. Hier also war es passiert.

Vor acht Tagen war der französische Feldwebel Sergeant-Chef Roger Gentile mit seinem Auto in den Abgrund gerast und dabei ums Leben gekommen. Es gab allerdings einige, die glaubten, dass es ein Sabotageakt gewesen sei, denn die Franzosen waren unbeliebt.

Nur einen Monat zuvor, im Juli, hatten sie von den Amerikanern die Verwaltung der Zone übernommen, und allen im Land war klar gewesen, dass die neuen Herren die Verlierer nicht mit Samthandschuhen anpacken würden. Ganz im Gegenteil. Nichts war vergessen. Der Krieg von 1870/71 nicht und nicht das Gezerre um Elsass und Lothringen. Vor allem aber nicht der Einmarsch der Wehrmacht in Paris. Jetzt drehten die Franzosen den Spieß um. Die uralte deutsch-französische Feindschaft erlebte einen neuen Höhepunkt. Die Franzosen machten es sich in Schulen und Hotels bequem, die hohen Offiziere logierten in den schönsten Häusern entlang der Mosel.

Vieh, Wein und Weißzeug, Fleisch, Milch, Butter und Mehl, Maschinen, Fahrräder, Fotoapparate, alles, was die Besatzer selbst gebrauchen konnten, wurde konfisziert. Fast überall wehte auf den Marktplätzen die Trikolore und musste gegrüßt werden. Wehe, ein deutscher Mann unterließ es, seinen Hut oder die Mütze vom Kopf zu ziehen! Und von Schokolade, wie die Amerikaner sie gern verteilten, konnten die Kinder nur träumen.

Die Leute beschwerten sich.

Die Unsrigen haben in den eroberten Gebieten viel schlimmer gewütet, hätte sie ihnen am liebsten entgegengehalten. Sie wusste es, hatte sie es doch mit eigenen Augen gesehen, in Polen, in der Ukraine, in Russland. Aber sie sagte nie etwas. Obwohl der Krieg zu Ende war, wagte sie noch immer nicht, den Mund aufzumachen.

Es hätte ihr ja egal sein können, aber ihr war ein Stein vom Herzen gefallen, als sich herausstellte, dass der tödliche Sturz des französischen Feldwebels tatsächlich ein Unfall gewesen war. Die Scheune des Bauernhofs nahe der Wallfahrtskirche hatte gebrannt. Vielleicht war es auch der Stall gewesen. Auf jeden Fall drohte das Feuer auf den dahinterliegenden Wald überzugreifen, und um eine Katastrophe zu verhindern, war französisches Militär zum Brandherd gejagt. Eventuell hatte dieser Gentile sogar selbst am Steuer gesessen und auf der tückischen Strecke die Kontrolle über seinen Wagen verloren.

Sie machte drei, vier große Schritte über die Reifenabdrücke hinweg, als befürchtete sie, den Frieden des Sergeanten zu stören, wenn sie die Spuren des Unfallautos mit den Schuhen zertrat. Noch einmal schaute sie zurück, dann drehte sie sich um und schritt zügig voran. Hinter einer Wegbiegung kam ihr ein Spaziergänger entgegen.

2

ELLO

—————⟋⟍—————

Sonntag, den 19. August 1945

Sie hastete durch nicht enden wollende Kellergänge, Kisten versperrten den Weg, Säcke, Regale, alle vollgestopft mit Maschinengewehren, Schaufeln, Hacken. Und mit Brot. Ello wunderte sich über das viele Brot. Als sie in einen der Laibe hineinbeißen wollte, war er hart wie Stein. Sie warf ihn fort. Er explodierte in einem Feuerregen, Mauern stürzten ein, doch unbeirrt eilte sie weiter. Durch weiß gekachelte Flure mit schwarzen Läufern. Dann plötzlich waren da olivgrüne Tapeten und rote Teppiche. Türen standen auf, in den Räumen saßen Männer und Frauen an Tischen und aßen. Niemand beachtete sie. In den Wänden steckten rostige Nägel, an denen blutige Uniformmäntel hingen, dazwischen das Gemälde einer Gebirgslandschaft. Die Ölfarbe tropfte von der Leinwand, floss über den Goldrahmen und klatschte in hagelgroßen Tropfen auf den Betonfußboden. Und Ello rannte. Sie wusste, dass die Mutter auf sie wartete, der Vater, der Bruder, die Frau ohne Gesicht. Alle warteten auf sie. Am Ende einer langen Promenade umringte sie eine undurchdringliche Menschenmenge. Und in schriller Kakofonie zerbrach die Erde unter ihr. Ello schreckte im Bett hoch.

Eine Fliege surrte durch die Mansarde. Sie blinzelte, spürte unterm Bettlaken ihren schweißgebadeten Körper und jeden einzelnen ihrer Knochen, als sei sie tatsächlich die ganze Nacht hindurch gerannt. Es war immer der gleiche Traum. Dass die Mutter auf sie wartete, der Vater, der Bruder, die Frau ohne Gesicht und Namen. Doch sosehr sie sich auch anstrengte, nie erreichte sie die Familie, jedes Mal erwachte sie vorher.

Steh auf, befahl sie sich, du musst aufstehen. Aber sie rührte sich nicht. Die Alptraumbilder des Kriegs hatten sie fest im Griff, die Augen der Mutter, die die ihren suchten, während die Welt unterging, damals in Köln, in jener Juninacht 1943. Nur dass anders als in ihren Träumen im Keller keine Teppiche gelegen hatten und die Luft unerträglich stickig gewesen war, verbraucht vom Atem und den Ausdünstungen der Menschen, die hierher geflüchtet waren.

Dicht aneinandergedrängt hocken sie auf Bänken und Stühlen. Manche kauern auf dem kalten Fußboden. Ello gegenüber sitzt die Mutter und hat den Arm um die Schwiegertochter gelegt, die doch noch so jung ist und am ganzen Leib zittert. Neben Mutter und Schwägerin haben sich Schmitzens vom Parterre breitgemacht. Sie streiten sich, sie streiten sich ständig. Über Gott und die Welt und die dort oben in Berlin. »Der Führer weiß, was richtig ist, wir müssen das alles auf uns nehmen, fürs Vaterland«, grölt der Mann. »Watt bes do für 'ne Blötschkopp«, wettert seine Frau und sieht sich, Zustimmung heischend, um. Die Leute in ihrer unmittelbaren Umgebung ducken sich weg, der Luftschutzwart tut, als habe er nichts gehört. Frau Weiland, die als Zehnjährige schon den 70/71er und dann den Großen Krieg 1914 bis 1918 erlebt hat, presst ihr Sofakissen an sich. Ihre Lippen bewegen sich unablässig.

Da kracht es. Die Wände beben, die Stille, die folgt, ist unheimlich.

Ello sieht, wie der Vater nach der freien Hand der Mutter greift und die Eltern sich festhalten. Die Augen der Mutter suchen sie. Ello nickt, alles in Ordnung!, und streicht dem Nachbarsjungen, der auf ihren Schoß geklettert ist, die Haare aus der Stirn. Seine Mutter hat nur im Nebenraum noch Platz gefunden.

Schon geht das Getöse wieder los, heftiger als zuvor. Über ihnen zischt es, knallt, jault. Kinder schreien, Frau Weiland betet jetzt laut. »Fürs Vaterland!«, kreischt Frau Schmitz und schlägt mit der Handtasche auf ihren Mann ein. »Stirb doch für dein verdammtes Vaterland!« Mauern brechen, Gebälk knirscht, Ellos Hand blutet. Aber sie drückt das Kind fest an sich, wiegt es schützend in ihren Armen. Wieder suchen sie die Augen der Mutter. Ihre Blicke treffen sich, als ein erneuter Donnerschlag die Welt in Stücke reißt. Der Mutter entgleitet die Hand des Vaters, um Ello wird es schwarz.

Wie sie ins Freie gekommen ist, wer ihr die Wunde an der Hand verbunden hat – sie weiß es nicht. Das Erste, was sie sieht, als sie wieder zu sich kommt, ist der Dom, der trotzig in den Himmel ragt. Sie selbst findet sich mit angezogenen Knien auf der Erde kauernd, ihre Finger umklammern den Tragriemen des Rucksacks, der Wäsche und Ausweispapiere enthält, ihr Zeugnis und das Lehrbuch der Hebammenschule. Eine Rotkreuzschwester beugt sich zu ihr herunter und hält ihr einen Becher Wasser an die Lippen.

»Die anderen? Wo sind die anderen?«, will Ello wissen, und als die Frau nicht antwortet, wiederholt Ello ihre Frage: »Wo sind sie?«, und weigert sich zu trinken.

»Tot«, sagt die Frau. »Fast alle sind tot.«

»Und das Kind? Der Albert?«

»Das auch. Seien Sie dankbar. Der Junge hat Ihnen das Leben gerettet, ein Granatsplitter. Sonst wären Sie jetzt tot. Gehen Sie zur Sammelstelle! Dort wird man Ihnen helfen.« Und schon eilt die Frau zum nächsten Verwundeten.

Oh ja, sie tun ihr Bestes in der Sammelstelle. Bieten ihr einen Stuhl an, eine dünne Bouillon, ein Handtuch, Kernseife, damit sie sich Hände und Gesicht waschen kann, wenn sonst schon alles verloren ist. Ob sie Verwandte habe, Freunde, Bekannte, wo sie Zuflucht finden könne? Ello verneint, dann fällt ihr die Tante ein, Therese Scheidter. Eigentlich eine Tante ihrer Mutter. Sie kenne die Frau nicht. Sie wohne irgendwo an der Mosel. Wenn sie überhaupt noch lebt. Und ob die Frau sie aufnehmen wolle, wisse sie auch nicht.

Von »wollen« könne ja in diesen Zeiten keine Rede sein, sagen sie in der Sammelstelle und schicken sie zur Kleiderkammer, wo sie das Notwendigste erhält. Eine Bluse, einen Rock, etwas Geld. »Erkundigen Sie sich, ob irgendwann ein Zug fährt!«

In einer alten Montagehalle, in der Hunderte von Ausgebombten und Evakuierten untergebracht sind, wird ihr ein Schlafplatz zugewiesen.

»Ich kann doch nicht einfach die Eltern hier zurücklassen und fortfahren«, sagt Ello am Abend zu der Frau vom Bett neben ihr. Sie sollte doch ... Müsste sie nicht ...? Zumindest ein Grab ...?

»Vergessen Sie es«, sagt die andere. Ihre harte Stimme erschreckt Ello. »Seien Sie froh, dass Sie überlebt haben.«

Schon wieder soll sie froh sein. Dankbar und froh! Wofür?

Am Tag danach geht sie zu der Stelle, an der ihr Haus gestanden hat. Als sie die vielen Menschen sieht, die zwischen stinkenden, glimmenden und verkohlten Ruinen nach Resten ihres Hab und Guts wühlen, wird ihr übel. Was hofft sie denn zu finden? Aber sie überwindet sich.

Unter Schutt und Trümmern gräbt sie tatsächlich Vaters Sakko aus und gleich darauf Mutters Notköfferchen mit Dokumenten, einem Fotoalbum und den zwei in Seidenpapier eingeschlagenen silbernen Serviettenringen, die die Eltern zur Hochzeit geschenkt bekommen haben. »Elsa« steht eingraviert auf dem einen, »Peter« auf dem anderen. Am Abend schreibt sie dem Bruder an die Front. Jedes Wort wird ihr zur Qual.

Als Kurt zu den Soldaten ging, ist sie unermesslich stolz auf ihn gewesen. Ihr Bruder kämpfte für Führer, Volk und Vaterland. Doch nachdem aus der Wohnung über ihnen die Seeligs abgeholt worden waren und sich im Haus ein Schleier des Schweigens über das Geschehen gelegt hatte, wich ihr Stolz einer dumpfen Beklommenheit. Die zur Angst anwuchs, als der neue Bewohner, prahlerisch und lautstark, ein Foto herumzeigte, auf dem sein Sohn in schwarzer Uniform einem alten Mann mit Pelzmütze, vielleicht ein Kosake, vielleicht ein Tatar, eine Pistole an die Schläfe hielt. »Die gehören alle erschossen«, brüllte der neue Nachbar, »alle, durch die Bank durch! Gucken Sie sich nur diese tumben Bauerngesichter an. Sind das Menschen? Nein, Tiere sind das, wilde Tiere.«

Hoffentlich hat die Bombe ihn erwischt, denkt Ello, während sie, auf der Kante ihres Schlafplatzes sitzend, den Umschlag mit dem Brief an den Bruder zuklebt. Sie beißt sich auf die Lippen. Darf man so denken?

Tage vergehen. An einem Morgen ist die Frau mit der harten Stimme fort, ein junges Mädchen bekommt ihren Platz. Es weint. Ello hat nicht die Kraft, es zu trösten. Als sie hört, dass ein Zug nach Koblenz fahren soll, schenkt sie dem Mädchen das Sakko ihres Vaters zum Abschied. »Tausch es gegen einen Mantel!«

Irgendwie schafft sie es, sich in einen der überfüllten Waggons hineinzuquetschen, ohne in der Menge der Leute ihren Rucksack und Mutters Lederkoffer zu verlieren. Sie hat nicht geglaubt, dass sie jemals ankommen würde. Aber nach zwei Tagen erreicht sie die Mosel und Alken, wo die Großtante wohnt, und fragt sich zur Hintergasse durch.

»Endlich«, begrüßt sie die ältere Frau, die ihr die Haustür aufmacht. »Da bist du ja endlich. Ich bin Oma Tres'chen, die Schwester der Mutter deiner Mutter. Lass dich anschauen! Du siehst Elsa zum Verwechseln ähnlich. Komm rein, du hast sicher Hunger und Durst.«

3

ELLO

———⟨⟩———

Sonntag, den 19. August 1945

Ello hatte sich unter dem verschwitzten Laken zur Seite gedreht und die Beine bis zum Bauch hochgezogen wie ein Kind im Mutterleib. Noch immer sah sie vor ihrem inneren Auge die Alptraumbilder des Kriegs, sie verblassten nur allmählich. Durch die offene Dachluke drang das Schwatzen der Nachbarinnen aus den Häusern gegenüber zu ihr herauf. Eine Karre näherte sich, rumpelte vorüber und entfernte sich wieder. Unermüdlich surrte und summte die Fliege. Der selten gewordene Geruch von Bohnenkaffee stieg ihr in die Nase. Sie hörte Oma Tres'chen die Treppe heraufsteigen und an ihre Mansardentür klopfen.

»Bist du wach, Kind? Komm frühstücken, ich han Kaffee jekriecht. Echten.«

Ello war versucht, so zu tun, als schlafe sie noch und höre nichts. Doch Oma Tres'chen war nicht schuld an ihren Alpträumen, und außerdem hatte sie recht. Es war spät, sie durfte Kathrin Würths nicht warten lassen.

»Ich komme«, nuschelte Ello und zwang sich, die Augen zu öffnen. Stahlblauer Himmel blitzte durchs Fenster.

Stahlblau? Nein, kornblumenblau, meeresblau. Auch ultramarin, azur, indigo. Alles, nur nicht stahlblau wie Panzer, Geschütze, Helme. Ellos Füße bahnten sich einen Weg unter dem zerknüllten Betttuch hervor. Sie stand auf.

»Ich han jewart, bis die Kowelenzerin mit ihren Kindern zur Kirch jange is, dann han ich für uns zwei den goode Kaffee offjeschütt«, erklärte Oma Tres'chen, als Ello hinunter ins Wohnzimmer kam. Die Großtante wechselte wie selbstverständlich vom Hochdeutschen ins Platt und wieder zurück.

Ello hatte sich daran gewöhnt. Sie mochte es, wenn sich die Sprachen mischten, und nach zwei Jahren an der Mosel kam es nur noch selten vor, dass sie mal ein Wort nicht verstand. Dann fragte sie halt nach.

»Das alte Zimmer von meinem Sohn han ich ihr und ihren Kindern ja gern frei gemacht. Es ist ja schon schlimm, wenn man alles verliert und plötzlich ohne ein Dach über dem Kopf dasteht. Awa den goode Kaffee muss ich ihr ja net auch noch anbiete, nur weil sie ausgebombt wurde, meinst du net auch?«

Während die Großtante Ello einschenkte, kicherte sie wie ein junges Mädchen, das beschlossen hatte, die Stelle auf der Wange, wo es den ersten Kuss bekommen hatte, nie mehr zu waschen.

»Na, wie findest du ihn?«, fragte sie erwartungsvoll.

Ello nippte an ihrer Tasse. »Ja, doch« murmelte sie.

»Du hast wieder geträumt«, stellte Oma Tres'chen fest. Es war keine Frage, und Ello ging auch nicht darauf ein.

»Von woher ist er? Aus Belgien?«, lenkte sie ab.

»Ich waaß net. Wat ich net waaß, mischt mich net haaß«, befand Oma Tres'chen pragmatisch und schmunzelte. »Hauptsache, Kaffee aus echten Bohnen. Schließlich ist nur einmal in der Woche Sonntag.«

Eine Zeit lang waren nur die Essgeräusche der beiden Frauen zu hören und aus dem Haus nebenan das Gackern von Hennes Friedrichs Hühnern. Bis plötzlich von der alt-ehrwürdigen Standuhr an der rückwärtigen Zimmerwand ein schwerfälliges Ächzen ertönte, so als rüstete sich das alte Möbel zu einem Kampf gegen einen übermächtigen Gegner. Gleich darauf klirrte es im Gehäuse, und unter Bummern und Gerassel setzte das Schlagwerk ein. Als Ello das erste Mal hier in der Stube gestanden hatte, war ihr bei dem unerwarteten Scheppern und Dröhnen, von dem sie nicht gewusst hatte, woher es kam, das Blut aus dem Gesicht gewichen. Die Knie hatten ihr so sehr gezittert, dass sie sich hatte setzen müssen und Oma Tres'chen mit einem Hefebrand herbeigerannt kam. »Wirst sehen, der bringt dich wieder auf die Beine.« Die Uhr schlug zehn. Der letzte Schlag verklang mit überraschend sanftem Nachhall. Ello räumte Butterfässchen, Birekraut und das Geschirr in die Küche und machte sich mit ihrem Hebammenköfferchen, dem aus den Trümmern geretteten rotbraunen Lederkoffer der Mutter, auf den Weg zu Kathrin Würths.

»Wartet nicht auf mich mit dem Mittagessen«, sagte sie und drückte Oma Tres'chen einen Kuss ins graue Haar.

Es war Kathrins zweites Kind. Beim ersten, dem kleinen Walter, habe ihr noch Maria Escher, die vorige Hebamme aus Oberfell, beigestanden, hatte Kathrin sie bei ihrem Antrittsbesuch informiert. Die Geburt sei komplikationslos gewesen. Es gab auch jetzt keinen Grund zur Besorgnis. Ello untersuchte die Schwangere, fühlte den Puls, kontrollierte mit dem Hörrohr die Herztöne des Kindes, tastete den Bauch ab, maß den Leibumfang. Nach der Größe des Embryos und der Lage des Köpfchens im Becken zu urteilen, dürfte es in ungefähr sechs Wochen so weit sein.

Sie spürte, dass Kathrin reden wollte. Die meisten Frauen wollten reden. Über die Sorgen um den Mann, der nach dem Heimaturlaub wieder an die Front hatte müssen. Über kranke Familienangehörige, für die es keine Medikamente gab. Über grantelnde Schwiegermütter, herrschsüchtige Väter und heranwachsende Söhne, die plötzlich nachts nicht mehr nach Hause kamen. Und über die schweren Zeiten.

Doch Ello war selten nach Reden zumute und nach Alptraumnächten wie der letzten schon gar nicht. Manche Frauen in den Dörfern nahmen ihr das übel. Warum Ello denn jedes Mal gleich wieder davonlaufe? Ob das so üblich sei in Köln? Die Leute dort hätten wohl nie Zeit? Maria Escher sei immer noch auf ein Schwätzchen geblieben, auch schon mal auf einen Schnaps. Aber leider habe sie zu ihrer kranken Mutter in den

Hunsrück müssen, leider, leider, und es sehe nicht so aus, als ob sie wieder zurückkäme. Es gab Ello jedes Mal einen Stich. Der Krieg, dachte sie, dieser verfluchte Krieg. Früher war sie nicht so reserviert gewesen.

Die Nacht auf der Entbindungsstation des Kölner Krankenhauses, in dem sie damals gearbeitet hatte, fiel ihr ein. Ausgerechnet während eines Luftangriffs hatte es sich ein Kind in den Kopf gesetzt, den schützenden Bauch der Mutter zu verlassen. »Sie haben so wundervoll warme, beruhigende Hände«, hatte die Mutter zu ihr gesagt, als sie nach Stunden voller Angst und Strapazen endlich einen gesunden Jungen an sich drücken konnte. Sie hatten sich in den Armen gehalten, sie und die Frau, hatten gelacht und geweint, erleichtert, glücklich und zutiefst dankbar, dass die Flieger das Krankenhaus verschont hatten.

Doch seit dem Junibombardement, als Albert in ihren Armen und vor ihren Augen die Mutter, der Vater, die Schwägerin starben, war nichts mehr wie vorher. Ihre Hände waren nicht mehr warm und beruhigend, sondern kalt. So kalt, dass Ello befürchtete, das Ungeborene zu erschrecken, wenn sie die Mutter untersuchte. Sie musste sich jedes Mal ermahnen, vorher ihre Handflächen aneinanderzureiben.

Kathrin holte sie in die Gegenwart zurück. »Alles in Ordnung mit dir? Du bist blass.«

»Ja, ja, alles in Ordnung.«

Ello verabschiedete sich schnell. Wenigstens Kathrin Würths schien nicht beleidigt zu sein, dass sie schon wieder aufbrach. Eigentlich eine sympathische Frau. Sie dürften gleichaltrig sein.

Ello verließ den Winzerhof der Familie und ging hinunter zur Mosel. Dort, wo die große Trauerweide stand, setzte sie sich hin. Sie kam gern an diesen Platz. Er gab ihr Ruhe, wenn sie sich verloren fühlte.

Aber heute fand sie keine Ruhe. Kalt gleißend lag der Fluss im Mittagslicht. Die Zacken der Wellen schimmerten bläulich weiß, erstarrte Eiskristalle. Ein Milan drehte seine einsamen

Kreise, verlor sich über dem Bleidenberg. Flussaufwärts saß ein Angler auf einem umgedrehten Eimer, unbeweglich. Und Ello fror.

»Hören Sie auf zu denken!«, hatte die Frau mit der harten Stimme in der Notschlafstelle zu ihr gesagt. »Davon wird niemand mehr lebendig. Et es, wie et es.«

Nicht mehr denken, einfach nicht mehr denken. Es hörte sich so leicht an. Nur wie machte man das? Sie dachte ununterbrochen. An die Eltern, die versucht hatten, einander zu halten. An Albert, dem sie ihr Leben verdankte. An den Bruder, der ihren Brief vermutlich nie bekommen hatte, dafür aber ein Heldengrab nahe Dniprowokamjanka. So hatte man es sie in einem förmlichen Schreiben wissen lassen.

Ein Heldengrab! Nahe Dniprowokamjanka. Wo lag das?

Was musste man geleistet haben, damit einem die Ehre eines Heldengrabs zuteilwurde? Greise in Pelzmützen abknallen?

Ello fühlte Leere in sich. Als gäbe es sie selbst nicht mehr. Es wäre besser, sie wäre tot. Gestorben in der Kölner Bombennacht wie die anderen.

Sie rieb ihre Hände aneinander, dann tauchte sie die rechte ins Wasser, zerwirbelte einen Schwarm winziger Fische, sodass die Tierchen auseinanderstoben. Als sie sie wieder herauszog, rannen ihr die Tropfen wie Perlen kühl zwischen den Fingern hindurch und fielen schmatzend zurück in die Wellen. Ein Ästchen schwamm vorüber, wurde von einem Strudel erfasst, kreiselte unschlüssig, als überlege es, wohin es wolle, und driftete dann gemächlich weiter. Am Ufer gegenüber planschten Kinder im flachen Wasser, ihr Johlen und Jauchzen schallte über den Fluss. Irgendwo dort drüben hatte sich einmal ein Mann von einer Lay hinabgestürzt. Sie erinnerte sich nicht mehr, wer ihr das erzählt hatte.

»Ello!«, hörte sie plötzlich jemanden rufen. »Ello!« Aber erst beim dritten Mal drehte sie sich in die Richtung, aus der die Stimme kam.

Margit, die Älteste der vier Kinder der Koblenzerin, kam

wild winkend die Uferstraße herbeigerannt. Die Haare flogen ihr ums Gesicht, das Band, das den Schopf zusammenhalten sollte, hatte sich gelöst und hing herunter.

Das Mädchen zeigte zur Burg Thurant, wo schwarzverrußt die Ruine des Herrenhauses hervorstach, das die Amerikaner fünf Monate zuvor bei der Besetzung des Orts in Brand geschossen hatten.

»Du musst sofort kommen«, keuchte Margit, als sie schwer atmend vor ihr stand. »Dort oben ist eine Frau abgestürzt, und dabei hat sie ein Kind gekriegt.«

4

ELLO

Als Ello mit Margit nach Hause kam, lag die Frau auf dem Sofa im Wohnzimmer. In ihren Armen schlief das Neugeborene, das von Oma Tres'chen und Anna Belchers, der Bäuerin, die die Verunglückte im Steilabhang am Bleidenberg gefunden hatte, bereits gewaschen und versorgt worden war.
»Es ist ein Mädchen«, verkündete Oma Tres'chen.
»Mein Hummele«, flüsterte die junge Frau. Sie strahlte, obwohl sie sichtlich erschöpft war. »Es tut nur so weh, wenn ich atme.« Sie deutete auf die rechte Seite ihres Brustkorbs.
Ello knöpfte die zerrissene Bluse auf. Die Haut darunter war böse aufgeschürft und blutunterlaufen. Vorsichtig untersuchte Ello die Stelle, ertastete gebrochene Rippen. Beim Sturz musste die Frau sich an etwas Spitzem verletzt haben. An einem Baumstumpf oder einer Felskante, oder sie war auf scharfkantige Schrottteile gefallen. Die lagen seit den Kämpfen überall in der Gegend herum. Eigentlich gehörte die Frau in ein Krankenhaus. Nur dass Ello nicht wusste, wie sie sie ohne Auto auf die Schnelle nach Koblenz bekäme. Jemand müsste zum Arzt nach Brodenbach laufen oder zur französischen Kommandantur dort und fragen, ob sie helfen könnten. Aber bis ins Nachbardorf waren es drei Kilometer. Es würde unendlich lang dauern.
Hostmann hatte neulich seine kranke Frau die zwanzig Kilometer bis zum Koblenzer Krankenhaus vor sich auf der Stange seines Fahrrads balanciert. Die Arme hatte die Quälerei sogar überlebt. Aber an einen solchen Transport war bei einer Rippenverletzung nicht zu denken, ganz abgesehen davon, dass die Fahrräder in Alken von den Besatzern beschlagnahmt worden waren. Auch Hostmanns hinterher. Ello wusste sich

keinen anderen Rat, als Margit zum Lehrer zu schicken, damit dieser nach Brodenbach ginge. Danach solle das Mädchen durchs Dorf gehen und schauen, ob irgendjemand einen Plattwagen besäße, am besten einen mit Gummirädern. Aber das Kind kam unverrichteter Dinge zurück. Beim Lehrer sei keiner zu Hause gewesen, und sie habe niemanden mit einer Karre gefunden.

Ello hatte unterdessen die vielen Blessuren der Verunglückten mit Hennes Friedrichs selbst gebranntem Hefeschnaps gesäubert und desinfiziert, eine Tortur, die die junge Frau tapfer über sich hatte ergehen lassen. So gut sie konnte, verband Ello jetzt die Wunden mit den Stoffstreifen, die Oma Tres'chen aus einem Bettlaken gerupft hatte. Danach schien es der jungen Frau besser zu gehen. Sie atmete ruhiger, wisperte ein »Danke schön« und streichelte das Neugeborene.

Ein paar Minuten wartete Ello noch, dann ging sie aus dem Zimmer, um sich in der Küche schnell ein Glas Wasser zu holen.

Sie war noch in der Diele, als sie durch die offene Stubentür hinter sich plötzlich einen tiefen Seufzer hörte. Ello lief zurück. Der Kopf der Frau war zur Seite gesunken. Die Unbekannte hatte zu atmen aufgehört. Ello wollte es nicht wahrhaben.

Die Standuhr schlug acht, als sie der jungen Frau die Augen schloss und ihr ein zusammengefaltetes Handtuch unters Kinn schob. Für den Bruchteil einer Sekunde durchzuckte Ello der Gedanke, dass man beten müsste. Aber sie strich der Verstorbenen nur über die Wangen, über die Haare, löste behutsam den Säugling aus ihren Armen und bettete ihn in den mit Tüchern ausgepolsterten Waschkorb. Dann legte sie die Hände der Toten übereinander. Oma Tres'chen schluchzte.

»Den Krieg überlebt und dann so etwas …« Die Koblenzerin, die im Türrahmen stand und sich nicht in die Stube hineinwagte, schüttelte ungläubig den Kopf. Margit hatte sich an sie geschmiegt. Vom Efeugestrüpp über dem Hofeingang des Hauses gegenüber schrillte das abendliche Gezeter der Spatzen.

Was eigentlich passiert sei, wollte Ello Anna Belchers fragen, aber sie brachte kein Wort heraus. Ihr Mund war trocken, ihr wurde schwindlig. Sie musste sich setzen.

»Margit ...«, rief Oma Tres'chen, »geh und hol Ello ein Glas Wasser aus der Küche!«

Anna Belchers war dabei, die schmale Gestalt mit einem Laken zuzudecken, das Gesicht ließ sie frei. Als sie fertig war, murmelte sie ein Vaterunser und begann danach das »Gegrüßet seist du, Maria, voll der Gnade ...«. Oma Tres'chen und die Koblenzerin fielen mit ein:

»... und gebenedeit ist die Frucht deines Leibes ...«

Wieder und wieder sprach Anna Belchers die alten Worte. War sie am Ende angekommen, begann sie von Neuem.

»Gegrüßet seist du, Maria ...«

Der rhythmische Singsang beruhigte Ello, und nachdem Margit ihr das Wasser gebracht und sie davon getrunken hatte, ging es ihr besser. Anna Belchers hatte das Mädchen, das scheu ans Sofa getreten war, bei der Hand genommen.

»Ja, guck du nur und bet mit uns für die arme Seele«, sagte sie, und gemeinsam beendeten sie die Fürbitte: »... und in der Stunde unseres Todes. Amen.«

Von der Tür kam die Stimme der Koblenzerin: »Meine Großmutter vom Westerwald wär jetzt die sieben Fußfälle gegangen.«

Anna Belchers drehte sich zu ihr um. »In der Eifel, wo ich groß geworden bin, da haben das die Kinder gemacht. Das Gebet der Kinder dringt durch die Wolken, hat der Pastor immer gesagt.« In Erinnerung an alte Zeiten begannen ihre Augen zu leuchten. Sie setzte sich zu Ello an den Tisch und nahm Margit auf ihren Schoß.

»Bei uns im Dorf«, erklärte sie dem Mädchen, »gab es nur vier Kreuze, für die letzten drei mussten wir über die Felder bis ins Nachbardorf laufen.« Unvermittelt begann sie zu giggeln. »Wir Mädchen haben gern für die Sterbenden und Toten gebetet, die Jungen nicht. Die sind nur mitgegangen, weil sie wussten, dass es hinterher Bonbons gab.«

Sie blickte durchs Fenster hinaus in den noch hellen Abendhimmel. Dann seufzte sie herzerweichend und schaute Oma Tres'chen bedeutungsvoll an.

»Und danach hat es im Sterbehaus immer Kaffee und Streuselkuchen gegeben.«

Aber Oma Tres'chen tat, als hätte sie den Wink mit dem Zaunpfahl nicht gehört. Das kleine Wesen in seinem Waschkorbbettchen schniefte. Jetzt, wo die Schmerzen vorüber waren, wirkte das Gesicht der Verstorbenen entspannt. Dunkelbraune Locken umrahmten es. Eine hübsche Frau, trotz der Schrammen und Abschürfungen, irgendwie jungfräulich, dachte Ello. Ein passenderes Wort fiel ihr für die zierliche Person unter dem weißen Tuch nicht ein. Es war, als läge ein Lächeln auf ihren Lippen. »Mein Hummele«, hatte sie noch einmal kaum vernehmlich gesagt, bevor sie starb, »mein Hummele, ich bin so froh, dass du da bist.«

Oma Tres'chen hatte sich schließlich doch erbarmt und Kaffee aufgebrüht. Muckefuck. Streuselkuchen gab es keinen. Die Frauen saßen um den Küchentisch herum, der Waschkorb mit dem Säugling stand neben ihnen auf einem Stuhl.

»Habt Ihr gesehen, wie sie gestürzt ist?«, konnte Ello Anna Belchers endlich fragen.

»Nix han ich iseen, Ello, gar nix. Ich war auf dem Weg zum Wingert, do lag die Frau in der Böschung. Ierscht daacht ich, die is dot, weil se sich net gerührt hat. Dann han ich wat jehört, so ein Wimmern, und bin runtergeklettert. Ich han überhaupt net nachgedacht, ich han mich einfach von Busch zu Busch gehangelt. Einmal bin ich selwa ausgerutscht, ogottogott, han ich ischriee, aber irgendwie konnt ich mich noch festhalte.«

Sie schaute in der Runde herum, aber nur Oma Tres'chen nickte ihr anerkennend zu.

»Und dann war ich bei der Frau. Wie die mich aniguckt hat, ihr kinnt äich dat net viastelle, dat es mir durch Mark un Baan jange.«

Das Kind, erzählte Anna Belchers weiter, habe auf dem Bauch der jungen Frau gelegen, noch ganz schmierig und nur notdürftig mit einem Zipfel des Rocks zugedeckt. »Dat woar noch kaa Stun ahl.«

Sie habe dann die Nabelschnur abgebunden und durchgetrennt. »Ein Messer und irgendwelche Bindfäde han ich jo imma in de Scheatz.«

Und höchstwahrscheinlich alles rostig und unhygienisch! Ello stöhnte innerlich. Doch was hätte die gute Anna Belchers anders machen sollen? Die Verhältnisse waren selten so, wie die Lehrbücher es vorschrieben, und immerhin besaßen die Bäuerinnen jede Menge Erfahrung, vielleicht nicht unbedingt mit kleinen Menschlein, aber doch mit Ziegen und Kälbern, und in der Not wussten sie sich allemal zu helfen. Es blieb ihnen auf den abgeschiedenen Höfen auch meist nichts anderes übrig.

»Das Kind lag ganz still do ...«, hörte Ello Anna Belchers weiterreden, »... ich daacht immer nur, wie kreen ich die zwei häi de Hang roff? Ich han mich net itraut, se allein da lieje ze loose, um Helf ze holle.«

»Wen hätten Sie denn auch schon holen können?«, warf die Koblenzerin bissig ein. »Es gibt im Dorf ja nichts, keinen Arzt, keinen Fernsprecher, nicht mal eine Apotheke. Was ist, wenn mal eines meiner Kinder ...?« Sie guckte vorwurfsvoll Oma Tres'chen an, als lägen ihre vier Kinder gerade eben verletzt im Hang und die alte Frau sei schuld, dass nirgendwo Rettung in Sicht wäre.

»In Koblenz ...«, fuhr sie fort, aber Ello unterbrach sie mit einer unwilligen Handbewegung. Das ewige Genörgle der Koblenzerin, dass in der Stadt alles besser sei, ging ihr auf die Nerven. Warum packte sie dann nicht ihre Siebensachen und kehrte zurück ins ausgebombte Haus? Selbstredend hätte sie dort jede Menge funktionierender Fernsprecher, den Arzt gleich um die Ecke und einen Schritt weiter das gute Leben, Cafés und Restaurants, Kaviar und Champagner! Ello zwang sich, einmal tief durchzuatmen.

»Was habt Ihr dann gemacht?«, fragte sie Anna Belchers und ignorierte die Koblenzerin, die mit der protestierenden Margit im Schlepptau eingeschnappt die Küche verließ und in ihr Zimmer im ersten Stock ging.

»Ischriee han ich«, berichtete Anna Belchers weiter, »ischriee, so laut ich konnt. Ich waaß net, wie lang ich ischriee han, bis do die Männer vom Schocke Alwis vom Feld jekom säin. Es war doch recht, dass ich denne isoot han, dat se die Frau und dat Kind zur dir bringe solle? Mir is sonst kaane annere enjifalle, du bist schließlich die Hebamm.«

»Das war schon richtig«, bestätigte Ello zerstreut. Während die Bäuerin erzählte, war ihr der Gedanke gekommen, dass die Unbekannte bestimmt noch nicht mit der Geburt ihres Kindes gerechnet hatte. Die Wehen hatten sie völlig überrascht, sie hatte sich wahrscheinlich hingehockt und dabei das Gleichgewicht verloren. So könnte es gewesen sein.

Oma Tres'chen trank ihre Tasse aus, schaute nach der Uhr und sagte energisch: »So! Dann geh ich mal zum Ortsvorsteher und danach zum Pastor. Die müssen Bescheid wissen.«

»Und auf dem Rückweg kommst du bei mir vorbei. Ich melk die Ziege. Wir wollen das Würmchen ja net verhungern lassen.«

Als in der Nacht alles schlief und Ello mit dem Kind allein war, konnte sie nicht widerstehen. Sie nahm es in den Arm, krümmte ihren rechten Zeigefinger und hielt ihn dem Säugling an den winzigen Mund. Und tatsächlich, das kleine Wesen, die kleine Hummel, spitzte die Lippen, fand die Haut, fasste danach und fing zu saugen an. Wie viele Kinder hatte Ello schon auf die Welt gebracht, ohne der Versuchung nachzugeben, einem von ihnen ihre Finger zum Nuckeln hinzuhalten! Das, fand sie, war Vorrecht der Mütter.

Aber dieses Kind hatte keine Mutter.

Zuerst verspürte Ello einen warmen Kitzel, als die Lippen des kleinen Mädchens an ihrem Finger suchten. Dann wurde daraus ein sachtes Saugen, ein Lutschen und zuletzt ein ungeduldiges Schlotzen. Mit schlechtem Gewissen, weil sie das Kind derart narrte, schob Ello dem Mädchen die Flasche mit Anna Belchers' Ziegenmilch ins Mündchen. Das Kind schmeckte die ersten warmen Tropfen, leckte zögerlich, hielt inne, leckte wieder, schmatzte und begann, in winzigen Schlucken zu trinken. Ello strich ihm über die langen, schwarzglänzenden Haare, streichelte die rosigen Wangen, das zierliche Stupsnäschen.

»Armes Ding, so ganz allein auf der Welt. Was wird nur aus dir werden? Und kannst du mir verraten, wer deine Mutter ist?«

Dass die Tote drüben in der Stube ohne Papiere auf dem Bleidenberg unterwegs gewesen war, hatte Ello nicht überrascht. Sie nahm auch nicht den halben Hausstand mit, wenn sie nur einen Spaziergang machte. Aber dass sie die junge Frau nie zuvor zu Gesicht bekommen hatte, erstaunte sie, meinte sie doch, alle Schwangeren in der Umgebung mehr oder weniger gut zu kennen. Die Frau war sicher fremd hier, war irgendwo zu Besuch oder erst kürzlich zugezogen, vermutlich aus Schlesien oder Pommern oder aus dem Saarland. Hatte sie irgendeinen Dialekt gesprochen? Aber sie hatte kaum reden können.

Dem kleinen Mädchen war der Kopf zur Seite und das Fläschchen aus dem Mund gerutscht, das Näschen zitterte. Ello wartete eine Weile. Dann wechselte sie die Stoffstreifen, die als Windeln fungierten, und zog dem Säugling ein Hemdchen über. Woher Anna Belchers neben zwei Saugfläschchen auch noch Strampler und Windeltücher aufgetrieben hatte, war Ello ein Rätsel.

Bevor sie das Mädchen frisch wickelte, betrachtete sie besorgt die Blutergüsse am Steiß des kleinen Mädchens. Die zwei Flecke waren ihr schon bei der ersten Untersuchung aufgefallen, doch da hatte sie sie nicht weiter beachtet. Sie war mehr um die Mutter besorgt gewesen. Jetzt aber erschienen Ello die seltsamen Male eine Spur größer und dunkler. Das Kind musste bei der Geburt auf ein Steinchen oder einen Ast gefallen sein. Sie nahm sich vor, die Sache zu beobachten.

5

SANAN

———⁓———

Sonntag, den 19. August 1945

Das Eingangsportal stand weit offen, Sanan trat hinaus ins Freie. Vor ihm erstreckte sich das Tälchen, das er vom großen Krankensaal aus sehen konnte. Nach rechts ging die Straße hinunter nach Rankweil. Hinter ihm stieg das Gelände an, ein Weg führte in den Wald hinein. In der Luft lag der Geruch von Heu, Hitze und Sonne. Roch die Sonne hier anders als in der Heimat? Vor den traurig verdorrten Beeten am Ende des Vorplatzes blieb er stehen. Im Frühling hatte es hier bunt geblüht, doch außer den Tulpen, die jedes Jahr im Mai auch die Steppe zu Hause in ein wildes, prallrotes Farbenmeer verwandelten, hatte er keine einzige der anderen Blumen gekannt. Beim Pfiff eines Vogels fuhr er zusammen. Noch immer reagierte er auf jedes Geräusch, das ihm nicht vertraut war, wie ein Tier, das gejagt wurde. Dabei war der Krieg zu Ende, und im Vergleich zu seinen Kameraden, die in alliierten Kriegsgefangenenlagern hausten, lebte er hier wie im Paradies.

Lange würde der idyllische Zustand allerdings nicht mehr andauern. Er sei nicht mehr ansteckend, hatte der Arzt, ein Franzose, ihm am Vormittag mitgeteilt, er würde bald entlassen werden. Zumindest hatte Sanan den Doktor so verstanden. Dessen Akzent, der manchmal spöttische Ton und die vielen medizinischen Begriffe, mit denen der Arzt um sich warf, verunsicherten ihn. Aber solange der Mann Wunden versorgen, Verbände anlegen und von der Tuberkulose zerfressene Lungen heilen konnte, hatte Sanan es bisher immer dabei belassen und darauf vertraut, dass der Arzt wusste, was er tat. Aber vielleicht hätte er nun doch einmal fragen sollen, was auf ihn nach der Entlassung aus dem Krankenhaus zukäme. Französische Kriegsgefangenschaft oder Heimkehrerlager der Roten Armee? Beide Möglichkeiten bereiteten Sanan Bauchschmerzen.

Wieder stieß der Vogel seinen hohen, lang gezogenen Ruf aus. Die Schwingen weit ausgebreitet, suchte er Aufwind, erreichte die Baumwipfel, gewann weiter an Höhe. Bald wurde er kleiner und kleiner, bis er nur noch ein schwarzer Punkt am Himmel war und in den Wolken verschwand. In der Ferne meinte Sanan einen Ton zu hören, einen vertrauten Klang. Er schloss die Augen und lauschte …

Vernimmt den Wind, der die Saiten der Dombra zupft, langsam zuerst, zärtlich und voller Sehnsucht, dann von Minute zu Minute schneller, leidenschaftlicher. Im Takt der Melodie macht er die ersten Schritte, geht in die Knie, hebt die Arme. Schwingt sie auf und ab, majestätisch wie der Adler über dem weiten Land. Dreht sich im Kreis der alten Freunde. Und tanzt den Tanz des Königs der Lüfte.

Mit einem Mal hielt Sanan inne, um ihn drehte sich alles. Sein Kopf kreiste, der Magen. Er hatte sich zu viel zugemutet, er war nach der langen Krankheit noch zu schwach. Oder war es die Erinnerung an das Leben vor diesem, die ihm in die Knochen gefahren war? Die ständigen Zweifel, ob er richtig gehandelt hatte? Ob es nicht besser gewesen wäre, er wäre geblieben, statt mit dem Kalmückischen Kavalleriekorps mitzuziehen und an der Seite der Wehrmacht zu kämpfen?

Eine Krankenschwester eilte an ihm vorbei. Sie rief ihm etwas zu, das Sanan nicht verstand, aber er meinte, das Wort »Spaziergang« herausgehört zu haben, und lächelte schräg. Als er am Rande der vertrockneten Rabatten eine Bank entdeckte, setzte er sich. Drunten im Tal stand das Gras grün und saftig. Ein Bauer, die Sense über der Schulter, wanderte eben die Böschung hinunter, stoppte kurz, wie um zu überlegen, wo er mit Mähen anfangen sollte, und setzte dann seinen Weg fort bis zu dem kleinen Flüsschen, das durch die Wiese mäanderte.

Im Frühjahr nach der Schneeschmelze, erinnerte sich Sanan, war der breite Bach zu einem reißenden Strom angeschwollen, der Grasbüschel, Sträucher und junge Bäume entwurzelt hatte. Jetzt aber, unter der sengenden Augustsonne, floss das Wasser beschaulich vor sich hin, und von Rankweil kamen die Kinder hoch, um Dämme zu bauen und nach Fischen zu grapschen. Eine der Krankenpflegerinnen hatte ihm den Namen des Flüsschens genannt, doch er konnte ihn sich nicht merken. Es fließe in den Rhein, hatte sie geglaubt, ihm erklären zu müssen. Er hatte genickt und getan, als wisse er Bescheid. Aber in Wirklichkeit hatte er keine Ahnung, weder wie weit es bis zum Rhein war, noch in welcher Richtung dieser lag. Er wusste ja nicht einmal genau, wo er sich befand. Im Feldlazarett in Jugoslawien hatten sie ihm gesagt, er käme in eine Lungenheilanstalt in der französischen Zone in Deutschland, aber als er hier ankam, sprachen die Leute plötzlich von Österreich, er befände sich auf österreichischem Boden. Bis zur deutschen Grenze sei es allerdings nicht weit.

Ohne dass er gesehen hätte, von woher das Kind gekommen war, stand es plötzlich vor ihm, ein Mädchen von ungefähr fünf oder sechs Jahren, das ihn forschend musterte. Seine blonden Haare waren seitlich gescheitelt, eine große Schleife prangte auf seinem Oberkopf. In der Hand hielt es einen Strauß Wiesenblumen, gelb, blau, lila, dazwischen weißgrüne Gräser, wilde Ähren.

»Bist du ein Kinese?«, fragte das Kind ernst.

»Nein, ich bin kein Kinese«, gab Sanan zurück und bemühte sich, genauso ernst zu klingen wie das Mädchen. Er rückte auf der Bank zur Seite und klopfte mit der Hand auf die frei gewordene Stelle.

»Willst du dich setzen?«

Aber das Mädchen wollte nicht. »Ich kenne ein Lied«, erklärte es stattdessen, »das hat mir mein Bruder beigebracht.«

Sanan wartete, dass das Mädchen weitersprach.

»Es heißt ›Drei Kinesen mit dem Kontrabass‹. Kennst du es?«

Er kannte das Lied. Er kannte es gut. Peter der Große, wie er den fast zwei Meter langen Waffenkameraden aus Jux genannt hatte, sang es, wenn er betrunken war. Und einmal, nachdem ihr Spähtrupp in allerletzter Minute den Roten entkommen war. Da war Peter der Große nicht betrunken gewesen, und der Kamerad hatte ihm feixend auf die Schulter geschlagen – »Du bist mein Freund, Sanan, weißt du das?« – und »Drei Chinesen mit dem Kontrabass ...« gegrölt. »Chinese« mit breitem »Sch« am Anfang und nicht mit »K«, wie die Leute hier in der Gegend sagten.

Jetzt lag Peter der Große mit zerfetztem Leib in polnischer Erde.

»Kennst du es?«, fragte das Mädchen noch einmal, weil er nicht antwortete.

»Nein, ich kenne das Lied nicht. Willst du es mir singen?«

»Du meinst vorsingen.«

»Ja.«

Aber das Kind sang nicht. Es beäugte weiter aufmerksam sein Gesicht.

»Mein Bruder hat mir ein Buch mit einem Bild von einem Kinesen gezeigt, der Mann auf dem Bild hat so ausgesehen wie du«, meinte es nachdenklich.

»Es gibt viele Menschen in der Welt, die wie Kinesen aussehen. Wenigstens ein bisschen. Aber das sind nicht alles Kinesen.«

»Wenn du kein Kinese bist, was bist du dann?«

Er wollte eben antworten, als vom Eingang des Spitals eine aufgeregte Stimme ertönte: »Hanna, komm sofort hierher!«

Das Mädchen reagierte nicht. Erst beim zweiten entschiedeneren »Hanna« lief es zu der Frau, die gerufen hatte. Doch nach ein paar Schritten machte das Kind kehrt und kam zurückgerannt.

»Hier, für dich.« Es drückte ihm die Hälfte der Blumen in die Hände. »Pfüat di«, rief es, dann war es weg.

»Drei Kinesen mit dem Kontrabass ...«, summte Sanan, sein Blick schweifte über das Tälchen, »... saßen auf der Straß und erzählten sich was ...« Er legte die Blumen zur Seite, zog seinen

Skizzenblock und einen Bleistift aus seiner Hosentasche und begann zu zeichnen. Peter den Großen im Unterstand, bevor ihn der Tod erwischte, den Bauern mit der Sense, Hanna mit dem Seitenscheitel im Haar. Ariuna, seine kleine Schwester, die einen Mittelscheitel hatte und sich ein Haarband wünschte.

Er sieht Ariuna vor sich, wie sie protestiert, wenn die Mutter morgens nach dem Aufstehen ihr glänzend schwarzes Haar mit Kamm und Bürste bearbeitet, sorgfältig den Scheitel nachzieht und die über den Rücken fallenden Haare zu einem langen Zopf flicht. »Es ziept«, schimpft Ariuna. Aber die Mutter ist gnadenlos und lässt die Schwester erst gehen, wenn jede Strähne so liegt, wie die Mutter meint, dass sie liegen muss. Dann rennt Ariuna wütend aus dem Hof, die Straße hinunter und zum Dorf hinaus zu den Pferden. Wenn sie zurückkommt, hat sich der Zopf aufgelöst und hängt in wilden Zotteln um den Kopf des Mädchens herum. Die Mutter verzieht das Gesicht und schnalzt verärgert mit der Zunge. Aber jetzt hat sie keine Zeit mehr für Ariunas Haare. Sie hat anderes zu tun. Brot backen, Fleisch dörren, Schafe scheren, Wolle filzen, nähen. Die Leute sagen, dass die Mutter die geschickteste Näherin weit und breit ist.

Ariunas bleistiftschwarze Augen schauten ihn vom Zeichenblatt an, in den Ohrläppchen trug sie die winzigen Silberkügelchen, die die Großmutter dem Kind zur Geburt geschenkt hatte. Zehn Jahre war die Schwester, als er sie das letzte Mal gesehen hat. Er hatte versprochen, ihr ein Haarband mitzubringen, wenn er von der Kolchose wieder zurück ins Dorf käme.

»Wann wird das sein?«, hatte sie ungeduldig gefragt.

»Ich weiß nicht, ich hoffe zu Neujahr.«

Er hatte sein Versprechen nicht gehalten. Es nicht halten können. Es schmerzte ihn. Noch immer. Wo war Ariuna heute? Wie ging es ihr? Lebte sie noch? Er ließ Skizzenblock und Stift sinken. Seine Gedanken wanderten zurück zu jenem 28. Dezember 1943.

6

SANAN

Dienstag, den 28. Dezember 1943

Schnee, bis wohin das Auge reicht, nichts als Schnee. Und Himmel. Unter den Sohlen der Kamele knirscht die eisige Steppe. Es hört sich an, als trabten die Tiere über ein Meer von gestoßenem Glas. Schon seit dem frühen Morgen sind er und Ochir auf dem Nachhauseweg. Sie haben die Fellmützen bis fast über die Augen gezogen und halten die Köpfe gesenkt, dennoch stechen ihnen, scharf wie Nadelspitzen, die Eiskristalle in die Haut.

»Was meinst du, wie lange noch ...?«, schreit Sanan und hört seine eigene Stimme nicht. Der Wind reißt ihm die Worte vom Mund.

Jetzt einen warmen Platz am Feuer und eine Schale Dschomba, heißen, mit Butter, Salz und Muskat gewürzten Tee, dazu ein fettes Stück Hammel! Das ganze Glück auf Erden! Sanan tastet in der Manteltasche nach dem in Papier eingewickelten roten Haarband für Ariuna. Er darf es nicht verlieren. Da hält Ochir vor ihm an und zeigt Richtung Westen. Weit hinten am Horizont bewegt sich etwas, ein dunkler Strich, eine Riesenschlange.

»Dort, siehst du das?«

»Es gibt hier keine Eisenbahnlinie. Jedenfalls nicht dass ich wüsste«, erwidert Sanan.

»Militärfahrzeuge?«

»Wozu? Die Deutschen sind abgezogen. Die Front ist weit weg.«

»So weit weg soll sie gar nicht sein. Angeblich hält die Wehrmacht noch immer Stellungen in der Ukraine, am Dnjepr. Ob sie zurückkommen?«

Der Kopf der Schlange verschwindet in einer Senke, bald ist auch ihr Ende nicht mehr zu sehen.

»Seltsam«, murmelt Sanan. Ein ungutes Gefühl beschleicht ihn. »Vielleicht wissen deine Leute, was es damit auf sich hat. Was meinst du, wann wir bei dir sind?«

Ochir zuckt mit der Schulter. »In einer Stunde. Wenn der Wind nicht heftiger wird …« Schweigend reiten sie weiter, mit Mühe suchen sich die Kamele ihren Weg durch das tief verschneite Land.

Als sie die Anhöhe vor Ochirs Dorf erreichen, fällt langsam der Abend herein. Aber noch ist die Siedlung in der Ebene unter ihnen gut zu erkennen. Entlang der einzigen Straße durch den Ort reihen sich ein paar Dutzend Holzhäuser und Baracken, dahinter Jurten aus grauweißem Filz, durch ihre runden Dachöffnungen quillt aus hoch aufragenden Ofenrohren der Rauch wärmenden Feuers.

»Sanan!«, schreit da der Freund. Und schlägt sich sofort auf den Mund. »Sanan«, wiederholt er fast tonlos, »was hat das zu bedeuten?«

Auf den Wegen und zwischen den Häusern patrouillieren Soldaten der Roten Armee mit Gewehren im Anschlag, andere haben sich neben die Eingänge postiert. Die Ortsausfahrt ist von Mannschaftswagen blockiert.

Das sind sie also, die berühmten Studers, die amerikanischen Studebakers, denkt Sanan. Schon immer hat er eines dieser famosen Fahrzeuge sehen wollen, die angeblich robuster im Motor und zuverlässiger im Gelände sind als die Wagen sowjetischer Produktion. So weit her kann es also nicht sein mit den Errungenschaften des Bolschewismus, wenn die Sowjetarmee amerikanische Lkws bevorzugt.

Plötzlich ein Schuss. Unten in der Siedlung. Ein Mann sackt zusammen. Ochir heult auf.

»Sei ruhig, willst du, dass sie uns bemerken?«, faucht Sanan.

»Das war Dordsch«, flüstert der Freund, sein Gesicht ist so weiß wie das Land um sie herum.

Nur acht bis zehn Saschen von ihnen entfernt erspäht Sanan am Rand eines Wäldchens eine Art Hütte aus Ästen und Reisig. Er gibt dem Freund ein Zeichen, lässt sein Kamel niederknien, damit er absteigen kann, und führt es hinüber zu dem Unterschlupf. Dann huscht er an den Rand des Plateaus und duckt sich hinter einen schneebedeckten Erdwall. Ochir ist ihm gefolgt. Unten gellen die Befehle der Soldaten. Haus um Haus durchsuchen sie, treten die Türen der Jurten ein, hetzen die Bewohner hinaus in die klirrende Kälte, greinende Kinder, gebrechliche Alte und Kranke, Frauen mit Säuglingen in den Armen, niemand wird verschont.

»Nur das Nötigste einpacken … Essen für die Reise, warme Kleidung … Was wollt ihr mit diesen Fiedeln und euren erbärmlichen Götterfiguren? Das braucht ihr alles nicht mehr. Weg damit, weg, hört ihr nicht? Los, macht schon …«

Wie gelähmt kauern die Freunde in ihrem Versteck und beobachten den Überfall. Vierzig, fünfzig Soldaten der Sowjetarmee, zählt Sanan. Genau kann er es nicht sagen, die Männer laufen ständig hin und her und brüllen durcheinander: »Vorwärts, marsch … rauf auf die Autos!«

Jäh schnellt Ochir hoch.

Sanan versucht, ihn am Mantelsaum zurückzuhalten. »Was ist los, was machst du, wo willst du hin?«

Aber Ochir reißt sich los, schwingt sich auf sein Kamel und treibt das Tier vorwärts zur Piste, hinunter ins Dorf.

»Meine Mutter«, schreit er noch, »ich muss zu meiner Mutter. Sie ist allein mit den Kindern.«

»Ochir, bleib hier!«

Aber Ochir hört nicht.

Sanan sieht ihn den Abhang hinunterreiten, so schnell es ihm im hohen Schnee möglich ist. Sieht die ersten Studers abfahren. Sieht Ochir ins Dorf hineinpreschen, mit den Rotarmisten debattieren, zanken, sich gegen sie zur Wehr setzen.

Die Soldaten machen kurzen Prozess. Es geht so schnell, dass Sanan die Zahl der Schüsse nicht mitzählen kann.

Lange sitzt er gegen den warmen Körper seines Kamels gelehnt, die klammen Hände ins Fell des Tiers vergraben. Seit die

Fahrzeuge die Siedlung verlassen haben, ist die Stille überwältigend, nur ein Hund kläfft in der Ferne. Dunkelheit hat sich übers Land gesenkt. Der Mond, die Sterne, der Widerschein des Schnees verbreiten ein mildes Licht. Sanans Glieder sind steif gefroren. Wenn er hier sitzen bleibt, wird er erfrieren. Mühsam steht er auf, bewegt Arme und Beine, dreht den Kopf von einer Seite zur anderen, zieht die Schultern zu den Ohren. »Komm, gehen wir«, befiehlt er dem Kamel.

Er hat es nicht eilig, überlässt dem Tier, seinen Weg nach unten ins Dorf zu finden.

Gleich die Tür des ersten Häuschens steht offen. Er sitzt ab und geht hinein. Wie er gehofft hat, ist die Herdstelle noch warm. Er kniet davor und pustet vorsichtig in die Glut, um das Feuer neu zu entfachen. Flämmchen lodern auf, werden kräftiger, erleuchten allmählich den Raum und offenbaren das ganze Elend. Unterm Fenster zerbrochene Stühle, Reste von Kleidung, die auf dem Boden herumliegen, Schulhefte, eine Stoffpuppe, der einzige Schrank im Zimmer ausgeräumt, der Hausaltar zertrümmert, Buddha von Stiefeln zertreten. Als Sanan das Küchenregal ein Stück vorzieht, findet er dahinter in einer Wandnische getrocknete Stücke Schafskäse. So viel er kann, steckt er sich in die Taschen seines Mantels. In einer Ecke findet er eine Schaufel, er nimmt sie mit.

Es schneit noch immer. Schwere Flocken wehen ihm entgegen, während er die Straße hinunterstapft. Bald erkennt er, fast schon vollständig vom Schnee bedeckt, die Umrisse von Ochirs Körper. Als er davorsteht, sieht er, dass die Rotarmisten dessen neuen Fellmantel, die Mütze und die Filzstiefel mitgenommen haben. Neben dem Leichnam blutschwarze Flecke und eine breite Schleifspur im Schnee, die entstanden sein muss, als die Soldaten das Kamel erschossen und anscheinend zu einem ihrer Fahrzeuge gezerrt haben.

Drei Häuser weiter stößt Sanan auf den Körper des Alten, den Ochir Dordsch genannt hat. Auch ihm haben die Männer die Stiefel von den Füßen gezerrt. Bestimmt haben sie gefeixt und gejohlt dabei, dass die schlitzäugige Kalmückenvisage ja nun keine Schuhe mehr brauche.

Wut wallt in Sanan hoch und mit ihr ein beißender, brennender Schmerz, eine Verzweiflung, die ihm fast den Atem raubt. Er sinkt neben dem Toten, den er nicht gekannt hat, in die Knie, umklammert dessen Schultern, legt seinen Kopf auf den harten Brustkorb. Und weint. Weint, wie er geweint hat, als er den toten Vater rüttelte und schüttelte. Steh auf, steh auf, hat er geschrien. Und wusste doch, dass der Vater nicht mehr aufstehen würde.

»Baadsche«, schreit er jetzt zum Vater hinauf ins All mit seinen Abermillionen Sternen. »Baadsche! Hörst du mich? Was soll ich tun? Sag es mir!« Noch einmal nimmt er den toten Dordsch in den Arm, dann steht er auf und klopft sich den Schnee vom Mantel.

Mühsam schleppt er schließlich den Leichnam in den Vorgarten des Hauses, aus dem er glaubt, dass der Mann herausgekommen ist. Auch Ochir zieht er die Straße hinunter bis dorthin. Gräbt den beiden Toten mit der Schaufel ein Schneegrab, schleift sie an den Rand der Grube, rollt sie hinein und bedeckt sie mit Säcken, Latten und was er sonst Geeignetes in der Dunkelheit finden kann. Zum Schluss schippt er Schnee darüber, betet und hofft, dass mit beginnendem Tauwetter Menschen vorbeikommen, die die Toten begraben, bevor Tiere sie wittern. Als er fertig ist, sucht er nach dem Mond, prüft die Position der Sterne. Es muss nach Mitternacht sein. Der Hund kläfft schon wieder. Oder immer noch. Es hört sich an, als sei es ein ganzes Rudel. Vielleicht Wölfe. Aber er hat getan, was er konnte.

Als Sanan am folgenden Nachmittag sein Dorf erreicht, ist es verlassen wie Ochirs Dorf, die meisten Hütten und Baracken unbewohnt, das Haus seiner Mutter leer. Die russischen Nachbarn stehen hinter den Fenstervorhängen und gaffen hinter ihm her. Nur der alte Sergej Alexandrowitsch öffnet die Tür, als er ihn kommen sieht, sein Gesicht ist blass und verstört.

Alle seien sie geholt worden, stammelt er, alle Kalmücken, vom Säugling bis zum Greis. Auch das wolgadeutsche Ehepaar, das am Ortsausgang gelebt hat. Wie Tiere hätten die Soldaten die Menschen zur Eisenbahnlinie getrieben, eine Strecke von weit über zehn Werst, bei diesem Wetter! »Aus Sibirien kommt keiner mehr zurück«, wispert er und schaut sich um, ob ihn auch niemand hört. »Verschwinde von hier, Sanan, verschwinde, so schnell du kannst. Bisher hast du Glück gehabt, dass sie dir noch nicht an den Kragen gegangen sind. Jetzt wird dir keiner mehr helfen.«

»Aber die Mutter, die Geschwister …«, wendet Sanan ein.

»Was willst du machen? Dem Zug hinterherrennen? Du hast doch einen Onkel in Paris. Geh, bevor es zu spät ist.«

7

SANAN

—————୧୨—————

Mittwoch, den 29. Dezember 1943

Das Haus der Mutter ist nicht abgeschlossen. Zimmer, Vorratskammer und die Altarnische sind ein einziges Chaos. Die Statue des Tsagaan Uvgun, des Weißen Alten Mannes, liegt geköpft auf dem Fußboden, von der Nähmaschine keine Spur. Hoffentlich hat die Mutter sie sich auf den Rücken schnallen können. Nähen fürs Überleben. Falls sie nicht auf der Fahrt in den eisigen Viehwaggons alle krepieren.

Ob die Mutter das Unglück vorausahnte? In den vergangenen Monaten nähte und filzte sie mehr als sonst, dick wattierte Mäntel und Jacken, Pelzmützen, Decken. Sanan hat sich nichts dabei gedacht, wenn er sie noch tief in der Nacht über den Tisch gebeugt arbeiten sah. Jedes Jahr befürchtete die Mutter einen besonders kalten Winter und versuchte vorzusorgen. Doch an einem Abend im Frühherbst, als die Geschwister schon schliefen, hatte sie unvermittelt ihre Näherei unterbrochen.

»Stalin wird es nicht kommentarlos hinnehmen, dass viele von uns mit den Deutschen mitgegangen sind. Ich habe Angst um unser Volk«, sagte sie.

Er klemmte seinen Zeigefinger zwischen die Seiten des Buchs, das er gerade las, und klappte es zu. So viele seien es doch nicht, versuchte er, sie zu beruhigen. Stalin könne nicht wegen ein paar Weniger alle Kalmücken unter Generalverdacht stellen.

»Mögest du recht haben«, erwiderte sie, doch sie nähte nicht weiter. Ihre Hand blieb reglos auf dem Schwungrad liegen.

»Pass auf dich auf, Sanan, denk an deinen Vater, denk an die Mönche: Wer sich der Führung Moskaus widersetzt, wer mit den Deutschen kooperiert …«

»Ich habe nicht kooperiert, ich habe für die Wehrmacht gedolmetscht. Das ist nicht dasselbe.«

»Das denkst du.«

»Auch Ilja denkt so. Sonst hätte er mich nicht zu sich in die Kolchose geholt, damit ich dort für ihn arbeite.«

»Ja, Ilja ist ein guter Mensch.«

Mutter. Sie hat gewusst, dass er kommen wird. Sie wird eine Nachricht für ihn hinterlassen haben.

Er findet sie im Versteck im Dielenboden. Neben seinem Skizzenbuch und einer Kalebasse mit Wodka liegt ein rot bestickter Samtbeutel, den er nie zuvor gesehen hat. Als er die Bänder aufzieht, kommt ein Amulett des Amitayus zum Vorschein, des Buddhas der Langlebigkeit, die silberbeschlagene Tabakspfeife seines Vaters und im Pfeifenkopf zusammengerollt ein vergilbtes Papier mit der Pariser Adresse seines Onkels in lateinischen Buchstaben: »Schamba Badmaev, Rue de ...« Das Wort, das folgt, ist wahrscheinlich der Straßenname, ein Zungenbrecher.

Gut, dass er in der Schule wenigstens für kurze Zeit gelernt hat, Kalmückisch mit lateinischen Lettern zu schreiben, sonst hätte er den Zettel gar nicht lesen können. Später wurde die kyrillische Schrift eingeführt, die auch Todo Bitchig verdrängte, die jahrhundertealte kalmückische Klarschrift, die sein Vater noch kunstvoll mit dem Pinsel von oben nach unten aufs Papier zu malen verstand. »Ich werde es dir beibringen«, hatte der Baadsche ihm versprochen. Er war nicht mehr dazu gekommen.

Sanan sieht sich ein letztes Mal im Haus der Mutter um, dann schließt er die Tür und geht sich von Sergej Alexandrowitsch verabschieden.

»Nimm die Richtung nach Rostow am Don, von dort weiter nach Mariupol und Nikopol«, rät ihm der Alte. »Irgendwo dort solltest du auf euer Kavalleriekorps stoßen.«

»Gott mit dir«, segnet ihn Sergej Alexandrowitschs Frau und packt ihm Dörrfleisch, getrocknete Beeren, in Öl gebackene Bortsig und anderes Essen in seinen Sack, in den er auch den aus Ochirs Dorf geretteten Trockenkäse verstaut hat.

»Weißt du, deine Babuschka und ich, wir haben schon als Kinder miteinander gespielt«, erinnert sich die alte Frau. Tränen laufen ihr übers Gesicht, sie dreht sich um.

Sanan hält sich abseits der Hauptroute. Das Kamel hat er Sergej Alexandrowitsch überlassen. Das große Tier würde auffallen und ihn verraten. Ohnehin gehört es der Kolchose und nicht ihm. Was Sergej Alexandrowitsch damit machen wird, interessiert ihn nicht.

Er begegnet niemandem. Über ihm das nachtfunkelnde Firmament, um ihn herum milchiges Schneelicht, beim Gehen sinkt er tief ein, kaum dass die Pelzmütze und der Fellmantel, die die Mutter genäht hat, Schutz vor dem scharfen Wind bieten.

Er blickt nicht zurück. Einen Fuß vor den anderen setzt er, einen Fuß vor den anderen. Tagsüber, wenn der Himmel winterbleich ist oder berauschend eisig blau. Nachts, wenn sich das sternenübersäte All über ihm wölbt. Die Zeit verliert ihre Bedeutung. Er schläft, wo er Unterschlupf findet. In einer einsamen Hütte. In einer Erdhöhle. Zwischen den Mauern eines zerstörten Dorfs, dessen Bewohner gefoltert und vergewaltigt, geflohen oder umgebracht worden sind. Von Deutschen, von den Roten oder von beiden.

Anfänglich ist die Landschaft gleichförmig weiß, so gleißend weiß, dass ihm die Augen schmerzen und er sie zu schmalen Schlitzen zusammenziehen muss. Aber nach und nach ändert sich das Bild. Inseln von braungelbem Gras unterbrechen das weiße Meer, nacktes Gehölz begleitet ihn, schwarz verkohlte Baumgerippe, die einmal Birken waren, der Weg versinkt im Morast. Er schleppt sich Hügel hinauf, kraucht sie wieder hinunter, verbirgt sich in Mulden und Gräben, wenn er meint, Stimmen zu hören. Er hat Angst, sowjetischen Truppen oder Partisanen in die Hände zu fallen. Das wäre sein Ende. Aber meist ist da nichts als Einsamkeit und eine im Ohr rauschende Stille.

Als er an den Körper stößt, zerreißt die Stille. Aber nicht der Soldat unterm Schnee hat geschrien, sondern er. Der Aufschrei fährt ihm gellend durch den Kopf, und er lässt sich erschrocken zu Boden fallen. Dicht neben dem leblosen Rotarmisten gräbt er sich in die weiße Masse ein. Und zählt. Eins, zwei, drei … zuerst langsam, dann immer schneller. Zehn … vierzig … siebzig … einhundertundfünfzig … zweihundert. Nichts rührt sich. Sollte er wirklich so viel Glück haben? Über ihm färbt sich der Himmel dunkel. Sanan wagt sich aus seiner Eishöhle.

»Wer hat dich denn hier vergessen?«, fragt er den Toten und entschuldigt sich, während er das Koppel mit der Pistole und den Magazinen von dem steifen Leib abschnallt. »Verzeih, Kamerad, aber du hilfst mir damit sehr.«

Beim Durchwühlen der Uniformtaschen findet er das Foto einer blonden Frau, die ihre Arme um zwei neben ihr stehende blonde Jungen gelegt hat. Die Haare des Toten sind ebenfalls hell. Er schiebt das Foto zurück, rührt auch die Erkennungsmarke nicht an und nicht die sonstigen Papiere. Sie sind wertlos für ihn. Keiner, der ihn sieht, würde ihm abnehmen, dass er der blonde Pjotr Pjotrowitsch aus Leningrad ist. Auch die Uniform lässt er ihm. Sicher, es gibt Kalmücken in der Roten Armee. Aber die gutmütige Russin im letzten Dorf, die ihm aus ihrem Vorrat einen dicken Kanten Brot geschenkt hat, erzählte ihm von Landsleuten, die aus der Roten Armee ausgemustert und nach Sibirien verbannt worden seien.

Jetzt ist er bewaffnet. Er muss sich nicht mehr fürchten, wenn er in der Ferne ein Tier jaulen hört, und als ihm Tage später unvermutet eine junge Frau entgegenkommt, zieht er die Pistole. Er weiß nicht, ob sie geladen ist, er hat es nicht geprüft. Aber die Frau weiß es auch nicht.

Eine Weile stehen sie sich gegenüber, lauernd. Dann bemerkt er den toten Hasen, den sie in der Hand hält, und sein Magen krampft sich zusammen. Den Lauf der Pistole auf sie gerichtet, nähert er sich ihr. In ihren Augen – russische Augen? Ukrainische? Er könnte es nicht sagen – liest er Panik, und mit einem Mal durchflutet ihn Genugtuung, ein Gefühl von Macht und Überlegenheit. Sollen sie doch alle spüren, wie es ist, Angst zu haben! Es ist seine Rache dafür, dass sie sein Volk wie Vieh behandeln.

Er sagt ihr, was er will. Essen, trockene Wäsche. Er sagt es auf Russisch und weiß nicht, ob sie ihn versteht. Aber nach einer Weile weicht sie langsam zurück, ohne ihn aus den Augen zu lassen, und nimmt es hin, dass er ihr folgt.

Sie gehen nicht weit. In einer Mulde liegen ein paar Hütten, aus einer steigt dünner Rauch auf, die anderen scheinen unbewohnt.

Er heißt die junge Frau den Hasen häuten und braten, isst sich satt, leert ungefragt die Wodkaflasche des alten Mannes, der sich mit seiner Frau schweigend in eine Ecke des Raums verzogen hat. Sie lächeln ununterbrochen ein festgezurrtes Lächeln, damit er ihnen und der jungen Frau nur kein Leid antut. Er wird ihnen nichts tun, wenn sie ihm nichts tun. Er wird nur bleiben, bis seine Kleider und Stiefel trocken sind.

Obgleich er überzeugt ist, dass sie sein Russisch verstehen, reagieren sie nie. Auch die junge Frau antwortet auf keine seiner Fragen. Wenn er zwischendurch einnickt, döst er in Habachtstellung, die Augen halb geschlossen und den Zeigefinger am Abzug der Pistole. Aber niemand greift ihn an. Nur das Kind, das ihn seit seiner Ankunft immer wieder neugierig umkreist, zupft ihn hin und wieder am Ärmel und zeigt ihm ein Stück Holz oder einen Stofffetzen, aus dem Sanan dann ein Püppchen bastelt. Er setzt den Jungen vor sich auf einen Hocker, legt die Pistole griffbereit auf seine Oberschenkel und zeichnet das kleine Antlitz. Die junge Frau gibt sich unbeeindruckt, aber das Kind gluckst vergnügt.

Als er der Familie bedeutet, dass er gehen wird, seine Kleider seien trocken, macht niemand Anstalten, ihm Wegzehrung mitzugeben. Also nimmt er sich, was er will, die Reste vom gebratenen Hasen, Speck, getrocknete Pilze aus der Vorratskammer, dazu Salz, ein Messer, einen Topf. Er kann es sich erlauben, er ist bewaffnet.

Und dann schämt er sich mit einem Mal.

Sanan holt das Brot, das er eben in seinen Beutel verstaut hat, wieder heraus, schneidet es in zwei Teile und lässt den größeren auf dem Tisch zurück. Die junge Frau hält das Kind fest, das mit dem Stoffmännchen in der Hand hinter ihm herlaufen möchte, als er das Haus verlässt.

8

SANAN

―――――❧―――――

Sonntag, den 19. August 1945

Eine kühle Brise streifte ihn. Sanan erwachte aus seinen Erinnerungen. Die Finger seiner rechten Hand, die Zeichenstift und Skizzenheft umklammerten, waren ihm eingeschlafen. Vorsichtig massierte er sie. Heimweh zerriss ihn. Über den Bergkuppen im Westen leuchtete das Abendlicht atemberaubend, gelb, weiß, rot, wie gemalt. Die Pflegehelferinnen dürften längst mit dem Abendbrot auf Station gekommen sein, sogar schon wieder alles abgeräumt haben. Aber Nikita, sein Bettnachbar, ein Kosake, hatte sicher etwas für ihn beiseitegestellt. Brot, Milch, gestern Abend gab es einen Apfel für jeden. »Neue Ernte«, hatte die nette kleine Krankenschwester verkündet, »heute Morgen hingen sie noch am Baum.« Ab und an steckte sie ihm eine Extrawurst zu. Eigentlich hatte er ihr Hannas Wiesenstrauß schenken wollen. Doch in der Hitze waren die Blumen längst verwelkt, er musste sie wegwerfen.

Sanan stand auf. Der Weg in den Wald lag bereits im Dämmerlicht. Links und rechts raschelte und fiepte es, über ihm knarzten Äste, die sich im Wind aneinanderrieben. Auf dem Brückchen über den schmalen Gebirgsbach, der geräuschvoll ins Tal hinunterplätscherte, blieb er stehen. Stängel für Stängel ließ er ins Wasser fallen. Gierig griffen die Wellen danach und trugen sie fort.

Plötzlich hustete jemand. Sanan drehte den Kopf. Er hatte Nikita nicht kommen hören.

»Tut mir leid, ich wollte dich nicht erschrecken«, entschuldigte sich der Kosake und wechselte mitten im Satz vom Deutschen ins Russische. Er fingerte eine Zigarette und Zündhölzer aus der Brusttasche seines karierten Hemds, das ihm eine mitleidige Seele geschenkt haben mochte.

»Halbe-halbe?«, bot er Sanan an, aber Sanan schüttelte den Kopf.

Eine Weile lehnten sie stumm am Brückengeländer. Über ihnen ertönte der dunkle, klagende Ruf eines Nachtvogels.

»Hast du gehört?« Nikita hustete und pustete Sanan den Rauch ins Gesicht. »Die Leute hier sagen, jemand stirbt, wenn dieses Vieh in der Nacht schreit. Vielleicht bin ich morgen tot.« Er lachte sein heiseres Raucherlachen.

»Haben sie dich noch nie erwischt?«, fragte Sanan.

»Ich nehme an, sie wissen es.«

»Und unser Doktor? Sagt er nichts?«

»Er predigt wie der Pope. Dass ich mich nicht an meiner Gesundheit versündigen soll.« Wieder lachte Nikita, dann schwiegen sie beide, bis der Kosake unvermittelt fragte:

»Bist du verheiratet, Sanan? Hast du Kinder?«

»Nein, aber eine Mutter und Geschwister.«

»Ich habe einen Sohn«, erklärte Nikita, »und wenn meine Frau inzwischen noch ein Kind hat, ist es nicht von mir.« Er schnaufte verbittert. »Andere Frauen haben nicht eine Sekunde gezögert. Haben alles zusammengerafft und sich uns angeschlossen. Mit Kind und Kegel, Pferd und Kamel. Gemeinsam sind wir den Deutschen bis hierher in den Westen gefolgt. Nur sie nicht. Warum? Ich sag dir, warum: weil sie mich nicht geliebt hat. Weil sie vernarrt war in diesen Stalin. Ihr Gott! Die neue Religion! Aber die Bolschewisten haben mir alles genommen, das Kreuz auf meiner Brust und meine Pferde. Enteignung, haben sie gebrüllt! Entkulakisierung! Nicht mal Saatgut haben sie mir gelassen. Wie ein Ochse sollte ich mich vor ihren Karren spannen lassen. Kolchos. Sowchos. Die Partei. Planerfüllung.«

Nikita spuckte die Worte aus, als hätte er Ziegenköttel im Mund. Doch mit einem Mal änderte sich sein Ton. Er boxte Sanan rebellisch in die Seite.

»Ich will nach Hause, Sanan, meinen Sohn groß werden sehen.«

Ein erneuter Hustenanfall hinderte ihn am Weiterreden. Erst nach einigen Minuten hatte sich Nikita wieder im Griff, er straffte die Schultern.

»Aber ich bin Kosake, hörst du? Ein freier Mann. Ich lasse mich nicht in die Knechtschaft eines Kollektivs zwingen.«

»Wir Kalmücken ...« Sanan hielt inne, er kam sich ähnlich hilflos vor wie Nikita. »Noch im letzten Jahre hofften viele von uns auf Samba Balinov und den Kalmückischen Nationalausschuss in Berlin ...«

»Bah, Politik!«, knurrte Nikita. »Ich vertraue keinem einzigen Politiker mehr, egal auf welcher Seite er steht. Die Dummen sind doch am Ende immer wir, das Fußvolk.« Er packte Sanan am Arm. »Hast du's gehört? Der erste Zug, der kosakische Offiziere, Soldaten und ihre Familien von Lienz aus in die Heimat bringen sollte, ist nach der Grenze von den Roten angehalten worden. Die Hälfte der Leute wurde rausgeholt und ratatatata ... erschossen! Für die andere Hälfte ging's direkt ab nach Sibirien. Und das nennt Stalin Repatriierung! Im Lienzer Lager hängen sie sich seither zu Dutzenden auf, Mütter werfen ihre Kinder in den Fluss und springen hinterher. Lieber tot als zurück. Ich sag dir was, Sanan ... Die Amerikaner und Briten haben uns verraten. Eiskalt. Statt uns zu helfen, sind sie in Jalta mit Stalin ins Bettchen gehupft und haben nach einer heißen Liebesnacht unserer Rückführung ins selig machende Sowjetreich zugestimmt. Als ob sie nicht gesehen hätten, dass uns zu Hause Arbeitslager und Tod erwarten!«

Nikita spuckte verächtlich übers Geländer.

»Von woher weißt du das?«

»Ich kenne Leute in Rankweil, gut informierte Leute. Die haben gehört, wie es einer dieser Helden mit Glitterglitzer und einem Sowjetstern auf der Brust erzählt hat. ›Sie haben ihre gerechte Strafe gekriegt, diese Vaterlandsverräter‹, hat der Kerl rumgepöbelt.«

»Und im Lager in Lienz haben sich deshalb welche umgebracht?«

»Viele, mein Lieber! In Lienz und anderswo.«

Sanan beugte sich übers Geländer und starrte hinunter in das dunkle Wasser des Gebirgsbachs.

»Mein Volk haben sie auch nach Sibirien deportiert.«

»Nicht nur deines«, gab der Kosake zurück. »Auch Inguschen, Tataren, Tschetschenen, man sollte halt besser die Visage eines Moskowiters haben – und selbst die … Aber das weiß doch jeder.«

Nikita hustete schlimmer als zuvor. Er drückte die Zigarettenkippe aus, drehte die restlichen Tabakkrümel in ein Stück Papier und stopfte beides zurück in seine Hemdtasche. »Das ist die Letzte, ich muss mal wieder nach Rankweil.«

»Dafür habe ich was.« Sanan zog ein lederummanteltes Fläschchen aus seiner Hosentasche.

»Und das sagst du jetzt erst! Von woher? Von der hübschen kleinen Schwester aus Rankweil?«

»Pst!«, machte Sanan und legte seinen Finger auf den Mund. Er nahm einen Schluck aus dem Flachmann und reichte ihn dann Nikita. Der Kosake trank den restlichen Wodka aus, wischte sich mit dem Handrücken über Lippen und Schnäuzer, betrachtete die Flasche und gab sie Sanan zurück.

»Ein schönes Stück, *spasiba*. Ich sag dir was, Sanan. Wenn ich jemals lebend aus diesem Haus hier rauskomme, werde ich nach Amerika auswandern. Keine zehn Pferde bringen mich wieder zurück an den Don. Wahrscheinlich hat mein Sohn auch schon längst einen neuen Vater und trägt das Käppi der Roten Armee.« Der Kosake schniefte höhnisch, es klang, als weine er. »Und du, Bruder, solltest das Gleiche tun. Oder willst du sterben?«

Nein, Sanan wollte nicht sterben, er wollte leben – und zurück nach Hause. Das war es, was er wollte.

Aber zu Hause gab es nicht mehr. Und die Mutter hatte ihm die Adresse von Schamba Badmaev in Paris zurückgelassen. Sie wird gewusst haben, was sie tat.

9

SANAN

————— ·⁀· —————

Sonntag, den 19. August 1945

Als er den nachtdunklen Flur zurück zum Krankensaal ging, hörte Sanan hinter der Tür des Arztzimmers sanfte Musik. Er blieb stehen, lauschte, dann klopfte er.

Ob er stören dürfe?

Aber ja doch.

Der Doktor schaltete das Rundfunkgerät aus und zeigte einladend auf den Stuhl neben seinem Schreibtisch. Er habe Zeit, und ein anderes Zuhause als dieses habe er momentan ohnehin nicht, meinte er und schmunzelte. »Das Ende des Kriegs, die Aufteilung des Großdeutschen Reichs ...«, der Franzose stolperte über den sperrigen Begriff und korrigierte sich ohne eine Spur von Verlegenheit, »... ich meine, die Aufteilung Deutschlands in vier Besatzungszonen und das Unglück, dass ich Heinrich Heine in der Originalsprache lesen kann, das sind zwei der Gründe, warum es mich hierher in diesen gottverlassenen Winkel verschlagen hat. Es gibt noch andere. Aber die spielen im Augenblick keine Rolle. Also, Monsieur, was kann ich für Sie tun, ich höre?«

Sanan antwortete nicht sofort. Wie immer verwirrte ihn die Art und Weise, wie der Franzose redete. Was war ein gottverlassener Winkel und wer Heinrich Heine?

»Pardon, Monsieur, ich sehe, ich habe Unsinn geredet. Nehmen Sie es mir nicht übel, *je vous prie*, aber ich habe heute Geburtstag, und an Geburtstagen bekomme ich regelmäßig seltsame Anwandlungen. Kommen Sie, trinken Sie ein Schlückchen Wein mit mir. Ich kann Ihnen versichern, er ist genießbar.«

Der Doktor holte zwei Wassergläser aus dem Medizinschrank. Dann entkorkte er die Flasche, die hinter dem Vorhang auf dem Fensterbrett gestanden hatte, schenkte ein und hob das Glas.

»Auf Ihr Wohl! Wie sagt man das in Ihrer Sprache?«

»Das ist schwierig. Es gibt keine direkte Übersetzung dafür.«

»Wirklich nicht? Schade. Dann eben auf Französisch: *à votre santé!* Aber verraten Sie mir, Monsieur, wieso sprechen Sie so gut Deutsch? Ich wollte Sie das schon immer gefragt haben.«

Was sollte diese Frage jetzt? Warum wollte der Doktor das wissen? Er fragte ihn doch auch nicht, warum er Deutsch sprach. Aber Sanan wollte auch nicht unhöflich sein, vor allem nicht, wo der Mann Geburtstag hatte.

»Die Frau meines Onkels war Wolgadeutsche«, erklärte er. »Als ich in Elista zur Schule ging, habe ich bei ihnen gelebt. Und dann ...« Er redete nicht gern über sich. »Dann ... Nun, als die Deutschen kamen und Kalmückien besetzten, habe ich für sie gedolmetscht.«

»Also kennen Sie Dr. Doll?«

»Kennen wäre zu viel gesagt.«

Der Doktor verzog spöttisch den Mund. »Es heißt, dass er ein Herz für Ihr Volk gehabt hat. Stimmt es?«

Sanan war das Gespräch unangenehm. Deshalb war er nicht gekommen.

»Dr. Doll schien unsere Kultur und Religion zu respektieren«, antwortete er vorsichtig, »und er versprach, die Kolchosen aufzulösen und den Bauern ihr beschlagnahmtes Vieh wieder zurückzugeben.«

Es war damals eine merkwürdig schwebende Stimmung im Land gewesen. Eine Mischung aus Misstrauen, Erwartung, Anspannung und Euphorie. Einige setzten ihre ganze Hoffnung in die Wehrmacht. Mit einem starken Freund im Rücken könnten der Feind, Stalin, die Bolschewisten, zurückgedrängt und die alten kalmückischen Traditionen wiederhergestellt werden.

»Aber nicht alles ist Gold, was glänzt«, pflegte sein Onkel hinter vorgehaltener Hand zu sagen. Er hatte von brutalen Strafaktionen auch gegen Kalmücken gehört und von Massakern an Juden in kalmückischen Dörfern. Allein in Elista hatte die Wehrmacht die gesamte jüdische Gemeinde, über hundert Männer, Frauen und Kinder, vor der Stadt zusammengetrieben und erschossen. Hatte niemand protestiert?

Sie können sich die Hand geben, die Nazis und die Bolschewisten, bemerkte sein Onkel, als das Ungeheuerliche publik wurde, und die Tante getraute sich nicht mehr auf die Straße. War sie nicht auch irgendwie Deutsche, obwohl sie das Land ihrer Vorfahren nicht kannte? Sie wusste nicht mehr, was sie denken sollte. Es mag eine Gnade für sie gewesen sein, dass sie bald darauf an einer Lungenentzündung starb. Die Niederlage der Wehrmacht bei Stalingrad und deren Rückzug aus der Region erlebte sie nicht mehr. Auch nicht die Verbannung des Onkels und der Kinder nach Sibirien.

Der Doktor räusperte sich.

»Verzeihen Sie, Monsieur Sanan, ich bin vom Thema abgekommen. Sie wollten bestimmt nicht mit mir über Dr. Doll diskutieren.«

Sanan zog die Augenbrauen hoch. Er wusste nicht, wie er dem Arzt erklären sollte, was ihn quälte.

»Nein, eigentlich nicht. Ich wollte fragen ... also ... Ich habe gehört, dass ein Oberst der Roten Armee die Lagerbewohner des sowjetischen Repatriierungslagers aufgefordert hat, nein, nicht aufgefordert, sondern ›eingeladen‹, nach Hause zu kommen, in die Sowjetunion. Die Heimat warte, alle seien willkommen. Nun haben Sie mir heute Morgen gesagt, dass ich gesund sei, nicht mehr ansteckend. Bedeutet das, dass ich zurückgeschickt werde?«

Dorthin, wo ihm wie Nikitas Landsleuten Tod oder Verbannung drohte. Er hatte für die Deutschen gedolmetscht, er war Teil des Kalmückischen Kavalleriekorps gewesen. Er war ein – Vaterlandsverräter.

Selbst Soldaten der Sowjetarmee, die unfreiwillig in deutsche Kriegsgefangenschaft geraten waren, galten in den Augen Stalins als Vaterlandsverräter.

Sanan schaute zum Fenster hinaus, wo die Nacht den gegenüberliegenden Berghang verschluckt hatte. Was hieß das denn, Verrat am Vaterland? Er sah seinen Vater auf den Stufen des Churul, des Tempels, zusammenbrechen, erschossen von einem Rotarmisten – er hatte nur die Mönche und die Statue Buddhas schützen wollen. War das Verrat am Vaterland? Er sah Ochir und Dordsch und all die Menschen, vom Säugling bis zum Greis, die wie Vieh aus ihren Häusern und Jurten gezerrt und deportiert worden waren – waren das Vaterlandsverräter gewesen?

Zornig trank er seinen Wein aus, in einem Zug.

»Sie wollen also zurück?«

Er hatte die Anwesenheit des Doktors fast vergessen, dessen Stimme kam wie von weit her.

»Ob ich zurückwill? Ja, ich will zurück. Nach Hause«, erwiderte er leise. »Zu Hause, da sind die Mutter und die Geschwister. Zu Hause ist Heimat, die vertraute Umgebung.«

Aber während er das sagte, begann ihm der Kopf zu schwirren. Es stimmte, was er gesagt hatte, und es stimmte auch wieder nicht. Schon lange nicht mehr. Das Kalmückien, das er gekannt hatte, war von der Landkarte verschwunden. Die Mutter, die Brüder und Ariuna lebten, wenn sie überhaupt noch lebten, irgendwo in Sibirien. Ob er sie überhaupt jemals wiedersehen würde?

»Ich weiß nicht, was ich tun soll«, stotterte Sanan.

Der Doktor schenkte ihm und sich Wein nach. Dann beugte er sich vor und musterte ihn über den Rand seiner kreisrunden Nickelbrille hinweg.

»Als französischer Staatsbürger, Monsieur Sanan, heiße ich es nicht gut, dass Sie sich Hitlers Armee angeschlossen haben. Als Freund eines kalmückischen Arztes in Paris kann ich Ihre Entscheidung nachvollziehen. Mein Kollege kam schon um

1920/25 nach Frankreich. Er stand damals vor der Alternative, als angeblicher Volksschädling in die Verbannung zu gehen oder ins Ausland zu emigrieren. Es gibt etliche Kalmücken in Frankreich. Sie haben sich immer bemüht, die Verbindung in die Heimat aufrechtzuerhalten, aber seit der Dezemberdeportation 1943 hat mein Kollege nichts mehr von seiner Familie gehört.«

Der Arzt trank einen Schluck, dann redete er weiter. »Es kommt aber noch etwas hinzu, was meiner Meinung nach fast entscheidender ist. Mein Beruf. Oder nennen Sie es meinetwegen Berufung. Ich soll Menschen, die krank sind, wenn möglich wieder gesund machen. Was mir bei Ihnen, wie ich glaube, ganz gut gelungen ist, worauf ich auch ein wenig stolz bin. Daher ist mir die Vorstellung, dass ich Sie nur geheilt habe, um Sie in den Tod zu entlassen, ein Graus. Zugegeben, sterben müssen wir alle irgendwann. Aber es muss ja nicht sofort sein, meinen Sie nicht auch? Lassen Sie sich Zeit. Sterben können Sie noch immer. Später. Auch hier im Westen.«

Der Arzt grinste. »Dann hätten sich meine Mühe und der Einsatz der vielen Francs wenigstens gelohnt, die das französische Gesundheitsministerium die Güte gehabt hat, in den letzten Wochen und Monaten für Sie auszugeben.«

Als sei das Gespräch für ihn zu Ende, begann der Doktor, zwischen den Papieren auf seinem Schreibtisch herumzukramen. »Haben Sie zufälligerweise Verwandte in Frankreich?«, fragte er beiläufig.

»Ich?«

»Ja, Sie.«

»Ich habe einen Onkel in Paris. Ein anderer Onkel als der in Elista, Schamba Badmaev. Vielleicht kennt Ihr kalmückischer Kollege ihn.«

»Dann wären Sie ja praktisch ein französischer Kalmücke«, überlegte der Doktor, zückte den Füllfederhalter und begann, auf das Blatt Papier zu schreiben, das er eben unter dem Stapel anderer Dokumente herausgezogen hatte.

»Eine Zugfahrt zwecks Repatriierung des Kranken in die Sowjetunion ...«, nuschelte er, »... kann zum jetzigen Zeitpunkt von ärztlicher Seite nicht verantwortet werden ... Seuchengefahr ...«

Die deutschen Sätze kamen dem Arzt glatt über die Lippen, er schien sie schon häufiger formuliert oder auch diktiert zu haben. Als er fertig war, schraubte er den Füller zu, faltete das Blatt zweimal und schob es in Sanans Krankenakte.

»Ihr Onkel wohnt also in Paris? Eine schöne Stadt. Sie werden einem französischen Lager überstellt und warten dort, bis ein Transport nach Frankreich geht.«

Sanan blieb für ein paar Sekunden sprachlos sitzen, dann stand er auf und ging zur Tür.

»Ich danke Ihnen – und alles Gute zum Geburtstag.«

Erst als er in seinem Bett lag und die Schlafgeräusche der Zimmergenossen um ihn herum hörte, fragte er sich, ob die Entscheidung die Richtige war oder ob wieder einmal ein anderer über sein Leben entschieden hatte.

10

BUCHHEIM

———⌒⌒———

Montag, den 20. August 1945

Das schwarze Getränk, mit dem ihn Frau Krone jeden Morgen verwöhnte, dampfte in der Goldrandtasse mit Sprung. Es schmeckte heute weniger langweilig als sonst. Max Buchheim hätte wetten können, dass die Frau, eine junge Witwe, deren Mann bei Stalingrad gefallen war, unter das gemeinhin übliche Getreidemehl einen Hauch kräftiger belgischer Schleichware gemengt hatte. Mehr als nur einen Hauch. Offensichtlich wollte sie ihm etwas Gutes tun.

Als Wasserbauer und Strommeisteranwärter, der er war, genoss er die Aufmerksamkeit seiner Wirtin.

Als neu eingesetzter Gendarm für Brodenbach und Umgebung sollte ihn die Sache misstrauisch machen.

Frau Krone, die ihm eben noch Brot in die Stube brachte, wurde blass, als er sie auf den Kaffee ansprach. Sie würde sich und ihn in Teufels Küche bringen, wenn das in der französischen Kommandantur bekannt würde, warf er ihr vor. Ein Gendarm, der Schmuggelkaffee trank! Er habe die Pflicht, Personen, die mit solchem handelten und ihn unrechtmäßig konsumierten, festzunehmen.

Mit Genugtuung stellte er fest, dass seine energischen Worte Eindruck machten, Frau Krones Lippen begannen zu zittern.

»Herr Gendarm ...«

»Hilfsgendarm«, korrigierte Buchheim einlenkend.

»... ich schwör Ihnen, das ist reinster Getreidekaffee, da ist nichts Unrechtes drin, bitte glauben Sie mir«, flehte sie. »Es ist einfach die Art, wie ich ihn zubereite, dass der Herr Gendarm glaubt ... Meine Großmutter hat mir das beigebracht.«

Diese Großmutter hätte er gern kennengelernt! Sie musste

der Enkelin eine beträchtliche Portion hausfraulichen Talents vererbt haben, war doch das Essen bei Frau Krone trotz der mageren Zeiten erstaunlich, um nicht zu sagen, verdächtig gut. Und dann stand auf dem kleinen Tisch am Fenster seines Untermieterzimmers auch von Zeit zu Zeit eine Flasche Riesling. Aus dem Keller des vor langer Zeit verstorbenen Großvaters, hatte Frau Krone auf Nachfrage mit liebenswürdigem Augenaufschlag beteuert. Buchheim hatte gemeint, einen gewissen Unterton in ihrer Stimme zu hören, doch er hatte nichts dazu gesagt. Das Quartier bei Witwe Krone war angenehm sauber und vor allem konkurrenzlos billig. Mit fünf Reichsmark Hilfspolizistenvergütung pro Tag konnte er sich nun mal keine großen Sprünge leisten. Und musste ein Strommeister in spe wirklich alles wissen? Nein, musste er nicht. Den Hilfsgendarmen in sich überhörte er.

»Schmeckt Ihnen mein Kaffee denn heute nicht?«, fragte Frau Krone jetzt eingeschüchtert.

»Ich glaube Ihnen«, wich er ihrer Frage aus. »Aber ich warne Sie ...«

»Sie sind so freundlich, Herr Buchheim, wirklich«, flötete sie, strich zum wiederholten Mal die Tischdecke glatt und zog sich dann zurück, nicht ohne sich an der Wohnzimmertür noch einmal umzudrehen und ihm zuzuwinken.

Buchheim griff zur Tasse und trank. Langsam. Er schmeckte jedem einzelnen verbotenen Schluck nach. Erfahren durfte das niemand. Nicht in diesen Zeiten, wo sich überall verdächtiges Pack herumtrieb. Erst neulich war bei Pfaffenheck ein Kaufmann auf offener Straße überfallen worden. »Das waren welche aus der Trierer Gegend gewesen, ich weiß, wie man dort redet, meine Mutter stammt von dort«, hatte das Opfer versichert. Hinzu kamen Scharen von befreiten russischen Kriegsgefangenen und Ostarbeitern, die auf dem Weg zu irgendwelchen Heimkehrerlagern durchs Tal zogen. Ausgezehrte Gestalten, verhärmte Gesichter, zerlumpt und unrasiert. Die Leute in den Dörfern fürchteten sich vor ihnen. Wusste man denn, ob diese Männer nicht Böses im Schilde führten? Racheakte, Vergewaltigungen? Man hörte doch so viel.

Auch vom Hunsrück kamen immer wieder Meldungen, wie dreist inzwischen die Banden operierten. Nichts sei ihnen heilig. Hauptsache, sie gelangten an Waren, die sich auf dem Schwarzmarkt zu Phantasiepreisen verhökern ließen.

Der Hunsrück war zwar nicht sein Gebiet, dafür waren andere zuständig, aber es lag doch in beängstigender Nähe zu seinem Einzugsbereich, und Verbrecher kümmerten sich bekanntlich nicht um polizeiliche Verantwortlichkeiten. Er hatte keine Ahnung, was er tun sollte, wenn sich die Diebstähle zur Mosel hinunter verlagerten. Wundern würde er sich nicht. Jeder wusste, dass er der einzige Mann in der Brodenbacher Polizeistation war und darüber hinaus nichts als ein kleiner unbedarfter Hilfsgendarm. Die nächsten Kollegen saßen zwölf Kilometer entfernt in Dieblich.

Zwölf Kilometer! Buchheim lachte bitter. Dem verlorenen Krieg hatten er und die Kollegen es zu verdanken, dass die Dienststellen weder über Fernsprecher noch über Fahrzeuge verfügten, nicht einmal Fahrräder gab es. Er könnte es höchstens mit Rauchzeichen oder Flaschenpost probieren.

Der Speck auf seinem Teller duftete verführerisch.

»In der Not frisst der Teufel die Wurst auch ohne Brot«, brummte er und steckte sich das letzte geräucherte Stück in den Mund. Der Leckerbissen versöhnte ihn mit der Tatsache, dass er sich auf dem Brodenbacher Posten bisweilen fehl am Platz wähnte. Wasserbauer hatte er gelernt. Beim Amt für die Rheinschifffahrt war er für den Hochwasserschutz, die Kontrolle der Uferbefestigung und den Verkehr auf dem Strom zuständig gewesen, als ihn die Besatzungsmacht zum Hilfsgendarmen berief, kaum dass der Krieg und die Kampfhandlungen zu Ende waren.

Hätte er eigentlich Nein sagen können? Der Gedanke war ihm damals nicht gekommen. Irgendwie hielt er es für seine Pflicht, der Anordnung der Militärregierung Folge zu leisten und vorübergehend polizeiliche Aufgaben zu übernehmen, nachdem die meisten Polizisten wegen ihrer Nähe zur nationalsozialistischen Herrschaft verhaftet oder zumindest abgesetzt worden waren.

»Und nicht wenige dürften sich beizeiten abgeseilt haben«, mutmaßte Buchheim.

Was mit seinem Brodenbacher Vorgänger am Tage X im März geschehen war, ob dieser sich aus dem Staub gemacht oder den Alliierten ergeben hatte, konnte Buchheim nicht in Erfahrung bringen. Wen immer er fragte, niemand wusste oder wollte es wissen. »Komm, Buchheim«, beschwichtigte ihn einer, »wir stehen am Beginn einer neuen Zeit, lass uns nach vorne gucken und nicht zurück.«

Das Gleiche hätte sein Vater sagen können. Lass uns nach vorne gucken! So einfach war das.

Buchheim hatte beide Male geschwiegen.

Wie er die ganzen Jahre geschwiegen hatte, wenn der Vater sein Loblied auf den Führer angestimmt und vom Endsieg gefaselt hatte. Der Wechsel vom Rhein an die Mosel war ihm daher willkommen gewesen. Nun brauchte er nicht mehr in das verkniffene Gesicht seines Erzeugers zu sehen, der sich von Hitler und der Geschichte betrogen fühlte.

Aber es hatte noch einen zweiten, zugegebenermaßen gewichtigeren Grund gegeben, dass er von zu Hause fortging, und der hieß Gundi. Gundi und er kannten sich, seit sie fünfzehn waren. Alles war klar gewesen zwischen ihnen, und dann hatte sie von jetzt auf gleich einem anderen Mann den Vorzug gegeben. Warum? Was hatte dieser, was er nicht hatte?

An den ersten Abenden in Brodenbach hatte er einsam und allein in einer muffig-klammen Kammer gesessen und sich mit Moselwein und Trester betäubt. Nachdem er sein Geld vertrunken hatte, studierte er sein Gesicht im Spiegel und schwor sich, nie wieder so viel zu trinken. Dann hatte er sich auf die Suche nach einer freundlicheren Unterkunft gemacht. Er fand sie bei Frau Krone und spazierte nach der Besichtigung des

Zimmers zufrieden zum Fluss hinunter, wohin er gerade noch rechtzeitig kam, um einen Jungen am Schlafittchen zu packen, der versuchte, sein abtreibendes Segelschiffchen wieder einzufangen. Das Kind stand bereits bis zum Kinn im Wasser. Dass es Buchheim auch noch gelang, das ausgebüxte Bötchen zu erwischen, war reine Glückssache gewesen. Seither jedoch hatte er beim kleinen Reinold einen Riesenstein im Brett, und die Brodenbacher zollten dem neuen Hilfsgendarmen eine Achtung, die er seiner Meinung nach gar nicht verdiente. Es war ihm fast peinlich.

Buchheim war fertig mit dem Frühstück. Er stellte die leere Goldrandtasse mit Sprung zurück auf die Untertasse und beides gemeinsam auf den Brotteller und faltete die Serviette zusammen. Sie erinnerten ihn wegen des Monogramms an die damastenen seiner Mutter. Die waren allerdings nur zu Weihnachten oder bei Kommunionsfeiern aus der Schublade geholt worden. Schließlich zog er die weiße Stoffbinde mit der Aufschrift »M.G. – M.R. Police-Polizei« über den Ärmel seines Sommerhemds.

Jeden Morgen regte er sich über dieses läppische Stück Stoff auf. Doch ordentliche Uniformen, die seinem Amt halbwegs gerecht werden würden, waren vonseiten der Besatzungsmacht für Hilfsgendarmen nicht vorgesehen. Auch keine Dienstpistolen. Buchheim verdrehte die Augen. Jede Verbrecherbande wusste, wie sie an Waffen gelangte, und jeder einzelne Ganove war den frisch rekrutierten Ordnungshütern haushoch überlegen.

Schwüle Luft schlug Buchheim entgegen, als er aus dem Haus trat. Er lockerte den Knoten seiner Krawatte und löste den obersten Knopf. Obwohl es nicht weit bis zur Gendarmeriestation an der Uferstraße war, kam er dort völlig verschwitzt an. Der Amtsbürgermeister war noch nicht in seinem Bureau, die Raiffeisenkasse öffnete erst am Nachmittag für eine Stunde, und auch das Bullesje drunten im Keller war verwaist, in den letzten Tagen hatte er sich um keine unliebsamen Gäste kümmern müssen.

Buchheim schloss die Tür zu dem kleinen Zimmer auf, in dem die Dienststelle untergebracht war. Er ließ sie wie immer offen stehen, um Besuchern zu signalisieren, dass er da sei und ansprechbar. Mit einem fatalistischen Seufzer begann er, die Papiere von Flüchtlingsfamilien durchzusehen, die vor zwei Tagen hier aufgeschlagen waren.

Noch kamen vergleichsweise wenige Aussiedler ins Tal, aber auch für die wenigen mussten Unterkunft, Kleidung und Lebensmittelkarten organisiert werden. Nicht alle im Tal zeigten sich begeistert von dem Zuzug. Es gab eine ganze Reihe, die mit seinen Anordnungen nicht zufrieden waren. Da seien doch schon die Ausgebombten aus Koblenz und Mayen und das ganze Kinderheim vom Niederrhein, maulten sie. Und alle müsse man mitversorgen, wo man doch selbst nichts habe. Wie das denn funktionieren solle.

Er verstünde sie ja, erklärte er dann besänftigend und fragte, was er ihrer Meinung nach tun solle.

Die Bemerkung, dass nicht er den Krieg angezettelt und nun trotzdem für Lösungen zu sorgen habe, verschluckte er lieber. Die Leute könnten es in den falschen Hals bekommen, und er wollte ja etwas von ihnen. Also hörte er sich geduldig ihre Klagen an und bekam am Ende, was er brauchte: das Zimmer unterm Dach, die Kammer im Anbau, einmal sogar ein ganzes Haus, wo er neunzehn Personen einquartierte. Dazu alte Matratzen, Decken, Pullover, Kinderstrümpfe, eine Handvoll Kartoffeln, Küchenmesser, stumpf zwar, aber das ließe sich beheben, Töpfe. Es war trotzdem mühselig.

Die große Tür des Haupteingangs knarzte in den Angeln, und Buchheim hob den Kopf. Den Mann, der hereinkam, kannte er flüchtig. Ein Winzer aus Alken, der einen Rebhang vor Brodenbach besaß.

»Der Ortsvorsteher ...«, fing der Mann an.

»Der Alkener oder der Brodenbacher Bürgermeister?«,

fragte Buchheim, um Missverständnissen vorzubeugen, aber er brachte den Mann damit nur durcheinander.

»Wieso der Brodenbacher? Ich komm doch aus Alken«, stellte dieser klar. Der Alkener Ortsvorsteher also wünsche den Gendarmen umgehend zu sehen. Er müsse sofort kommen, denn die Sache sei ja wohl eine polizeiliche Angelegenheit, und auch der Pastor wolle wissen, ob der Herr Gendarm die Leiche noch sehen wolle, bevor man den Sarg verschließe.

Als der Winzer gegangen war, blieb Buchheim an seinem Schreibtisch sitzen. Er hatte die Zusammenhänge nicht begriffen. Eine Leiche?

Mit Toten hatte er bisher kaum zu tun gehabt. In seiner Zeit als Strommeisteranwärter hatte er zwei Ertrunkene aus dem Rhein gefischt und die Kollegen von der Polizei gerufen.

Buchheim betrachtete den schwarzblau schimmernden Granatsplitter, der die Tischplatte seines Schreibtischs im März während des Häuserkampfs in Brodenbach getroffen und sich ins Holz gebohrt hatte. Selbstvergessen strich er über das raue Metall. So ungefähr stellte er sich einen Rohedelstein vor. Bei seinem Dienstantritt hatten er und der Amtsbürgermeister lange überlegt, ob sie das Möbel ausrangieren sollten, aber eigentlich war es schade um das gute Stück. Und von woher hätten sie Ersatz nehmen sollen? Also blieb der Tisch. Und mit der Zeit stellte Buchheim fest, dass es nicht die schlechteste Idee gewesen war. Auf diese Weise wurden er und die Besucher der Gendarmerie an diesen Krieg erinnert, den alle Welt so schnell wie möglich vergessen wollte.

Nebenan hörte Buchheim die Tür zum Bürgermeisterbureau aufgehen. In Brodenbach begann der Tag. Er suchte nach einer Kladde, um sich gegebenenfalls Notizen machen zu können, und verstaute sie in der Gesäßtasche seiner Hose. Dann machte er sich auf den Weg nach Alken. Knapp drei Kilometer Fußmarsch. Er wünschte, er hätte ein Fahrrad.

11

ELLO

———⁕———

Montag, den 20. August 1945

»Was Joseph sich nur dabei gedacht hat!«, schimpfte Oma Tres'chen. »Fragt mich der Herr Ortsvorsteher doch gestern Abend tatsächlich, ob der Leichnam denn nicht bei uns im Haus bleiben kann, bis die Angelegenheit geklärt ist. Es würden sich ja sicher bald Verwandte der Frau melden, und dann wäre die Sache erledigt. So leicht macht sich das der Jupp!«

Noch immer aufgebracht knallte Oma Tres'chen den Brotkorb und das Einmachglas mit dem Birnenkraut auf den Küchentisch.

»Also bei allem Verständnis und christlicher Nächstenliebe, aber das geht ja nun wirklich zu weit. Jupp, hab ich zu ihm gesagt, Jupp, wir sind drei Erwachsene plus vier Kinder im Haus, mit dem Neugeborenen sogar fünf, da ist nicht auch noch Platz für eine fremde Leich. Ich han doch kaane Palast!«

Die Großtante reichte Ello ihre Kaffeetasse.

»Schenk mir ein, Kind, sonst krieg ich mich gar nimmer ein.« Aber sie schmunzelte dabei. »Stell dir vor, Sommer, dreißig Grad im Schatten und dann der Geruch hier drin. Ich bitte dich …«

Als es an der Haustür klopfte, war es der Arzt aus Brodenbach. Man habe ihm gesagt, er solle mal hier vorbeigucken.

Es würde Ello immer schleierhaft bleiben, wie schnell sich Neuigkeiten und Mitteilungen in den Dörfern rechts und links der Mosel verbreiteten – ganz ohne funktionierende Fernsprecher. Sie überlegte noch, ob sie ihn fragen solle, wer ihm so früh am Morgen Bescheid gegeben habe, aber Oma Tres'chen führte den Arzt schon in die Stube, und er hatte begonnen, die Sterbebescheinigung auszufüllen. Dabei wollte sie ihn nicht stören.

»So schöne Leichen, bei denen alles klar ist, liebe ich«, bekundete er selbstgefällig, nachdem er die Tote untersucht hatte. »Rippenverletzung, Einblutungen. Nicht auszuschließen ein Zusammenfall der Lunge. Bestehen Sie auf einer Obduktion? Dann müssten wir den Körper irgendwie nach Koblenz ins Krankenhaus bekommen. Aber ich denke, die äußeren Verletzungen sprechen für sich, und wir können darauf verzichten. Sie stimmen mir doch sicher zu, Fräulein Hebamme?« Provozierend schaute der Arzt sie an.

»Nein, nein, keine Obduktion«, murmelte Ello.

»Dann nur noch die Formalitäten. Name, Geburtsdatum, Wohnort?«

»Das wissen wir nicht.«

Erstaunt hob der Arzt den Kopf.

»Das wissen Sie nicht? Na gut, dann lassen wir das erst mal frei«, entschied er. »Sie kümmern sich darum und geben mir dann Bescheid.« Er zog seine Uhr aus der Westentasche.

»Oje, ich bin spät dran! Der alte Weiler wartet schon, der gerät immer in Panik, wenn ich nicht pünktlich auf die Minute komme. Also dann, einen schönen Tag noch.«

Ello hatte keine Chance, ihn zu fragen, ob er nicht noch einen prüfenden Blick auf die Blutergüsse des Säuglings werfen könne; der Arzt war schon zur Haustür hinaus. Beschwingten Schritts lief er die Gasse zur Oberstraße hoch und federte dabei in den Knien.

Ein bisschen hektisch, der Mann, allerdings gut aussehend.

Dass sie bei dem Gedanken errötete, ärgerte Ello. Ein paar Minuten seiner Zeit hätte der werte Herr Doktor ihr ruhig opfern können. Gut, dass in diesem Augenblick die Männer mit dem Sarg um die Ecke bogen. Der Alltag ging weiter, auch ohne gut aussehenden Arzt. Und das mit dem Bluterguss würde sich schon geben.

Mit einer raschen Handbewegung strich sich Ello eine Haarsträhne hinter die Ohren und hielt dem Schreiner und seinem Gehilfen die beiden Flügel der Haustür auf. Nach dem hastig davoneilenden Doktor empfand sie es als Wohltat, dass die beiden Männer sich die Zeit nahmen, zuerst still neben dem Leichnam zu verharren, bevor sie ein Kreuz schlugen und sich an die Arbeit machten. Oma Tres'chen trennte sich von einer Sofadecke und half, den schlichten Sarg damit auszulegen.

»Man hat ja schließlich ein Herz«, grummelte sie und drehte sich weg, als die Männer den Körper hineinlegten.

Auch Ello guckte nicht hin, sie befürchtete, weinen zu müssen.

Als sie auf der Treppe vom Obergeschoss hinunter zur Eingangsdiele aufgeregtes Kindergetrappel hörte und eine Männerstimme mehrmals »Pst, seid ein bissel leiser!« rief, wusste sie, dass der Pastor gekommen war und die obligatorischen Bonbons verteilte, von denen er trotz Lebensmittelknappheit stets eine kleine Tüte bei sich hatte. »Meine Haushälterin macht sie selbst«, verriet er Ello einmal, weil sie sich gewundert hatte. Dann setzte sich der kleine Trauerzug in Bewegung, der Geistliche vorneweg, dahinter kamen sie, Oma Tres'chen und Margit, die unbedingt vorn mitlaufen wollte. Ihre Mutter folgte mit den Geschwistern. Der Letzte war Hennes Friedrich. Eine Nachbarin von gegenüber hatte sich angeboten, auf den Säugling aufzupassen.

Kaum war die Gruppe in die Von-Wiltberg-Straße eingebogen, schlossen sich ihnen immer mehr Leute an, und als sie den von Bäumen überschatteten Treppenweg zur Michaelskapelle hochstiegen, schien ganz Alken auf den Beinen zu sein.

Kurz vor dem Gebeinhaus auf halbem Absatz fasste Margit nach Ellos Hand.

»Ich hab aber keine Angst vor denen«, erklärte das Mädchen tapfer, während sie an dem offenen Gewölbe vorbeigingen, wo, aufgeschichtet für die Ewigkeit, Totenschädel über Totenschädel lagerten und die Kirchgänger durch das eiserne Gitter hindurch aus leeren Augenhöhlen anglotzten. »Die können ja nicht mehr laufen, oder?«

Ello legte den Arm um die Schultern des Kinds und zog es näher zu sich.

»Nein, die können nicht mehr laufen. Die Knochen liegen schon seit Jahrhunderten hier und rühren sich nicht. Da musst du keine Angst haben.«

»Warum liegen die dort drin?«

»Wahrscheinlich, weil man die Gräber gebraucht hat, in denen sie beerdigt waren.«

»Kommt der Kopf der Frau auch da rein?«

Ello schluckte.

»Nein, Margit, die Frau bekommt ein richtiges Grab«, antwortete sie und war froh, dass sie gleich darauf die Kapelle erreicht hatten und das Kind nicht weiter fragte.

Die Träger stellten den Sarg vor dem Altar ab. Mit einem großen Taschentuch wischte sich der Schreinergehilfe den Schweiß von der Stirn. »Ich versteh nicht, warum der Kasten so schwer ist, an der Frau ist doch nichts dran gewesen«, bemerkte er zu Ello, die neben ihm stand.

Keuchend und nach Atem ringend bahnte sich der Ortsvorsteher seinen Weg durch die Menschenmenge hindurch zum Pastor.

»Ich musste noch auf den Gendarm warten, daher die Verspätung.«

Der Mann, der ihm auf dem Fuß folgte, verneigte sich verlegen. »Ich bitte um Verzeihung, tut mir leid.«

Ello hatte von dem neuen Polizisten in der Brodenbacher Gendarmeriestation gehört, begegnet war sie ihm bisher noch nicht. Die Männer berieten sich kurz. Dann hob der Pastor, um Ruhe bittend, die Hände, sprach ein Gebet und endete mit dem Vaterunser, in das die Gläubigen mit einfielen.

»Und jetzt will unser Ortsvorsteher noch etwas sagen.«

»Eine Unbekannte hat bei uns den Tod gefunden«, fing der an, »aber ihr Kind lebt …«

Der Ortsvorsteher sagte nicht viel, doch er redete umständlich und mit langen Pausen zwischen den einzelnen Sätzen, und die Leute wurden zappelig.

»Mit anderen Worten«, schloss er endlich, »wenn ihr die

Verstorbene kennt oder eine Vermutung habt, wer sie sein könnte, und wenn ihr gesehen habt, wie das Unglück passiert oder euch sonst etwas aufgefallen ist, wendet euch an mich oder direkt an Gendarm Buchheim.«

»Hilfsgendarm«, korrigierte der Mann mit der weißen Armbinde, und Ello hörte jemanden hinter sich höhnen: »Hilfsgendarm! Was kann der schon?«

Allmählich leerte sich die Michaelskapelle. Der Schreiner schaffte mit seinem Gehilfen den Sarg in die kühle Sakristei und stellte ihn dort auf dem Steinfußboden ab. Durch die bleigefassten Fensterscheiben fiel mattes Licht. In einer Wandnische zündete Oma Tres'chen eine mitgebrachte Kerze an.

»Ich werd mich mal umhören wegen einer Amme«, flüsterte sie Ello zu und verließ mit den anderen den Raum. Ello blieb noch.

»Entschuldigung ...«

Sie zuckte zusammen. Sie hatte nicht gehört, wie der neue Gendarm hereingekommen und neben sie getreten war.

»Sie sind die Hebamme, nicht wahr? Was sagen Sie zu dem Ganzen?«

»Was soll ich dazu sagen? Ich habe ja nicht gesehen, wie es passiert ist. Fragen Sie Anna Belchers! Die hat die Frau gefunden.«

»Aber meinen Sie, dass es ein Unfall war?«

»Aber ja«, erwiderte sie erstaunt. »Was soll es denn sonst gewesen sein?«

Ihr gingen zwar auch viele Fragen durch den Kopf. Wer war die Frau, wie alt war sie, von woher mochte sie sein, was hatte sie in ihrem Zustand auf dem Bleidenberg zu suchen, war sie verheiratet? Aber dass es kein Unfall gewesen sein könnte, der Gedanke war ihr bisher nicht gekommen.

»Würde es Sie stören, wenn ich mir die Frau einmal anschaue?«

»Warum sollte mich das stören?«

Der Gendarm wand sich verlegen. »Ich weiß nicht …«
»Aber das ist doch Ihre Aufgabe. Sie haben die Erfahrung mit Toten.«
»Nur mit Wasserleichen.«
»Mit Wasserleichen?«
»Ich bin Wasserbauer …«
»Und wie wird man dann Gendarm?«
»Hilfsgendarm«, wiederholte der Mann mit der weißen Polizeiarmbinde geduldig. »Die französische Militärverwaltung …«
»Das erklären Sie mir besser ein andermal. Ich hab nicht mehr allzu viel Zeit«, unterbrach Ello ihn. Sie musste zu einer Wöchnerin. Immer in Eile, verehrtes Fräulein Hebamme, genau wie der Herr Doktor!, spöttelte sie in Gedanken und entschuldigte sich innerlich bei ihm. Wo er doch so gut aussah!

Zu zweit hoben Ello und der Hilfsgendarm den Sargdeckel hoch, den der Schreiner noch nicht verschraubt hatte, er oben, sie unten, und lehnten ihn gegen die Wand. Dann standen sie minutenlang vor dem leblosen Körper, und Ello wünschte sich, sie könnte in dem wächsernen Gesicht lesen, was geschehen war.

»Um ganz ehrlich zu sein«, gestand der Gendarm und wurde so dunkelrot wie das Rot des Umhangs der Christusfigur, die mit ausgebreiteten Armen auf dem Fenstersims stand, als wolle sie die Tote segnen, »um ganz ehrlich zu sein, ich habe keine Ahnung von dieser Art von Polizeiarbeit.« Er grinste schief. »Meine Wasserleichen sahen ein bisschen anders aus als die hier.«

Aber dann wurde er sachlich.

»Wunden im Gesicht, an Armen und Beinen«, stellte er fest, während er sich tiefer über die Tote beugte. »Die Verletzungen scheinen nicht von einem Kampf herzurühren, auch nicht von einer Waffe. Mein laienhafter Verstand sagt: Hautabschürfungen.« Der Gendarm klang jetzt so nüchtern, als begutachte er jeden Tag Körper, die eine Böschung hinuntergerollt waren. Aber dann geriet er doch ins Stottern.

»Zur unmittelbaren Todesursache könnte ich allerdings nichts sagen ...«

»Innere Blutungen«, warf Ello ein.

»Das wissen Sie?«

Ello schlug Oma Tres'chens Decke auseinander und schob die Bluse der Frau nach oben. Sie versuchte, es ihm zu erklären: die Verletzung am Brustkorb, mutmaßlich verursacht durch einen Stoß, gebrochene Rippen, Einblutungen, nicht auszuschließen ein Zusammenfall der Lunge.

»Sagt der Arzt«, fügte sie bescheiden hinzu.

»Also hat sich die Frau beim Sturz tödliche Verletzungen zugezogen?«

»Anscheinend. Es könnte sein, dass sie plötzlich Wehen bekommen hat oder über eine Wurzel gestolpert und umgeknickt ist. Oder ihr wurde in der Hitze übel.«

»Hat sie denn noch etwas gesagt, bevor sie gestorben ist?«

»Nein, nichts, außer, dass sie Schmerzen am Brustkorb hat. Es ging ja alles ganz schnell.«

»Also wissen Sie auch nicht, wie die Frau heißt?«

»Nein.«

»Und was wird aus dem Kind?«

Ello antwortete nicht sofort. Das Kind. Das war nicht ihre Aufgabe. Sie versorgte es, so gut sie konnte, aber um sein weiteres Schicksal hatten sich andere zu kümmern. Dieser Gendarm hier zum Beispiel. Musste sie ihm tatsächlich erklären, was er zu tun hatte?

»Sie müssen nach dem Kindsvater suchen«, gab sie ungehalten zurück. »Machen Sie die Eltern der Frau ausfindig, die Großeltern! Hören Sie sich in den Dörfern um, gehen Sie zur Behörde! Wenn es keine Verwandten gibt, kommt das Kind eben in ein Waisenhaus. Oder zu Pflegeeltern.«

»Und wo soll ich zu suchen anfangen, wenn ich nicht einmal einen Namen habe?«

Wirklich ein Anfänger vor dem Herrn, dieser … wie hieß er noch? Ein Hilfsgendarm, der selbst Hilfe brauchte. Und doch tat ihr der Mann in seiner Unbeholfenheit auch leid. Vom Wasserbauamt zur Gendarmerie! Das war sicher nicht leicht. In Bombennächten hatte sie zwar Kindern auf die Welt helfen können, aber mit einer Herzoperation wäre sie auch überfordert gewesen. Der arme Patient wäre unter ihren Händen jämmerlich krepiert.

Ello lenkte ein.

»Bestimmt meldet sich bald jemand von der Familie. Dann klärt sich alles«, besänftigte sie ihn und sich. »Übrigens, ich weiß nicht, ob Ihnen das aufgefallen ist. Aber die junge Frau trug keinen Ehering. Allerdings hat das nicht viel zu bedeuten. In einer Schwangerschaft können die Finger anschwellen, besonders an heißen Tagen. Da ziehen viele Frauen schon mal den Ring aus.«

12

E L L O

——⌒⌒——

Montag, den 20. August 1945

Als Ello am Nachmittag von ihrem Hausbesuch zurückkehrte, fand sie Oma Tres'chen mit dem Säugling allein in der Küche. Vom Stockwerk darüber kamen keine Geräusche, die Koblenzerin schien mit den Kindern unterwegs zu sein, vielleicht um Brennholz zu sammeln oder Brombeeren.

»Das Kind hat getrunken und schläft jetzt«, sagte Oma Tres'chen.

»Hast du ...?«

»Nein, eine Amme konnte ich nicht finden.«

Die Großtante wirkte unerwartet bedrückt, so kannte Ello sie gar nicht. Sie nahm die Kaffeekanne, schüttete den Rest Kaffee, der noch vom Frühstück übrig geblieben war, in einen Topf und wärmte ihn auf dem Herd auf.

»Was ist los? Ist was passiert?«, fragte sie, während sie zwei Tassen aus dem Schrank holte und auf den Tisch stellte.

»Ich habe eine Frau aus Niederfell getroffen, Hermine Hauer, ich glaube, du kennst sie nicht. Hermine erzählte, dass seit gestern Abend in Kühr eine Person vermisst wird. Ein Suchtrupp hat die ganze Gegend durchforstet. Nichts.«

»Aus Kühr? Aus dem Kloster?« Ello zog gerade noch rechtzeitig den Kaffeesud vom Feuer, damit er nicht kochte. »Eine Frau?«

»Das wusste Hermine nicht, nur, dass eine Person verschwunden ist. Ich dachte, ich geh zum Kloster und erkundige mich. Aber ...«

Der Großtante versagte die Stimme, sie zitterte am ganzen Körper. Ello ließ Topf Topf sein und setzte sich neben sie. Wartete.

»Am Tag vorher hab ich sie noch besucht. Wir haben den

ganzen Nachmittag gemeinsam gesungen, sie war so glücklich.« Oma Tres'chens Stimme verlor sich.

»Du hast mit der vermissten Person gesungen?«

»Mit der vermissten Person?« Nur langsam kam Oma Tres'chen in die Gegenwart zurück. »Nein. Nein, nein, mit Annemie. Eine Woche später wäre sie neun geworden. Sie hatte die Seele einer Fünfjährigen.«

»Wer war Annemie?«, fragte Ello leise. Als Oma Tres'chen zu weinen anfing, nahm Ello sie in die Arme. Ihre Köpfe berührten sich.

»Von meinem Sohn Konstantin die Tochter.«

Drinnen in der Stube begann die Standuhr zu rasseln. Schlug drei Mal und verklang wieder.

»Konstantin fiel gleich im ersten Kriegsjahr. Annemies Mutter ... ach, vergiss es ...« Oma Tres'chen wischte sich über die Augen.

»Dann wurde ich krank und musste Annemie nach Kühr ins Kloster geben. Vorübergehend. Es würde nicht lange dauern, habe ich ihr versprochen.«

Plötzlich brach es aus Oma Tres'chen heraus, so heftig, wie Ello es noch nie erlebt hatte. »Die Nazis, diese Schweine, endlich darf man es sagen. Sie haben sie geholt und umgebracht. Unschuldige Menschlein, die doch nichts dafür konnten, dass sie nicht so helle im Kopf waren wie andere. Und dabei hat sie so gern gelacht, die Annemie.«

Jetzt schluchzte Oma Tres'chen haltlos.

»Im Mai 43 haben sie sie geholt, einhundertfünfzig Kinder.«

Sie waren noch enger zusammengerückt, Ello und Oma Tres'chen, und hielten sich aneinander fest.

»Warum habe ich sie nur nach Kühr gegeben, warum?«, klagte die Großtante. »Ich mach mir solche Vorwürfe. Aber wer konnte das denn ahnen? Niemand. Keiner hat uns benachrichtigt.«

»Und die Schwestern?«

Vorsichtig löste sich Oma Tres'chen aus Ellos Umarmung.

»Ich glaube, sie waren hilflos. Nur ein paar dieser armen Geschöpfe konnten sie noch in letzter Minute in Sicherheit bringen und verstecken.«

Sie legte beide Hände auf den Mund, so, als wolle sie die Worte, die ihr auf der Zunge lagen, zurückhalten. Aber die Worte ließen sich nicht zurückhalten, sie drängten zwischen den Fingern hindurch, gepresst, abgehackt. »Und das ganze Deutsche Reich hat diesem Kerl zugejubelt …«

Erschöpft sanken Oma Tres'chen die Hände in den Schoß.

»Ich auch, Ello, ja, ich auch … bis mir die Augen aufgingen. Aber da war es zu spät. Ich wollt, ich könnt wiedergutmachen, was ich Annemie angetan hab.«

Oma Tres'chen schaute Ello an, als wolle sie sie um Verzeihung bitten.

»Ich bin seitdem nie mehr in Kühr gewesen. Ich kann einfach nicht. Verstehst du?«

»Ich werde gehen«, sagte Ello. Noch waren die Tage lang. Wenn sie sich beeilte, könnte sie in einer Stunde in Kühr und vor Einbruch der Dunkelheit wieder zu Hause sein.

Der große Eingang zur Klosteranlage war verschlossen. Ello zog an der Glocke. Während sie dem Ton der Schelle nachlauschte, wanderten ihre Gedanken zu der kleinen Annemie, von deren Existenz sie bis dahin keine Ahnung gehabt hatte.

Nicht nur sie, auch Oma Tres'chen plagten also Alpträume. Auch die Großtante, die stets wie ein Fels in der Brandung in sich zu ruhen schien, litt unter einem tiefen Schmerz. Und hatte nie darüber gesprochen. Um sie, Ello, nicht zusätzlich damit zu belasten?

Plötzlich wusste sich Ello in ihrem Leid nicht mehr allein, fühlte sich der Großtante unerwartet nah und vertraut, und in Gedanken nahm sie ihr Oma Tres'chen in den Arm.

Noch immer rührte sich hinter der Klostermauer nichts. Hoffentlich hatte sie den Weg nicht umsonst gemacht. Sie konnte sich vorstellen, dass die gesuchte Person eine der verwirrten Pfleglinge des Hauses war und inzwischen längst wieder wohlbehalten zurück im Heim. Gerade als Ello ein zweites Mal läuten wollte, öffnete eine Nonne das Besucherfenster des Pförtnerhäuschens. Ello fragte nach Schwester Hildegard. Therese Scheidter aus Alken schicke sie. Der Name schien Türöffner zu sein, die kleine Pforte im Haupttor ging auf, und Ello durfte eintreten.

»Ich ruf Schwester Hildegard.«

Müde vom langen Fußweg setzte sich Ello auf eine Bank vor dem Häuschen. Der von mehreren Gebäuden umgebene Hof lag still im späten Nachmittagslicht. Spatzen pickten zwischen Pflastersteinen und Grasbüscheln nach Fressbarem. Zwei Mädchen schleppten gemeinsam einen großen Kochtopf von einem Haus zum anderen, linker Hand saßen auf einer Bank drei Männer und rauchten. Einem fehlte ein Bein, die Holzkrücken lehnten griffbereit neben ihm.

Die Klosterfrau, die wenige Minuten später mit wehendem Gewand auf sie zugeeilt kam, musste Schwester Hildegard sein. Sie war klein und rund und sah aus, wie Ello sich eine Köchin vorstellte, deren Ehrgeiz es war, aus nichts ein Essen zu zaubern, das Hundertschaften satt machen würde. Das Gesicht unter ihrer Haube war gebräunt, als käme sie gerade aus der Sommerfrische. Vermutlich arbeitete sie den halben Tag über im hauseigenen Gemüsegarten, den Ello beim Vorbeigehen gesehen hatte.

»Von Therese Scheidter kommen Sie? Ist es wegen der Annemie?«, fragte Schwester Hildegard besorgt.

»Nein, es ist wegen der Person, die vermisst wird. Haben Sie sie gefunden?«

Schwester Hildegard schämte sich ihrer Tränen nicht, obwohl die Oberin, in deren Bureau sie jetzt saßen, missbilligend den Kopf schüttelte. Aber das störte die Nonne nicht.

»Die Ida! Nein! Was für eine Tragödie!«, jammerte sie wieder und wieder, während Ello zum zweiten Mal berichtete, was geschehen war. Endlich schnäuzte sich Schwester Hildegard in ein großes weißes Taschentuch, trocknete die Augen und vergrub das Tuch in den Tiefen ihres Habits.

»Sie war ein so großmütiger Mensch, müssen Sie wissen. Also, zumindest soweit ich das in der kurzen Zeit, die sie bei uns war, beurteilen kann. Und sie verstand was von ihrem Beruf, wirklich. Sie war Rotkreuzschwester an der Front gewesen, im Osten, hat sie gesagt, aber groß geredet hat sie nie darüber. Sie muss Schlimmes erlebt haben. Und trotzdem war sie immer freundlich. Unsere Kranken im Lazarett liebten sie deswegen, für jeden von ihnen hatte sie ein offenes Ohr, immer.«

»Und das Kind, sagen Sie, lebt? Unglaublich.« Die Oberin konnte es kaum fassen.

»Wenn diese Ida Krankenschwester war, dürfte sie gewusst haben, was sie tun musste, als die Wehen einsetzten«, wandte Ello ein.

»Da mögen Sie recht haben. Ich wäre in einer solchen Situation verloren gewesen.« Schwester Hildegard prustete verschämt in ihre Faust, und die Oberin schaute sie strafend an.

»Aber es stimmt doch«, verteidigte sich die Nonne treuherzig, »was weiß ich denn schon von solchen Dingen.«

Der Disput zwischen den Klosterfrauen hielt Ello davon ab, die beiden direkt nach dem Kindsvater zu fragen und ob die junge Frau verheiratet gewesen war. In ihrer frommen Tracht erschienen sie ihr irgendwie … War »unbedarft« das richtige Wort? Auf jeden Fall nicht ganz von dieser Welt. Aber vielleicht tat sie ihnen unrecht, vielleicht besaßen Ordensfrauen mehr Lebenserfahrung, als man gemeinhin glaubte. Ello versuchte es andersherum.

»Ist Ida denn öfter allein spazieren gegangen?«

»Nein«, meinte Schwester Hildegard, »sie blieb meistens im Kloster, wenn sie frei hatte. Nur gelegentlich ging sie nach Niederfell, das sind ja nur ein paar Schritte. Dabei hat sie auch fast immer den Thomas mitgenommen. Sie mochte ihn, hatte einen Narren an ihm gefressen und ihm immer was gekauft, wenn beim Bäcker Backtag war.«

»Und wer ist Thomas?«

»Er ist uns von Koblenz gebracht worden. Ein Kind, das zwischen Trümmern gefunden wurde und lauter wirres Zeug erzählte. Es heißt, dass er seine Eltern verloren hat, wir wissen aber nicht, wann und wo. Ob es bei einem Bombenangriff war oder ob etwas anderes dahintersteckt.«

»Wie alt ist er?«

»Zehn.«

Schwester Hildegard rutschte auf ihrem Stuhl nach vorn. »Das mit dem Bleidenberg, ich glaube, das war meine Schuld ...«, fuhr sie dann reumütig fort. »Ich hatte ihr von der Wallfahrtskirche erzählt, wie schön die Aussicht von dort oben übers Land ist. Sie wollte dann am Sonntag einen freien Tag haben. Aber«, setzte die Schwester nach einer Pause vorwurfsvoll hinzu, »sie hätte mir auch wirklich Bescheid geben können, ich hätte sie doch begleitet. Erst am Abend hat uns die Schwester an der Pforte gesagt, dass Ida angedeutet hatte, dorthin zu gehen. Die Schwester war nachmittags einen Krankenbesuch machen und hatte von der ganzen Aufregung nichts mitgekriegt. Der Suchtrupp ist dann ein zweites Mal los, aber da war Ida ja dann schon bei Ihnen.«

Ello wusste nicht weiter. Sie saß schon fast eine Stunde hier und hatte noch nichts wirklich Konkretes herausbekommen. Sie musste direkter fragen, die Nonnen waren zu zurückhaltend.

»Kannte Ida jemanden, der sie mit hoch genommen hat, ein Bauer zum Beispiel auf einem Fuhrwerk?«

»Das bezweifle ich, Ida hat sich eher abgekapselt. Ich kann mir nicht vorstellen, dass sie einfach so mit irgendjemandem mitgefahren wäre.«

»War sie verheiratet?

Die Oberin blickte Schwester Hildegard an, als wolle sie sagen: Siehst du, das haben wir jetzt davon.

»Verstehen Sie«, insistierte Ello, »wir brauchen die Heimatadresse der Frau, damit Gendarm Buchheim die Familie benachrichtigen kann. Außerdem müssen wir wissen, was mit dem Leichnam geschehen soll. Und mit dem Kind. Es gehört doch zu seinen Verwandten.«

Die Oberin blickte nervös über die Papiere und Akten auf ihrem Schreibtisch. »Ich muss Sie enttäuschen, Fräulein Wiesrath. Wir wissen nichts über Ida.« Wieder warf sie Schwester Hildegard einen unwilligen Blick zu. »Ich hatte von Anfang an Bedenken, die junge Frau bei uns aufzunehmen, noch dazu in ihrem Zustand. Sie hat kaum geredet und von sich überhaupt nichts, und außerdem konnte sie bei aller Hilfsbereitschaft ziemlich eigensinnig sein.«

»Aber ...«

»Wirklich, ich kann Ihnen nicht mehr sagen. Sie behauptete, sie hieße Ida Rempin. Ein merkwürdiger Familienname, nicht von hier. Ich bezweifle inzwischen auch, ob das Wenige, das sie uns erzählt hat, überhaupt stimmt. Aber wie hätte ich das denn nachprüfen sollen? Wo hätte ich mich erkundigen können? Es herrschte doch nach der Besetzung durch die Amis rundherum nur Chaos, und außerdem hatten wir genügend zu tun mit den ausgebombten Familien und verwundeten Soldaten, um die wir uns plötzlich kümmern mussten. Und das gleichzeitig mit der Versorgung neuer Pfleglinge. Da kann man doch nicht jeden überprüfen.«

Die Oberin zupfte fahrig am Ärmel ihres Gewands. »Mag sein, dass das ein Fehler war, aber man hat ja auch Mitleid mit all diesen verlorenen Menschen. Und so habe ich einfach Ja gesagt, Ida könne bleiben und im Lazarett helfen, was sie auch trotz ihrer fortgeschrittenen Schwangerschaft vorzüglich gemacht hat, das muss ich zugeben. Und jetzt bitte ich Sie, mich zu entschuldigen. Ich habe noch Verwaltungsarbeiten zu erledigen, und Sie wollten sich ja auch noch das Zimmer der jungen Frau ansehen. Machen Sie das, und lassen Sie sich alles Weitere von Schwester Hildegard erzählen.«

13

ELLO

─────●◦●─────

Montag, den 20. August 1945

»Sie meint es nicht so, unsere gute Oberin, im Grunde hat sie
ein großes Herz«, erklärte Schwester Hildegard verschmitzt,
als sie die Tür zum Zimmer der Klostervorsteherin hinter sich
zugezogen hatte. »Wenn man sie kennt, weiß man, wie man
sie zu nehmen hat.«

Während sie Ello durch ein Labyrinth von Gängen und
Treppenhäusern lotste, rissen die Gefühle sie mit. Sie begann,
ohne Punkt und Komma zu reden.

»Es stimmt schon, die Schwester Oberin hatte erhebliche
Bedenken wegen Ida, auch ich war mir unsicher, aber das arme
Mädchen war kreuzunglücklich, noch keine vierundzwanzig,
schwanger, der Mann im Krieg gefallen, damit muss man doch
erst mal fertig werden, ich habe sie einfach gemocht.«

»Also war sie verheiratet …«

»So hat sie gesagt. Ich weiß nicht, ob es die Wahrheit ist.
Ehrlich gesagt, ich bezweifle es, denn ein andermal hat sie
erzählt, dass er kriegsverletzt gewesen sei, danach wieder an
die Front musste und sie auf seine Heimkehr warte. Ich kann
Ihnen nicht sagen, was stimmt. Aber, Fräulein Hebamme,
Mensch ist Mensch, verheiratet oder nicht, und in der Not
braucht man Hilfe.«

Schwester Hildegard nickte energisch, bevor sie weiterredete. »Ida erzählte, dass sie von Polen aus, wo sie in einem
Feldlazarett gearbeitet hat, zu Fuß nach Westen geflohen ist.
Unterwegs ist der Treck, dem sie sich angeschlossen hatte,
bombardiert worden. Viele Leute sind gestorben. Sie selbst hat
alles verloren, was sie noch besessen hatte, ihre letzte Habe,
alle Papiere. Irgendwann ist sie in Koblenz aufgeschlagen, hat
bei einer alten Dame gewohnt, konnte aber dort nicht bleiben,

weil es im Haus schon so viele Flüchtlinge und Rückkehrer gegeben hat, die schliefen teilweise zu viert in einem Bett, zehn Personen in einem Zimmer. Dann muss ihr jemand erzählt haben, dass wir hier im Haus ein Lazarett für Kriegsversehrte haben. Und so stand sie eines Tages bei uns vor der Tür. Sie wollte arbeiten, unbedingt. Über den Vater des Kindes hat sie nie geredet, aber sie hat sich darauf gefreut. Denn wenn sie meinte, wir sehen es nicht, hat sie sich immer über den Bauch gestrichen, ganz zart und liebevoll.«

Die Nonne hielt vor einer Zimmertür.

»Wir haben Zweitschlüssel für alle Räume«, erklärte sie und schloss auf. »Aber nicht, dass Sie denken, ich würde das ausnutzen. Das käm mir nie in den Sinn. Gestern war es das erste Mal, dass ich in ihre Kammer ging, ohne sie gefragt zu haben, ich musste mich regelrecht dazu überwinden. Aber als sie am Abend nicht zum Essen und später auch nicht zum Nachtdienst erschienen war, mussten wir doch gucken, was los war. Man weiß ja nie, es waren nur noch drei oder vier Wochen bis zur Geburt, es hätte was passiert sein können. Was hätten Sie denn getan in so einem Fall?«

Dasselbe, dachte Ello. Aber statt eine Antwort zu geben, erkundigte sie sich nach den Eltern der jungen Frau.

»Solchen Fragen ging Ida aus dem Weg. Nur einmal deutete sie an, dass sie kein gutes Verhältnis zu ihnen hatte. Das kommt ja vor, nicht wahr? Ich hab mir gesagt, dräng sie nicht, Hildegard, das arme Mädchen muss erst mal zur Ruhe kommen nach allem, was sie mitgemacht hat. Wenn das Kind erst mal auf der Welt ist …«

»Warum haben Sie mich eigentlich nicht gerufen?«, unterbrach Ello sie. Schwester Hildegard hatte wohl mit dieser Frage gerechnet.

»Doch, doch«, erwiderte sie, »wir hatten ihr vorgeschlagen, Sie zu rufen. Aber Ida wollte nichts davon wissen. Sie sagte, alles sei in Ordnung, sie habe in den Lazaretten an der Ostfront Geburten miterlebt, auch selbst durchgeführt, sie brauche keine Hebamme. Ich habe mit Engelszungen auf sie eingeredet, das können Sie mir glauben, auch dass sie nichts bezahlen müsse, das Kloster käme für alles auf. Aber wie ich vorhin schon sagte, so lieb Ida einerseits war, so dickköpfig konnte sie auch sein. Da hab ich mir gesagt, Hildegard, fang in ihrem Zustand keinen Streit an, gib nach, das renkt sich wieder ein, und da wir hier im Haus eine Schwester haben, die einmal in einem Krankenhaus auf einer Geburtsstation gearbeitet hat, nicht lang, aber immerhin, haben wir ihr ihren Willen gelassen. Mir wäre es lieber gewesen, wenn ich Sie bei der Geburt dabei gewusst hätte. Aber es ist ja ohnehin anders gekommen.«

Schwester Hildegard schickte sich an, den großen Schlüsselbund wieder unter ihrem Habit zu verstauen, und verabschiedete sich.

»Ich muss zu meinen Pfleglingen. Finden Sie allein nach draußen? Ja? Gut. Dann schauen Sie sich jetzt in Ruhe im Zimmer um.«

Zum Schluss fiel ihr noch etwas ein.

»Sie sollten unbedingt mit Wilhelm Franke reden. Er ist einer der Patienten im Lazarett und der Einzige, mit dem sich Ida häufiger unterhalten hat. Er war auch an der Ostfront, vor Stalingrad. Gemeinsame Erinnerungen verbinden.«

Der Raum war winzig, das Bett ordentlich gemacht, die Zudecke sorgfältig glatt gestrichen. Am Kopfende stand ein Nachttischschränkchen, auf dem zwei Bücher lagen, beides Romane, deren Titel und Autoren Ello nichts sagten. Auf dem Fensterbrett stand ein Väschen mit gelb-weißen Kamillenblüten, davor lehnte eine unbeschriebene Postkarte mit einer Panoramaansicht von Niederfell und der Mosel. Im Schrank an der Rückwand des Zimmers hingen über Bügeln ein Rock und ein Umstandskleid, in den Seitenfächern waren zwei Pullover, Wäsche und Waschsachen verstaut, außerdem drei Säuglingshemdchen und zwei Strampelanzüge. Spenden der Niederfeller

Gemeinde? Sie würde Schwester Hildegard fragen, ob sie die Kinderkleidung mitnehmen könne, dann wäre das Neugeborene fürs Erste versorgt.

Blieb nur noch der Tisch. Ello zog die vordere Schublade auf. Bleistifte, ein Spitzer und Radiergummi, ein Füllfederhalter nebst Tintenfässchen, vier Schulhefte. Auf der Rückseite einer der Kladden klebte ein goldfarbenes Schildchen mit der Aufschrift »Koblenzer feine Papier- und Schreibwaren. Seit 1895«. Ello blätterte die Hefte durch. Auf einigen Seiten waren Skizzen von einem Flusstal. Die Mosel? Dazwischen lose Bögen aus einem Zeichenblock. Auch darauf Landschaften, ein Wäldchen, einmal Ida selbst, strahlend, mit wehenden Locken. Sie war gut zu erkennen. Ein Selbstporträt?

Das kleine Oktavheft ganz hinten in der Lade hätte Ello fast übersehen. Sie nahm es heraus, setzte sich aufs Bett und schlug es auf.

Kühr, den 4. August 1945
Noch fünf Wochen, dann bist du da. Wirst du ein Junge oder ein Mädchen? Manche sagen, wenn es stark boxt, ist es ein Bub, sonst ein Mädchen. Aber was heißt schon stark boxen, und eigentlich ist es doch auch egal, ich lasse mich überraschen.
Wie wirst du aussehen? Kommst du nach deinem Vater oder nach mir?
Kleine Hummel, es tut mir sehr weh, dass du deinen Vater nie kennenlernen wirst und er dich nicht. Wenn du groß bist, werde ich dir von ihm erzählen. Wie ich dich nennen soll, weiß ich noch nicht. Eines allerdings weiß ich genau: Du bekommst nicht den Namen deines Großvaters oder deiner Großmutter. Ich überlege, ob ich dir den Namen deines Vaters geben soll, falls du ein Jun...

Mitten im Wort musste Ida unterbrochen worden sein. Warum auch immer. Ello blätterte das Heftchen durch, um sicher zu sein, dass sie keinen Eintrag übersehen hatte. Und tatsächlich, auf der vorletzten Seite fand sie noch einige wenige Sätze, hingekritzelt, ohne Datum, als sei Ida in Eile gewesen.

Lieber, wo bist du? Geht es dir gut? Ich habe Sehnsucht nach dir. Ich würde alles darum geben, wenn ich dich nur noch einmal im Leben wiedersehen dürfte.

14

BUCHHEIM

———◦———

Montag, den 20. August 1945

Buchheim schwitzte. Es ist die Hitze, redete er sich ein, während er am Alkener Bach entlang ins Tal hineinstapfte. Aber er wusste, dass er sich etwas vorlog. Es war nicht das Wetter, das ihm zu schaffen machte. Es war die dumpfe Vorahnung, dass die Sache, die ihm der Alkener Ortsvorsteher aufs Auge gedrückt hatte, alles andere als harmlos war.

Da sei nämlich noch etwas, hatte der Ortsvorsteher ihm am Morgen gesagt, bevor sie gemeinsam zu der kleinen Trauerfeier in die Michaelskapelle gegangen waren. Bewohner des Bachtals hätten in der letzten Woche Männer beobachtet, die ihnen verdächtig vorkamen. Und dann habe Willi Hahn, der im letzten Haus des Tals lebe, am Tag zuvor, also am gestrigen Sonntag, Schüsse gehört. Ob der Gendarm nach dem Besuch der Sakristei nicht mal schnell dorthin gehen könne, um zu sehen, ob an der Sache etwas dran sei? Er selbst glaube es zwar nicht, aber man wisse ja nie … in diesen Zeiten.

Lieber hätte sich Buchheim nach der Begutachtung der Leiche in der Sakristei weiter mit der Hebamme über Rippenbrüche und spitze Gegenstände, die in Wäldern herumlagen, unterhalten. Aber sie war in Eile gewesen. Bestimmt war eine Hebamme immer in Eile. Kinder warteten schließlich nicht, das hatte man ja nun gesehen.

Alles andere als begeistert, aber pflichtbewusst stapfte Buchheim bachaufwärts. Schüsse im Tal! Und ausgerechnet an dem Tag, an dem diese junge Frau, die jetzt im Sarg in der Sakristei lag, tödlich verunglückt war! War das Zufall? Nein, sagte er sich, das konnte unmöglich ein Zufall sein.

Noch säumten Häuser den Talweg, und doch wurde ihm mit jedem Schritt mulmiger zumute.

Er war Wasserbauer, kein Gendarm. Nur ein Gendarmprovisorium!

Am liebsten hätte er es in die Wipfel der Bäume hinaufgeschrien.

Was sich die Besatzer nur dabei gedacht hatten, als sie Beamte wie ihn für den Polizeidienst anheuerten? Die Einführung in den Gendarmeriedienst war denkbar oberflächlich gewesen und vor allem paragrafenlastig. Jede Militärregierung hatte ihre eigenen Vorstellungen von Gesetz und Ordnung. Kaum wusste er die amerikanischen Verwaltungsrichtlinien auswendig, waren die Franzosen mit neuen Vorschriften gekommen, und inzwischen wollten auch deutsche Behörden wieder mitreden. Es ging um Straßenverkehrsordnung und Lebensmittelkontrolle, um Ladenschließzeiten und Angelerlaubnis. Von verdächtigem Gesindel und marodierenden Banden, die in Bachtälern herumballerten, war nie die Rede gewesen.

»Und von Dienstwaffen schon gar nicht«, schimpfte Buchheim und fühlte sich einem dunklen Schicksal ausgeliefert.

Auf der Bank neben dem Eingang ihres Häuschens saß eine Frau und schnippelte Bohnen. Buchheim grüßte im Vorübergehen. Er glaubte zu spüren, wie sie hinter ihm hersah, und drehte sich noch einmal um. Richtig. Sie winkte. Er winkte zurück.

»Vielleicht wird sie die Letzte sein, die mich noch lebend sieht«, grollte er. Außerdem knurrte sein Magen. »Und dann noch hungrig in den Tod«, spottete er in einem Anfall von Galgenhumor und trocknete sich zum zigsten Mal die Stirn mit dem Hemdärmel. Ein Eichelhäher keckerte, eine Maus flitzte vor ihm über den Weg. Er atmete auf, als er endlich vor dem letzten Alkener Haus im Tal stand.

Willi Hahns runzeliges Gesicht war das eines Greises, aber als er Buchheim begrüßte, blitzten die Augen des Alten hellwach hinter den Brillengläsern, und die Stimme hätte die eines jungen Mannes sein können.

»Danke, dass Sie gekommen sind«, begrüßte ihn Hahn. »Ich bin leider nicht mehr so gelenkig, Sie sehen, mein Bein«, entschuldigte er sich, während er Buchheim in die Stube vorausging. Er hinkte. »Erinnerung an einen kleinen Unfall. Na, Schwamm darüber. Ich leb und han auch vor, dat noch eine Weile länger zu tun. Ich werd nächsten Monat dreiundachtzig und würd gern noch etliche Jährchen älter werden. Wollen Sie was trinken?«, fragte er im selben Atemzug.

»Wenn Sie ein Glas Wasser für mich hätten?«

»Kommt gleich.«

Der alte Mann humpelte aus der Stube hinaus. Gleich darauf hörte Buchheim ihn in der Küche rumoren. Als er wieder zurückkkam, trug Hahn ein Tablett mit duftendem Kaffee, Brot und Butter, Kaffeetassen und Gläser mit Wasser. Unterm Arm klemmte eine Flasche Hefebrand.

»Zucker kann ich Ihnen nicht anbieten, nicht mal auf Lebensmittelkarten ist der zu kriegen. Aber der Mensch gewöhnt sich an alles.«

Buchheim war aufgesprungen, um Hahn das Tablett abzunehmen und zum Tisch zu tragen.

»Ja, ja, mein Bein. Deshalb han ich ja auch gestern Nachbars Hansi zum Ortsvorsteher geschickt. Früher hätt ich ja selwa nachgeguckt, wat dat für 'ne Schießerei war. Ich trau mir auch heut noch viel zu, aber mit dem Bein muss ich halt halblang machen. Zwei Schüsse waren es, Herr Gendarm, ich han es deutlich jehört, zwei Schüsse schnell hintereinander, und ich glaaw, dat se vom Steinbruch jekom säin.«

»Steinbruch?«, fragte Buchheim dazwischen.

»Sie wissen nicht, wo der ist? Nein? Immer hier den Weg weiter, drei-, vierhundert Meter vielleicht, dann sehen Sie ihn schon. Linker Hand. Aber nehmen Sie sich doch Kaffee, und schneiden Sie das Brot an, das hat Hansis Mutter gebacken. Ich weiß nicht, woher sie das Mehl hat. Aber dat ist mir auch egal. Mir eine besonders dicke Scheibe. Danke.«

Ist über achtzig Jahre, hat ein Hinkebein, wohnt im letzten

Haus des Dorfes und kocht einen göttlichen Kaffee, dachte Buchheim respektlos, nachdem er einen Schluck getrunken hatte. Wahrscheinlich gerade deshalb! Weil er im letzten Haus von Alken wohnt! Überall Schmuggelnester. Wohin man guckt.

Aber die Schüsse im Wald waren dem Mann trotzdem nicht geheuer gewesen. Also, Herr Hilfsgendarm, sag nix! Er schluckte den Bissen Brot hinunter, den er im Mund hatte, und genoss den Bohnenkaffee.

»Wie kommen Sie darauf, dass es Schüsse waren«, fragte er dann.

»Meine Ohren sind noch gut, Herr Gendarm, und ich han zwei Krieje metjemach. Da lernt man, wie sich Schüsse anhören, glauben Sie mir.«

»Gewehr- oder Pistolenschüsse?«

»Ich bin mir ziemlich sicher, dass es Pistolen waren. Aber fragen Sie mich nicht, ob russische, deutsche oder amerikanische. Dat kann ich net unnerscheide.«

»Um wie viel Uhr war das?«

»Kurz vor sieben.« Willi Hahn deutete auf den Volksempfänger, der die Hausdurchsuchungen der Alliierten unbeschadet überstanden hatte.

»Mittlerweile darf man's ja sagen. Um sieben han ich immer Radio Beromünster jehört. Nachrichten. Freitags die Weltchronik. Und wenn der Empfang gut war, auch Musik, schöne Musik. Dat mach ich heut noch so, aus alter Gewohnheit, wissen Sie?«

Buchheim nickte neidisch. Musik. Die hätte er auch gern in seinem Untermieterzimmer bei Frau Krone. Aber er besaß keinen alten Volksempfänger.

»Und was hat es mit den verdächtigen Personen auf sich, die sich hier herumtreiben sollen?«, fragte er.

»Ich selwa han kaane iseen, aber die Kenner hannet isoot. Sie wisse doch, wie die Debbertche säin. Renne den ganze Tag in der Gegend rum, roff zur Burg und wieder runner, zum Bleidenberg oder die Bäche entlang.«

Und dorthin, wo ihre Väter das heimlich geschlachtete Schwein und die Räucherwürste versteckt haben, ergänzte Buchheim für sich. Er konnte es den Leuten nicht verdenken. Alle wollten irgendwie überleben.

»Und wer sind diese Männer?«

»Ich waaß et net, ich han nur so meine Theorien: versprengte SS-ler. Heimatlose Kriegsrückkehrer. Russen, die sich in den Wäldern verkrieche, weil se net mehr zurückwolle. Und jede Menge Halunken. Leute, die vor dem Krieg geklaut han, Herr Gendarm, hören jetzt net plötzlich auf damit. Gerade jetzt net, wo sich auf dem Schwarzmarkt alles zu Geld mache lässt. Hätten Sie eventuell eine Zigarette für mich?«

Buchheim musste verneinen. »Ich rauch nicht, aber ich guck mal, ob ich Ihnen welche besorgen kann.«

»Dat wär schön.«

Willi Hahn zeigte beim Lachen eine Reihe brauner Zähne. Ein paar fehlten.

»Gibt es denn jemanden, der mit mir zum Steinbruch gehen kann? Es ist immer besser, wenn man einen Zeugen dabeihat.«

Zeuge hörte sich gut an, fand Buchheim. Dass er sich mit einem zweiten Mann sicherer fühlen würde, wollte er nicht zugeben.

»Gehen Sie zum Herbert nebenan. Der hat die Schüsse auch gehört.«

Aber Herbert wollte nicht. »Nee, nee, mit so was will ich nix zu tun haben«, wehrte er erschrocken ab und schloss sofort die Tür wieder.

Im Haus gegenüber machte eine Frau auf. Sie wirkte resoluter als Herbert und bejahte sofort, als Buchheim sie fragte, ob sie in den letzten Tagen etwas Verdächtiges beobachtet habe.

»Vor vier Tagen kam hier einer vorbei. Er kam von dort ...«, sie deutete das Bachtal hinauf in den Wald, »... und guckte die ganze Zeit so komisch durch die Fenster. Ich han ihn jefroocht, ob er wen sucht. Da hat er sich umgedreht und ist zurückgelaufen. Ohne was zu sagen. Und gestern hat der Marie ihr Mann, der Fischer, erzählt, dass da zwei fremde Männer am Steinbruch gewesen sind. Der eine soll einen Rucksack dabeigehabt haben, die hätten was vergraben. Also, ich soon Inne, Herr Gendarm, ich loose häi ka Fenster mie uffstinn, dat kinne Se mia glaawe.«

Buchheim glaubte es ihr.

»Wo wohnen die Fischers denn? Ich würde gern mit dem Mann sprechen.«

»Wenn Sie zurück ins Dorf gehen, ist es das übernächste Haus. Aber der Georg es heut schon ganz früh nach Kattenes in säine Wingert jange. Da müsse Se schon am Abend noch mal wiederkomme.«

Buchheim verharrte unschlüssig an der Türschwelle. Was dieser Georg Fischer gesehen hatte, könnte wichtig sein. Er würde ihn später befragen.

»Ja, dann mach ich mich mal auf den Weg zum Steinbruch.«

Es sollte fest und entschlossen klingen, aber seine Stimme hörte sich hohl an, er merkte es selbst, und die Frau sah ihn mitleidig an.

»Nehmen Sie den hier mit«, sagte sie, griff hinter die Tür und zog einen Wanderstock mit scharfer Metallspitze hervor. »Der ist vom Vater, der hat den immer bei sich gehabt, wenn er unterwegs war. Sie können ihn mir ja irgendwann wieder zurückbringen, wenn Sie ihn nicht mehr brauchen.«

Kein Blatt bewegte sich in der schwülen Luft des Nachmittags, kein Vogel war zu hören. Der Wald stand so still, wie Buchheim es befürchtet hatte. Vor dem Krieg dürften hier Wanderer in Scharen unterwegs gewesen sein. Aber wer dachte in diesen Zeiten denn schon an Sommerfrische?

Buchheim rammte den Stock mit dem spitzen Ende kräftig in den trockenen Boden und zog ihn mit dem nächsten Schritt wieder heraus. Und noch einmal und noch einmal. Wirklich, ein solides Stück. Im schlimmsten Falle würde es ihm nicht viel nützen, aber besser als gar nichts war es allemal.

Abseits des Wegs lugte unter einem Busch ein verrosteter Metallkasten hervor, der Deckel hing nur noch an einem Scharnier. Buchheim blieb stehen. Das Ding schien leer zu sein. Hatte es etwas mit den Schüssen zu tun, oder war es ein Überbleibsel aus den Tagen der Belagerung von Alken? Die Kiste könnte aber gut und gern auch aus der Vorkriegszeit stammen. Nur, dann würde sie nicht mehr hier liegen; dann hätte sie längst jemand mitgenommen. Verrostet oder kaputter Deckel, egal, für so einen Kasten gab es immer eine Verwendung.

Buchheim versuchte das Stück hochzuheben. Es ließ sich nicht bewegen. Vermutlich hatte es nichts zu bedeuten. In einem Wald lag immer viel herum.

Langsam ging Buchheim weiter. Er passierte einen Abzweig, der nach links zu einer Hütte führte. Kurz darauf kletterte rechter Hand ein schmaler Steig in Serpentinen den Abhang hoch. Zur Burg Thurant, nahm er an. Bei beiden Abbiegungen hatte er überlegt, ob er diesen Pfaden folgen sollte, um nach verdächtigen Spuren abseits des Hauptwegs zu suchen. Aber beide Male entschied er sich dagegen. Schließlich hatte Georg Fischer die Männer angeblich am Steinbruch beobachtet. Auch die Schüsse seien ja von dort gekommen. Wobei das Echo im Bachtal natürlich täuschen konnte.

Plötzlich hörte Buchheim es rascheln. Kein Rascheln wie von einem Tier, sondern kleine schnelle Schritte durch trockenes Laub und Unterholz. Dann sang jemand. Schrill, hell und falsch. Der Sänger kam auf ihn zu. Buchheim verharrte abrupt, packte den Stock fest mit beiden Händen. Da sprang jemand aus der Böschung. Vor ihm auf dem Weg landete ein Junge von acht oder neun Jahren.

Das Kind wurde kreidebleich, als es ihn sah; es hatte offenkundig nicht mit einem Spaziergänger gerechnet. Einen Moment zögerte es, überlegte wohl, ob es davonrennen sollte oder besser nicht. Die Zeit reichte Buchheim. Mit einem Satz war er bei dem Jungen und hatte ihn am Arm zu fassen gekriegt.

»Hab keine Angst. Ich tu dir nichts. Ich bin Gendarm Buchheim aus Brodenbach.«

»Wirklich?«

»Wirklich! Guck, hier die Armbinde. Du kannst doch schon lesen: ›M.R. Polizei‹. Das heißt ›Militärregierung Polizei‹.«

»Ich weiß, und ›M.G. Polis‹ heißt ›Military Gaverment Poliis‹, stimmt's?«

»Es stimmt, und jetzt sag mir, wer du bist und warum du so laut gesungen hast!«

»Ich bin der Hansi Fischer, und ich hab gesungen, weil … also …« Hansi drehte und wand sich. »Mein Vater hat erzählt, dass da gestern … im Steinbruch … zwei Männer waren.«

»… und die könnten vielleicht was vergraben haben. Ja?« Der Junge blickte verschämt zu Boden.

»Und du hast gedacht, da geh ich doch mal nachgucken. Hast du was gefunden?«

Hansi schüttelte heftig den Kopf.

»Aber da liegt ein Toter«, wisperte er, »der hat ein Loch im Kopf.«

15

BUCHHEIM

—⸱⸱—

Montag, den 20. August 1945

Der Tote lag auf dem Rücken. Hose und Hände waren blutverschmiert. Mitten auf der Stirn klaffte ein Loch, ein, wie Buchheim meinte, sauberes Einschussloch. Aber eigentlich kannte er sich nicht aus mit Schussverletzungen, und er schaute hilflos auf den leblosen Körper hinab. Er fühlte sich mindestens ebenso unwohl in seiner Haut wie der kleine Hansi Fischer, der laut und falsch gegen die Angst angesungen hatte. Sie könnten gemeinsam singen, er und der Hansi, sie wären ein schönes Duo.

Misstrauisch blickte Buchheim sich um, obgleich er sich sagte, dass der oder die Täter längst über alle Berge waren. Die Schüsse waren ja nicht eben erst gefallen, sondern tags zuvor, und wenn die Schützen den Mann hatten ausrauben wollen, dann hatten sie es eh schon getan. Wozu also sollten sie noch in der Gegend herumschleichen? Um ihn bei seinen Ermittlungen zu beobachten? Lächerlich! Reiß dich zusammen, Hilfsgendarm Buchheim!

»Hast du irgendwas angefasst?«, fragte er den Jungen.

»Nein, nix.«

»Bestimmt nicht?«

»Wirklich nicht, ich hab mich umgedreht und bin weggerannt.«

»Setz dich dort auf den Baumstamm und rühr dich nicht!«

Doch sofort schalt Buchheim sich. Warum pfiff er den armen Hansi so scharf an? Das Kind konnte nichts dafür, dass er nervös war. Überdies gehorchte es widerspruchslos. Er wuschelte dem Jungen entschuldigend durch die Haare und schritt dann langsam um den Leichnam herum.

Zwei Schüsse wollte Willi Hahn gehört haben.

Die erste Kugel hatte den rechten Oberschenkel des Opfers

getroffen. Versehentlich oder um es außer Gefecht zu setzen, überlegte Buchheim und betrachtete, ohne sich zu bücken, die Schusswunde.

Der Mann war zusammengesackt, hatte wahrscheinlich instinktiv versucht, mit den Händen das Blut zu stoppen, hatte vielleicht den Gegner voller Hass angeschrien und verflucht. Worauf der ein zweites Mal geschossen hatte. Aus nächster Nähe. Direkt in die Stirn.

Der Mord glich einer Hinrichtung.

So mochte es gewesen sein, dachte Buchheim.

Oder auch ganz anders.

Er ging jetzt in die Hocke, um sich die Wunden genauer anzuschauen, die blutverkrusteten Finger, die Narben auf den Unterarmen, die von alten Verletzungen stammten, das vom Tod gezeichnete Gesicht, den zum Schrei aufgerissenen Mund. Auf was hatte er sonst noch zu achten? Was war wichtig? Die Löcher in den Schuhsohlen? Die zerschlissene Hose und das verblichene Hemd?

Er schätzte den Mann auf um die fünfunddreißig. Aber er konnte sich täuschen. Das eingefallene Gesicht wirkte uralt. Auf dem kahlen Schädel schimmerte ein frischer Haaransatz, der pfeilartig in die Stirn lief. Die gebrochenen Augen stierten ihn an, und plötzlich hatte Buchheim das Gefühl, dass der Tote jeder seiner Bewegungen, ja, sogar seinen Gedanken folgte. Durfte er die Lider schließen, oder machte man das in einem solchen Fall nicht? Er versuchte es, aber es ging ohnehin nicht. Leichenstarre, fiel ihm ein.

Ein, zwei Meter abseits lag eine speckige Mütze. Es könnte die des Toten sein, die ihm beim Fallen vom Kopf gerutscht war. Er hob sie auf, klopfte den Staub ab und steckte sie ein.

Wer könnte der Tote sein? Ein versprengter Soldat, der in der Umgebung herumvagabundierte, wie der alte Hahn meinte? Ein Heimkehrer ohne Heimat? Ein Pole oder Russe, der nicht mehr nach Hause wollte?

Möglich, dass dieser Mann noch vor wenigen Monaten das

blau-weiße Stoffquadrat mit der Aufschrift »OST« auf seinem Hemd getragen hatte, dieses Zeichen, das jedem signalisierte, dieser Mensch war kein Arier und somit kein Mensch, sondern ein Untermensch. Eine Kreatur, die für einen Hungerlohn auf einem Hof im Hunsrück oder sonst wo schuften musste, weil der Bauer seinerseits an der Front das Vaterland zu verteidigen hatte und dort vor die Hunde ging.

Ein Zirkus, der Krieg!, dachte Buchheim. Aber hätte einer allein etwas dagegen ausrichten können? Oder suchte er nur eine Entschuldigung für sich, weil er nie etwas gesagt hatte?

In Gedanken versunken klaubte er einen Zigarettenstummel auf, der achtlos neben dem Fuß der Leiche zwischen Grasbüscheln gelegen hatte, roch daran und wickelte den Tabakrest in ein Papierchen, das er aus seinem Notizblock riss. Dann winkte er Hansi Fischer zu sich.

»Hast du diesen Mann schon mal gesehen?«

»Ja.« Hansi nickte eifrig. »Vor drei Tagen.«

»Von woher war er gekommen?«

»Von dort.« Der Junge deutete mit ausgestrecktem Arm den Talweg hinauf.

»Wohin geht der Weg?«

»Nach Pfaffenheck, wo mein Opa wohnt.«

»Und hat der Mann dich auch gesehen?«

Wieder nickte Hansi.

»Hat er was gesagt, habt ihr miteinander geredet? Was hat er gemacht?«

»Nix hat er gesagt. Er ist einfach an mir vorbeigelaufen. Nur als ich ›Tag‹ sagte, hat er auch ›Tag‹ gesagt. Als ich mich nachher noch mal umgedreht han, war er verschwunden.«

»Hast du noch andere Männer gesehen? Gestern zum Beispiel?«

»Gestern nicht. Aber letzte Woche. Da waren zwei hier im Steinbruch. Nur der, der tot ist, war nicht dabei.«

»Woher weißt du das?«

»Die hatten net so e Plät wie der.«

»Hm.« Das war kein Beweis. »Kannst du sie beschreiben? Wie groß waren die Männer?«

»Na, groß halt, so wie Ihr.«

»Dick, dünn?«

»Weiß ich nicht.«

»Wie alt?«

»Weiß ich auch nicht.«

»Würdest du sie wiedererkennen?«

Hansi zuckte mit den Schultern.

Hin hatte der Weg kein Ende nehmen wollen, jetzt zurück erschien er Buchheim viel kürzer, und von Hansis Elternhaus war es dann auch nur noch ein Katzensprung bis nach Alken hinein. Trotz Abendessenszeit beschloss er, bei der Hebamme in der Hintergasse vorbeizugehen. Die Tür von Oma Tres'chens Haus war nicht abgeschlossen. Er klopfte und schob sie auf, blieb aber im Hausflur stehen. Aus der Küche kam ihm die Hebamme entgegen.

»Das haben Sie gut abgepasst. Das Kind hat gerade getrunken.«

Ihre Stimme klang so sachlich nüchtern wie am Vormittag in der Sakristei, als sie ihm erklärte, was es mit Rippenbrüchen auf sich hatte. Er kam sich vor wie ein Schuljunge, der bei der Lehrerin zum Nachsitzen hatte antreten müssen.

»Störe ich?«

»Nein, im Gegenteil, ich sagte ja: Sie kommen genau richtig, ich muss Ihnen nämlich etwas erzählen. Kaffee, Wasser?«, bot sie ihm dann an. »Oder lieber einen Teller Kartoffelsuppe?«

So peinlich es ihm war, Buchheim entschied sich für alles drei. Zuerst Wasser, dann Suppe und zum Schluss Kaffee. Nach der Aufregung und dem langen Tag, an dem er so gut wie nichts gegessen hatte, verspürte er einen Bärenhunger. Und Durst.

Das Kind lag in einem Wäschekorb in der Küche und quäkte. Buchheim warf einen besorgten Blick in das Behelfsbettchen.

»Sind Sie sicher, dass es gesund ist?«, fragte er.

»Meiner Meinung nach ja. Allerdings ist es ein Fliegenge-wicht. Zwei, drei Wochen länger im Bauch der Mutter hätten ihm gutgetan.«

»Was für ein Würmchen!«, sagte Buchheim.

»Sie haben wohl nicht allzu viel Erfahrung mit Neugebo-renen?«

Die Hebamme klang amüsiert. Wie hieß sie eigentlich? Hatte der Ortsvorsteher am Morgen ihren Namen erwähnt?

»Stimmt«, sagte er laut, »ich habe überhaupt keine Erfah-rung mit so einem Winzling. Ich hätte Angst, ihn auf den Arm zu nehmen. Er würde mir glatt zwischen den Händen zerbrechen.«

»So schnell zerbricht ein Säugling nicht.«

Zum ersten Mal sah er die Hebamme lächeln. Es stand ihr gut, und für ein paar Sekunden vergaß er die Leichen und die Scherereien, die sie ihm bereiteten. Die warme Suppe, die sie ihm hingestellt hatte, tat ein Übriges. Buchheim entspannte sich.

»Sie wollten mir etwas erzählen?«

»Ja.« Sie wischte sich ihre nassen Finger an einem Handtuch ab. »Warten Sie, ich bin gleich wieder da.«

Buchheim hörte sie durchs Treppenhaus ins oberste Stock-werk laufen. Als sie zurückkam, legte sie mit einer fast trium-phierenden Geste ein kleines dunkelblaues Oktavheft auf den Tisch, ein Heftchen wie die, in welche er zu Schulzeiten stets gewissenhaft seine Hausaufgaben notiert hatte.

»Sie werden gleich verstehen, warum der Sturz der Frau nur ein Unfall gewesen sein kann.«

Während Buchheim den Suppenteller leer kratzte, hörte er der Hebamme zu, die von ihrem Besuch im Kloster Kühr erzählte.

»Am Anfang fragte ich mich natürlich auch, ob diese Ida Rempin, oder wie immer sie in Wirklichkeit hieß, sich viel-leicht hatte umbringen wollen. Aber ...«, und sie schob ihm das Oktavheft zu, »... lesen Sie selbst und sagen mir dann, was Sie davon halten!«

Kaum hatte er fertig gelesen und das Heftchen wieder zugeklappt, kam die Hebamme auf ihre Überlegungen zurück:

»Die Frau hat sich eindeutig auf das Kind gefreut, und ich habe ja auch gesehen, wie glücklich sie über das Kind war. ›Ich würde alles darum geben, wenn ich dich nur noch einmal im Leben wiedersehen dürfte.‹ Das schreibt man doch nicht, wenn man Selbstmord machen will.«

»Sie haben recht, das hört sich nicht nach Selbstmord, sondern nach einem tragischen Unfall an. Aber wenn zwischen dem Datum der Aufzeichnung und dem Sturz etwas passiert ist, von dem Sie und ich nichts wissen? Er kann ihr geschrieben haben, dass er eine andere hat.«

Die Hebamme wiegte bedächtig den Kopf. »Ich weiß nicht … Sie müssen den Vater des Kindes finden«, sagte sie. »Auch wenn die Suche nach ihm so schwierig sein dürfte wie die nach der Nadel im Heuhaufen.«

»Hm«, murmelte Buchheim. Er zupfte sich am Ohrläppchen. »Vielleicht sind wir näher an der Nadel, als Sie glauben.«

»Wie meinen Sie das?«

Nun war es an Buchheim zu berichten, und er schilderte seinen unfreiwilligen Ausflug ins Bachtal. Dass er Blut und Wasser geschwitzt und ihm die Angst im Nacken gesessen hatte, erwähnte er mit keinem Wort.

»Und Sie glauben, dieser Tote vom Steinbruch und die Frau im Abhang haben etwas miteinander zu tun?«, fragte die Hebamme zweifelnd, als er geendet hatte.

»Ich denke, ja. Die beiden starben am selben Tag, nur wenige hundert Meter Luftlinie voneinander entfernt und fast zur gleichen Zeit. Ich gebe zu, das kann Zufall sein, aber ich glaube es nicht. Die beiden kannten sich, und es muss eine dritte Person geben, die ihre Hände mit im Spiel hat.«

»Aber wieso sollte jemand die beiden umbringen?«

»Aus dem einfachsten Grund der Welt. Eifersucht. Diese Ida Rempin wäre nicht die Erste, die, wie soll ich sagen, eine

Liaison mit einem Zwangsarbeiter hatte. Es gab viele solcher Beziehungen, und es kann sein, dass es manchmal tatsächlich Liebe war«, setzte Buchheim hinzu. Wenn er an das Würmchen im Wäschekorb dachte, wollte er einfach an so etwas glauben. Um des Kindes willen, das jetzt auf der Welt war und mit der ganzen Misere leben musste.

»Sie meinen, dann wäre der Täter Herr Rempin, der seine Frau mit dem Toten vom Steinbruch erwischt hatte«, überlegte die Hebamme. »Oder der Tote vom Steinbruch hat die Frau angemacht, hat sie gar vergewaltigt, und aus Wut darüber hat ihn Rempin umgebracht. – Nein!«, berichtigte sie sich sofort. »Nein, die Aufzeichnungen von Ida lassen ganz und gar nicht auf eine Vergewaltigung schließen.«

»Oder der Tote ist Herr Rempin, und irgendjemand hat ihn erschossen, weil er Russe ist. Sie wissen doch – vor noch gar nicht allzu langer Zeit fielen solche Verhältnisse in diesem Land unter den Begriff ›Rassenschande‹. Der Ostarbeiter wurde, wenn es publik wurde, kurzerhand gehängt. In aller Öffentlichkeit. In meinen Augen war das Mord, vom Staat angeordneter Mord«, fügte Buchheim leise hinzu. »Jetzt mordet nicht mehr der Staat, jetzt wird das Todesurteil klammheimlich in Steinbrüchen vollstreckt.«

Für einen Moment war in der Küche nichts anderes als das Summen einer Fliege zu hören. Man konnte es für das Dröhnen eines Flugzeugmotors halten.

»Hätten Sie das mit dem staatlich angeordneten Mord auch vor ein paar Monaten gesagt?« Die Hebamme spielte mit dem Kaffeelöffel vor ihr, als sie die Frage stellte.

»Nein«, bekannte Buchheim, »ich war nicht mutig.«

Die Hebamme atmete tief. »Wir hatten Angst …«

»… oder waren überzeugt«, ergänzte er.

Wieder schwiegen sie, während die Fliege versuchte, durch die geschlossenen Fensterflügel ins Freie zu gelangen. Sie kroch an der Glasscheibe hoch, ließ sich wieder nach unten fallen und begann erneut den mühsamen Aufstieg.

»Wie kommen Sie überhaupt darauf, dass der Tote Russe ist?«, fragte die Hebamme, die das nervige Gebrumme des Tierchens nicht wahrzunehmen schien. »Es kann doch sonst wer hier aus der Gegend sein. Wie sah der Mann denn aus?«
Buchheim zögerte mit der Antwort. Es war in erster Linie das Gesicht gewesen, das ihn auf den Gedanken gebracht hatte. Dann aber auch die Kleidung, die kaputten Schuhe, der geschorene Kopf. So hatten die von den Amerikanern befreiten Kriegsgefangenen und Zwangsarbeiter ausgesehen, die neulich durch Brodenbach in die Koblenzer Lager marschiert waren. Aber natürlich sah jeder Deutsche, der aus Kriegsgefangenschaft heimkehrte, genauso erbärmlich aus. Und trotzdem ...
»Sein Gesicht ...«, sagte er unschlüssig.
Die Hebamme zog fragend die Augenbrauen hoch.
»Verstehen Sie mich nicht falsch!«, beeilte sich Buchheim klarzustellen. »Es hatte nichts Bedrohliches, ich habe es nur als ... als anders empfunden. Die Backenknochen ... ach, ich weiß nicht ...« Hilflos brach er ab. Er war nicht besser bei der Beschreibung von Personen als der kleine Hansi. Aber je länger er darüber nachdachte, desto fremdländischer kam ihm das Gesicht des Toten vor.
»Ich gebe zu, zwei Tote am selben Tag, das ist auffällig«, lenkte die Hebamme ein, »aber vergessen Sie nicht, was die Nonnen gesagt haben. Ida sei aus dem Osten gekommen. Bereits schwanger. Wenn das stimmt, kann sie mit dem Toten im Steinbruch nichts zu tun gehabt haben.«
»Da haben Sie auch wieder recht.« Buchheim erhob sich. »Übrigens, ich glaube, ich habe mich noch nicht vorgestellt. Ich bin Maximilian Buchheim.«
»Ich weiß. Und ich Eleonore Wiesrath, aber alle nennen mich nur Ello.«
Sie lächelte wieder dieses Lächeln, das ihn verlegen machte. Er war in ein Fettnäpfchen getreten. Natürlich kannten ihn hier in den Dörfern alle, nur er wusste nie, wer wer war.

16

BUCHHEIM

———ᏜᏜ———

Montag, den 20. August 1945

Die Kartoffelsuppe war Balsam für seinen leeren Magen gewesen. Auf den Kaffee hätte er besser verzichtet. Noch immer hatte er den Getreidegeschmack im Mund.

Selbst schuld, Herr Hilfsgendarm, was musst du auch so gierig sein!

Buchheim wanderte an der Mosel entlang zurück nach Brodenbach. Enten paddelten im trägen Wasser, eine Menge Leute waren unterwegs. Das Tal lag im rosaroten Abendlicht. Sommerfrischler, wenn es sie denn schon wieder gäbe, kämen bei dem Anblick ins Schwärmen. Das Pärchen auf der Bank am Fluss hatte nur Augen füreinander. Hoch über den Rebhängen thronte Burg Thurant. Eine Postkartenidylle, wäre da nicht die ausgebrannte Ruine des Herrenhauses.

Den französischen Militärlaster bemerkte er erst, als er schon an ihm vorbei war. Der hätte ihn jetzt nach Brodenbach zur Kommandantur mitnehmen können! Warum hatte er nur nicht darauf geachtet? Er musste doch auf jeden Fall dorthin und Meldung erstatten und darum bitten, dass jemand den Toten aus dem Steinbruch holte. Danach sollte er endlich den obligaten Tätigkeitsbericht für den Brodenbacher Ortsbürgermeister schreiben, der erledigte sich leider nicht von allein. Ob er heute wohl noch ins Bett käme? Bestimmt nicht, vor allem nicht, wenn er weiterhin so vor sich hin trottete.

Dennoch machte Buchheim keine Anstalten, schneller zu gehen, zu sehr beschäftigte ihn das Gespräch mit Ello Wiesrath.

Falls diese Ida Rempin wirklich Rotkreuzschwester an der Front im Osten gewesen war, wie die Nonnen erzählt hatten, musste er der Hebamme beipflichten: Dann war der Tote im

Steinbruch mit großer Wahrscheinlichkeit nicht der Vater des Kindes – was aber nicht ausschloss, dass die beiden sich nicht doch gekannt hatten.

Buchheim blieb stehen.

Wieso war er so felsenfest überzeugt, dass der Tote vom Steinbruch ein Russe war, zumindest aber ein ehemaliger Ostarbeiter? Könnte er nicht auch Italiener, Franzose, Ungar, Rumäne oder Belgier gewesen sein, der auf seine Rückkehr in die Heimat gewartet hatte und dem die junge Frau hin und wieder diskret Lebensmittel und anderes zugesteckt hatte?

Oder war es ein deutscher Häftling aus dem Konzentrationslager Treis-Bruttig, von dessen Existenz er bis vor wenigen Monaten, blind und tumb, wie er gewesen war, keinen blassen Schimmer gehabt hatte?

Aber diese Hypothese verwarf Buchheim sofort wieder. Das Lager war im Jahr zuvor aufgelöst worden, als sich der amerikanische Vormarsch immer deutlicher abzeichnete. Die Gefangenen waren von der Gestapo in Lager nach Nordhausen und in den Harz verbracht worden. Wie viele der Häftlinge mochten den Transport überlebt haben? Dass sich einer von ihnen der Deportation durch Flucht entzogen und seither hier im Untergrund ausgeharrt haben könnte, hielt Buchheim für unvorstellbar.

»Wer immer der Steinbruchtote auch ist«, lenkte er sich von diesen düsteren Gedanken ab, »ich bin mir ziemlich sicher, dass der Mann und Ida Rempin sich irgendwo begegnet sind. An der Front, im Lazarett, in einem Unterstand, auf der Flucht, wo auch immer. Ida wird schwanger, für die Zeit nach dem Krieg vereinbaren sie einen Treffpunkt. Doch dann geschieht etwas.«

Unwillkürlich dachte Buchheim an Gundi. Gundi, die sich Hals über Kopf in einen anderen Mann verliebt hatte. Es tat noch immer weh. Verärgert lockerte er seine Krawatte. Schließlich streifte er sie ganz ab, packte sie zu der Mütze des Toten in seine Hosentasche und knöpfte die zwei obersten Hemdknöpfe auf. Jetzt atmete er freier.

Über dem Hunsrück zog der Abend hoch. Am Himmel leuchtete ein einzelner Stern auf. Buchheim versuchte sich vorzustellen, was am Tag zuvor passiert sein könnte.

Ida Rempin, die mit der Geburt des Kindes noch nicht rechnet, wandert vom Kloster Kühr zur Wallfahrtskirche auf dem Bleidenberg, denn sie hat die Nachricht erhalten, jemand warte dort auf sie.

Wer?

Der Ehemann? Der Geliebte? Oder ein Dritter mit einer Botschaft? Kommt es zu der Begegnung, und wenn ja, wie verläuft sie? Erfreulich, oder endet sie in Geschrei und Tränen?

Gundi hatte bei ihrem letzten Treffen herzzerreißend geschluchzt, aber den Laufpass hatte sie ihm trotzdem gegeben.

Hör auf, ihr hinterherzuweinen! Vorbei ist vorbei. Wie könnte das bei Ida Rempin gewesen sein?

Anna Belchers vom Belchershof findet die Frau und das Neugeborene nachmittags gegen vier Uhr verletzt im Hang. Ist Ida abgerutscht, oder wurde sie gestoßen? Und wenn das der Fall war, geschah es mit Absicht oder aus Versehen?

Und was, wenn zwei Männer auf Ida Rempin gewartet haben? Der Ehemann und der Geliebte?

Sie wollen eine Erklärung von Ida, eine Entscheidung. Doch dann kommt es zum Streit, zu ersten Handgreiflichkeiten. Ida bekommt es mit der Angst zu tun, läuft davon, stolpert, fällt. Oder einer der beiden Männer stößt sie den Berg hinunter und flieht. Der andere folgt ihm. Das würde die Entfernung zum Steinbruch erklären. Die tödlichen Schüsse fallen, als Willi Hahn vom letzten Haus im Bachtal wie an jedem Tag gerade Radio Beromünster einschaltet.

Buchheim seufzte. Brachten ihn seine Überlegungen weiter? Nein, keinen Deut!

Er müsste zu der Stelle, wo Ida abgestürzt war. Spurensuche betreiben. Aber Spurensuche war bei der Schulung zum Hilfsgendarmen kein Thema gewesen.

Das surrende Geräusch eines Jeeps ließ ihn aufhorchen.

Militärpolizei. Dieses Mal reagierte er. Und hatte Glück. Der Wagen hielt, am Steuer ein Polizeioffizier, den er kannte und der Deutsch sprach, was nicht unbedingt eine Selbstverständlichkeit unter den Besatzern war. Als der Offizier bei ihrer ersten Begegnung gemerkt hatte, dass Buchheim sich mit dem französischen Nachnamen Gourriérec schwertat, hatte er dem deutschen Hilfsgendarmen gutmütig vorgeschlagen, ihn beim Vornamen anzureden. Er heiße Jean-Paul. Buchheim hatte das Angebot zwar dankbar angenommen, doch zugleich fühlte er sich unbehaglich dabei, weil der Franzose seinerseits den »Max« ignorierte und hartnäckig bei »Buchheim« blieb.

»Sie wollen nach Brodenbach?«, fragte Jean-Paul.

»Eigentlich ja«, meinte Buchheim. »Aber vor allem brauche ich Hilfe.«

Der Offizier hörte sich Buchheims Report an, ohne ihn zu unterbrechen.

»Zwei Tote an einem Tag! Hier an diesem schönen Fluss! Was es nicht alles gibt«, bemerkte er schließlich, als Buchheim fertig war. Dann rückte er sein Käppi gerade, räumte den Beifahrersitz frei, auf dem französische Zeitungen und Bücher lagen, und ließ den Wagen an.

»Steigen Sie ein und zeigen Sie mir den Weg zum Steinbruch!«

Ein Königreich für ein Auto, dachte Buchheim, als Jean-Paul den Jeep wendete und mit aufheulendem Motor nach Alken zurückbrauste. Die Sache schien dem Franzosen zu schmecken. Als sie vor dem Ortsende in das Sträßchen einbogen, das ins Bachtal führte, fing der Offizier sogar an, vor sich hin zu pfeifen. Die Melodie hatte etwas Weiches, Heiteres und zugleich Melancholisches. Es gefiel Buchheim.

Sie redeten nicht, bis sie am Steinbruch ankamen. Einerseits, weil der Franzose unablässig trällerte und sang. Andererseits, weil Buchheim plötzlich fürchtete, dass der Leichnam nicht mehr dort lag, wo er ihn gefunden hatte. Der oder die Täter könnten zurückgekommen sein, um die Leiche verschwinden zu lassen.

Buchheim wurde siedend heiß.

Unter den Bäumen war es schon dunkel, die Scheinwerfer des Jeeps beleuchteten die schwarze Felswand, das Gestrüpp, die Erde, und Buchheim atmete auf. Der Tote lag noch genauso da, wie er zuvor gelegen hatte, Schwärme von Fliegen umschwirrten die blutverkrusteten Einschusslöcher.

»Haben Sie einen Fotoapparat?«, fragte Jean-Paul, der aus dem Wagen gesprungen war.

Fotoapparat? Ha, ha, dachte Buchheim. Laut sagte er: »Nein, so was gehört nicht zur Ausstattung unserer Dienststelle.« Er konnte sich den Vorwurf nicht verkneifen. Sollte der Offizier getrost merken, wie stiefmütterlich die Besatzungsmacht die deutschen Polizeikollegen behandelte.

Aber Jean-Paul schien die Anspielung nicht gehört zu haben, oder er wollte sie nicht verstehen.

»*Bon*, dann ohne Fotos. Aber gehen Sie an den Wagen! In der Tasche hinter dem Fahrersitz gibt es Papier. Machen Sie Skizzen vom ... wie sagt man auf Deutsch? Ort der Tat.« Jean-Paul hatte sich dem Toten genähert und inspizierte ihn.

»So wie der Kerl aussieht, würde ich sagen, ein *trafiquant*, ein Schmuggler. Die Trauer über den Tod des Mannes dürfte sich bei meinem Kommandanten in Grenzen halten, denke ich. Trotzdem – Verbrechen bleibt Verbrechen.«

Während Jean-Paul sich daran machte, die Umgebung nach Schleichwaren zu durchforsten, verkünstelte sich Buchheim an den Zeichnungen des Tatorts. Die Position des Toten von oben und den Seiten. Die rechte Hand, die nach einem Stein zu greifen schien. Die schäbige Kleidung. Die zwei Einschusslöcher und Blutspuren an Gesicht, Händen, Beinen, an Hemd und Hose und im Sand. Blatt für Blatt kritzelte er voll, schrieb sich Stichworte an den Rand, maß die Entfernung von der Leiche bis zum Bachweg durch Abschreiten der Strecke. Ein normaler Schritt, so erinnerte er sich, lag bei ungefähr sechzig bis fünfundsechzig Zentimetern. Er zählte vierzig Schritte. Dann suchte er nach Schuhabdrücken und anderen Spuren. Manchmal blendete ihn das Licht des Jeeps, dann wieder half es ihm, die Umgebung besser zu erkennen. Projektile, wie er gehofft hatte, fand er keine.

»Vermutlich war es nur ein Täter. Höchstens, dass sich in der Böschung oder am Bach noch weitere Männer verborgen hielten«, rief er Jean-Paul zu, als dieser von seinem Erkundungsgang zurückkam und mit einem Schulterzucken und erhobenen Armen andeutete, dass er nichts gefunden hatte.

»Es gibt so gut wie keine Fußspuren«, bedauerte Buchheim.

»Der Boden ist hart«, bestätigte Jean-Paul. »Dafür bräuchte es Experten. Aber die haben wir nicht. Wir sind in Feindesland gezogen, um Krieg zu machen und nicht, um hinter Banditen herzujagen.«

Jean-Paul begann erneut zu pfeifen, dieses Mal war es ein Marschlied. Gemeinsam wuchteten sie den Leichnam auf die Rückbank des Jeeps.

»Fertig?«

»Fertig«, bestätigte Buchheim.

17

BUCHHEIM

———⌒⌒———

Montag, den 20. August 1945

Eine Dreiviertelstunde später hatten sie den unbekannten Toten in einem kühlen Kellergewölbe der Brodenbacher »Ankerterrassen« deponiert, die seit Kurzem den französischen Besatzern als Kantine diente.

Der Kommandant, der in der darüberliegenden Offiziersmesse beim abendlichen Diner saß, war nicht sonderlich erbaut über die späte Störung. Buchheim konnte ihn verstehen. Bis er mit Hilfe von Jean-Pauls Übersetzungskünsten seinen Bericht beendet hätte, würden die herrlichen, großzügig in Öl gebratenen Lammkoteletts kalt sein. Vom Geruch des Essens wurde ihm schwindlig, hatte er doch schon wieder Hunger. Sein Magen meldete sich vernehmlich.

Aus den Augenwinkeln heraus sah er, wie Jean-Paul sich auf die Lippen biss, um nicht herauszuprusten, der Kommandant jedoch stellte sich taub. Er verzog auch keine Miene, als Buchheim ihn bei der Verabschiedung in einem Anfall von Geistesblitz um ein Dienstfahrrad bat. »Es würde mir die Arbeit ungemein erleichtern«, argumentierte Buchheim.

Für die Übersetzung der drei, vier Sätze brauchte Jean-Paul gefühlte hundert, aber die überbordende französische Wortflut wirkte, denn am Ende signalisierte der Kommandant seine Zustimmung.

»*Demain*«, sagte er huldvoll, und Jean-Paul echote: »Morgen.«

Buchheim hatte noch den verführerischen Geruch der Koteletts in der Nase, als er durch die nächtlichen, seit Kriegstagen unbeleuchteten Brodenbacher Gassen nach Hause ging. Hoffentlich hatte seine Wirtin Essen für ihn aufgehoben. Er wäre schon mit einem trockenen Kanten Brot zufrieden, würde aber nicht Nein sagen, wenn es mehr wäre, dachte er, während er die Haustür aufschloss. Durch den Spalt unter der Wohnzimmertür fiel Licht in die dunkle Diele. Von drinnen näherten sich Stimmen, und bevor er klopfen konnte, ging die Tür auf.

»Oh, der Herr Gendarm«, rief Frau Krone, »ich habe Sie nicht hereinkommen hören. Sie sind aber heute spät dran. Nein, nein, bleiben Sie doch. Ich bringe nur meinen Bruder zur Tür und bin gleich wieder zurück.«

Auf dem Tisch standen die Reste des Nachtessens. Brotkrümel, ein Topf mit Griebenschmalz, Salz, ein Löffelchen Klatschkäs. Während er überlegte, ob er sich den nehmen könnte, kam Frau Krone wieder herein, in der Hand eine kleine Flasche mit tiefrotem Inhalt.

»Kommen Sie, Herr Gendarm ...«

»Hilfsgendarm«, versuchte Buchheim seine Wirtin zu korrigieren, aber sie hörte nicht auf ihn.

»... trinken Sie mit mir ein Likörchen! Hat mir mein Bruder geschenkt. Er ist ein so lieber Kerl. Immer denkt er an mich, vor allem seit mein Mann, mein lieber Rudolf ... ach, Sie wissen schon ...«

Frau Krone drückte Buchheim das Fläschchen in die Hand.

»Machen Sie es auf«, bat sie ihn, während sie zum Schrank ging, um die Gläser zu holen.

Buchheim verabschiedete sich vom Gedanken an Käse, Brot und Schmalz, entkorkte die Flasche, roch daran und goss ein.

»Nun seien Sie doch nicht so geizig, Herr Gendarm, das ist ja nicht mehr als ein halber Fingerhut. Machen Sie die Gläschen voll und lassen Sie uns auf bessere Zeiten trinken. Ach, wenn das mein Rudolf noch erlebt hätte ...!«

Frau Krone wischte sich eine Träne fort, während Buchheim die Likörgläser bis zum Rand füllte. Dann halt ein ganzer Fingerhut oder auch drei. Wenn es schon kein richtiges Abendessen gab!

Süß und klebrig war das Zeug, aber auch angenehm scharf. Es rieselte ihm heiß durch den müden Körper. Was war es? Schwarze Johannisbeere? Kirsche? Er konnte es nicht herausschmecken. Egal. Hauptsache, etwas für den Magen.

Frau Krone nahm ihm das Fläschchen ab, schüttelte es leicht und hielt es gegen die Lampe. Viel war nicht mehr drin.

»Mit einem Bein läuft sich schlecht, machen wir es leer«, schlug sie vor und strahlte ihn verschwörerisch an. »So etwas Gutes kriegen wir so schnell nicht wieder.«

Buchheim schwindelte leicht. Er hätte das Zeug nicht auf leeren Magen trinken sollen, vor allem nicht an einem Tag, an dem ihm zwei Leichen begegnet waren. Aber er musste zugeben, dass Frau Krone hübsch aussah in ihrer weißen Rüschenbluse. Der Ausschnitt war großzügig.

»Darf ich mich setzen?«, fragte er. Ohne die Antwort abzuwarten, ließ er sich auf einen der Esszimmerstühle fallen und pickte mit den Fingern die letzten Brosamen auf.

»Ach, herrje, Sie Armer!« Frau Krone stieß einen spitzen Schrei aus. »Da steh ich hier rum, und Sie sind dabei zu verhungern.«

Buchheim nickte kraftlos.

»Aber was könnte ich Ihnen denn jetzt anbieten? Wissen Sie, Helmut, mein Bruder, er ist völlig überraschend vorbeigekommen. Den Rest Kartoffeln und Möhren, der vom Mittagessen übrig geblieben war, hat er ratzeputz aufgegessen, er hat immer Hunger, der Helmut.«

Frau Krones Stimme klang zerknirscht. Doch plötzlich hellten sich ihre Züge auf, und sie tätschelte Buchheim tröstlich die Hand. »Wie wäre es mit einem Spiegelei?«

Wieder nickte er. Er würde auch zwei nehmen, zwei Spiegeleier.

Es waren vier, als Frau Krone mit dem Teller aus der Küche zurückkam. Und auch Brot brachte sie mit. Buchheim machte sich mit einer Gier darüber her, als befürchtete er, jemand könne ihm das gute Essen gleich wieder wegnehmen. Frau Krone saß dabei und beobachtete ihn fürsorglich.

»Ihnen schmeckt's.«

»Sehr«, entgegnete er und wischte den Teller mit einem Stück Brot sauber. Dann versuchte er sich in Konversation. »Sie haben sich sicher gefreut, Ihren Bruder zu sehen, so oft kommt er ja nicht.«

»Oh ja«, flötete sie, »er hat ja nicht so viel Zeit, der Helmut, aber er hilft mir, wo er kann.«

Frau Krone setzte sich zu ihm an den Tisch, ihr Blusenausschnitt war irritierend.

»Helmut hat mir heute beim Aufräumen des Kellers geholfen, es liegt ja da so viel Krempel von unserem Großvater herum. Ich weiß oft nicht mehr, wo mir der Kopf steht. Und Sie, kommen Sie weiter mit Ihren Nachforschungen?«

Er kaute noch am letzten Stück Brot und antwortete nicht sofort. Wovon redete sie? Sie konnte nur die Untersuchung in Zusammenhang mit der verunglückten jungen Frau meinen. Von der Sache mit dem Toten im Alkener Steinbruch konnte sie doch nichts wissen, er hatte mit niemandem darüber gesprochen. Außer mit Ello Wiesrath, mit Willi Hahn, kurz mit dem Alkener Ortsvorsteher und zum Schluss mit dem Franzosen. Aber in den Dörfern verbreitete sich Neues schneller als der Schall.

Frau Krone schmunzelte und rückte näher zu ihm heran. Die Bluse stand ihr wirklich reizend.

»Sie müssen mir nichts erzählen, Herr Gendarm ...«

Er gab es auf, sie zu korrigieren.

»... natürlich dürfen Sie mit mir nicht über Ihre Arbeit reden.«

Verständnisvoll strich sie ihm wieder über die Hand. »Aber wissen Sie, die Leute schwätzen so viel und fragen sich natürlich, wer die arme junge Frau ist. Der Briefträger, und der kennt ja nun wirklich alle hier herum, weiß nichts über sie.

Das find ich schon verdächtig. Und stimmt es, dass die Frau schwanger war? Haben Sie mit der Hebamme gesprochen? Die ist zwar etwas unterkühlt, die Leute sagen, vor allem seit dem Tod ihres Bruders, aber nun ja, so ist das halt mit dem Krieg, meinen Rudolf hat es ja auch erwischt ...«

Frau Krone unterbrach sich, suchte Halt an Buchheims Arm, nach ein paar Sekunden hatte sie sich wieder gefangen.

»Aber das Leben geht doch weiter, nicht wahr, Herr Gendarm?«, sagte sie. »Es muss doch weitergehen.«

Ihre großen grünen Augen blickten ihn erwartungsvoll an, ihre Hand ließ seinen Arm nicht los. Auch Buchheim konnte sich nicht von ihrem Blusenausschnitt losreißen, die Rüschen bewegten sich mit jedem Atemzug sanft auf und ab. Wie Wellen auf dem Rhein an einem verheißungsvollen Frühlingstag.

»Oh, beinah hätt ich es vergessen, Herr Buchheim ...« Ihre Stimme klang verführerisch. »Wie wäre es mit einem Dessert? Ich habe Weincreme gemacht. Ab und zu muss man sich verwöhnen, finden Sie nicht auch?«

Buchheim fand das zwar auch, aber er war sich nicht sicher, ob ihm Weincreme auf Johannisbeerkirschlikör und vier Spiegeleiern bekommen würde.

»Das ist wirklich nett von Ihnen, Frau Krone, aber heute lieber nicht«, wehrte er ab, »gern ein andermal.«

»Ach, lassen wir doch die Frau Krone. Sag doch Irene«, flüsterte sie in sein Ohr. Ihre Lippen kitzelten.

»Irene? Ja?« Er stotterte. »Ich bin Max ... Maximilian.«

»Sei doch nicht so schüchtern, Mäxchen!«

»Ich glaube, ich bin ziemlich müde heute.«

»Wirklich?«, gurrte sie. »Dann komm!«

Und er ließ sich von ihr vom Stuhl hochziehen.

Irene war eingeschlafen. Vorsichtig befreite sich Buchheim aus den Armen der Frau. Sie brummte. »... noch ein Küsschen ...«, glaubte er zu verstehen, aber er kroch aus ihrem

Bett, ohne ihrer Bitte nachzukommen, hob seine Kleidung vom Boden auf und schlich auf Zehenspitzen aus dem Schlafzimmer. Mit einem Mal war er stocknüchtern. Hunger hatte er immer noch oder schon wieder. Nach Suppe, einer deftigen Bratwurst, Sauerkraut. Er würde alles in sich hineinschlingen, was er zwischen die Finger bekäme. Ob es in der Küche noch etwas gab außer trocken Brot?

Er fand Kartoffeln, zwei Knollen Rote Bete und drei Pärchen Räucherwürstchen. Eines aß er, die anderen rührte er nicht an. Irene Krone würde es merken, aber sie würde nichts sagen, denn legal auf Lebensmittelkarten hatte sie diese Leckerbissen mit Sicherheit nicht bekommen. Nur aus Neugier und um zu wissen, ob er recht gehabt hatte, suchte er nach dem Kaffee vom Schwarzmarkt. Er entdeckte ihn in einer Dose im Brotkasten. Und dann stach Buchheim der Hafer.

Was hatte die liebe Irene gesagt? Brüderchen Helmut habe beim Aufräumen des Kellers geholfen? Es wäre doch gelacht, wenn er da nicht noch mehr guten Kaffee finden würde.

Er zog sich an, nahm aus dem Schaft neben dem Herd eine Kerze und Zündhölzer und schlich die Stufen hinunter in den Keller. Mit dem flackernden Licht in der Hand schaute er sich um. In der Ecke ein abgewetzter Sessel. An den Wänden Regale voller Vorratsgläser, Weinflaschen, Leergut, über einem Haken Einmachringe, darunter ein Haufen Steine für Weiß-der-Kuckuck-was und daneben eine ramponierte Kommode. Er klebte die Kerze mit heißem Wachs auf einen der Steine und versuchte, die Kommodenschubladen herauszuziehen, die oberste klemmte, aber die beiden unteren ließen sich öffnen.

Hatte er es doch geahnt!

Dosen mit Corned Beef, in Fettpapier eingerollter Speck, Bohnenkaffee, Uhren, Schmuck, Silber, Lederwaren und jede Menge Zigaretten, belgische, französische, luxemburgische. Ein ganzes Warendepot.

Buchheim tastete nach der Kippe in seiner Hemdtasche,

die er bei der Leiche im Steinbruch gefunden hatte. Sie war noch da, und Buchheim steckte von jeder Zigarettenmarke ein Päckchen ein, um sie später mit dem Stummel abgleichen zu können. Was war das doch für ein netter Bruder, den Frau Krone hatte. Ob sie wusste, was das Bürschchen so den lieben langen Tag trieb? Vermutlich ja. Und er, Hilfsgendarm Maximilian Buchheim – Mäxchen! –, hatte sich von ihr an der Nase herumführen lassen.

Er wollte die Kerze ausblasen und wieder hinaufgehen, als er unter dem Steinhaufen einen Stoffzipfel sah. Er schob die Quader auseinander ...

Da lag, fein säuberlich in ein Tuch eingewickelt, eine Pistole.

Buchheim zog die Waffe heraus, dann suchte er einen halbwegs passenden Stein, hüllte den Stoff darum und versuchte, alles wieder so anzuordnen, wie er es vorgefunden hatte. Wer nur oberflächlich guckte, ließe sich vielleicht täuschen.

In seinem Zimmer machte Buchheim kein Licht. Ohne sich wieder auszuziehen, legte er sich aufs Bett und lauschte. Aber im Haus war alles still. Die Pistole hatte er unter das Kopfteil der Matratze geschoben. Durchs offene Fenster hörte er es regnen. Gut, dass der Steinbruchtote im Trockenen lag. Wie Bilder in einem Film zogen die letzten Stunden an ihm vorbei.

Bleiben konnte er in diesem Haus nicht mehr, schon allein wegen Frau Krone.

Wobei er zugeben musste, dass die Sache sich letztlich ausgezahlt hatte. Denn hätte er sich nicht von einem klebrigen Johannisbeerkirschgesöff, vier Spiegeleiern und einem reizenden Blusenausschnitt einlullen lassen, wäre er nie in die Küche gegangen, um nach Essen zu suchen. Wäre nicht neugierig in den Keller gestiegen und hätte nicht die gut sortierten Vorräte und ein gewisses brisantes Stoffpäckchen entdeckt. Manchmal gab es eben wundersame Zufälle. Dennoch war es besser, dass er seine Sachen nahm und erst mal zur Gendarmerie ging. In den nächsten Tagen würde er sich um eine neue Unterkunft kümmern. So billig wie bei Frau Krone bekäme er allerdings nichts mehr. Und dass er anderswo besser verköstigt würde, bezweifelte er auch. Aber es musste sein.

Mit einem Ruck setzte sich Buchheim hoch. Plötzlich hatte er es eilig. Er verstaute die Pistole in seinen Rucksack zwischen Unterwäsche, einer Hose, zwei Pullovern und den wenigen Habseligkeiten, die er sonst noch besaß. Dann ließ er Geld für die Restmiete auf dem Tisch und schlich sich wie ein Dieb hinaus auf die Straße.

18

SANAN

Montag, den 20. August 1945

Alles ging schneller als erwartet. Schon am Tag nach ihrem Gespräch rief ihn der Doktor ins Stationszimmer und gab ihm die Entlassungspapiere.

»Badmaev, Simon«, las Sanan, »Simon?«

»Si*mon*«, korrigierte ihn der Arzt und sprach die Endsilbe des Vornamens französisch nasal aus. »Hier …« Er tippte auf eine Zeile im Dokument. »Sie sind doch Sohn eines französischen Kalmücken. Machen Sie sich fertig. Eine Ambulanz wird Sie ins Emigrantenlager bringen. Und passen Sie auf sich auf! Stalin hat seine Augen überall, und sowjetische Verbindungsoffiziere sind sehr erfinderisch im Aufspüren von Landsleuten. Wenn Sie gefragt werden: Sie sind vor 1939 zum Vater nach Paris emigriert. Vergessen Sie es nicht! Das kann Ihnen eventuell das Leben retten.«

Warum machen Sie das für mich?, wollte Sanan fragen, aber der Doktor war schon auf dem Sprung zu seinen Patienten.

Sanan packte seinen Rucksack. Zur Wäsche von der UNRRA, der Nothilfe- und Wiederaufbauverwaltung der Vereinten Nationen, kam das deutsch-russische Wörterbuch, das Peter der Große in einem verlassenen Haus gefunden und ihm gegeben hatte, der Beutel mit dem Amulett, der Tabakspfeife seines Vaters und der Adresse des Onkels in Paris, der nun sein Vater war. Dazu seine Zeichenhefte. Bleistiftstummel. Fotos, die ein Kamerad auf dem Marsch nach Westen aufgenommen hatte, in der Ukraine, in Rumänien, in Polen. Es glich einem Wunder, dass der Kamerad mit dem Apparat überlebt und in Lublin einen Fotografen gefunden hatte, der die Bilder entwickeln konnte.

Die kleine Krankenschwester kam und schenkte ihm einen Pullover. »Bald werden die Nächte wieder kälter.«

»Was ist mit Nikita?« Er wollte nicht fort, ohne sich von seinem Bettnachbarn zu verabschieden.

»Wir kümmern uns um ihn. Gehen Sie jetzt!«

Zu seiner Überraschung umarmte sie ihn auf dem Gang vor den Krankenzimmern. »Alles Gute.« Zeit, ihr zu danken, ließ sie ihm nicht, sondern schob ihn durch die Etagentür ins Treppenhaus.

»Der Wagen wartet am Hinterausgang.«

Fast unwillig nahm Sanan die ersten Stufen hinunter. Nach Wochen der Flucht und den nicht enden wollenden Monaten des Kriegs mit seiner erbarmungslosen Brutalität hatte er hier im Hospital so etwas wie Frieden gefunden, Alltag, ein Leben ohne Hass und Gewalt, ein Paradies, aus dem er nun vertrieben wurde. Was erwartete ihn?

Der Fahrer des Ambulanzjeeps, ein Schwarzer, begrüßte ihn mit einem freundschaftlichen Handschlag, bedeutete ihm einzusteigen und ließ den Motor an. Der Militär auf dem Beifahrersitz, Sanan tippte auf Hauptfeldwebel, war ein Weißer, der ihn nicht weiter beachtete. Sanan saß noch nicht richtig, da schnurrte der Wagen schon los, die Straße hinunter, durch Rankweil hindurch und nahm dann die Landstraße nach Norden. Zwischen Säcken und Kisten, die Medikamente, Verbandsmaterial und medizinisches Gerät enthielten und irgendwo abgeliefert werden mussten, versuchte Sanan, es sich bequem zu machen.

Bäume flogen vorüber, Hecken, blumengeschmückte Bauernhäuschen, stattliche Gehöfte. In der Ferne wetterleuchtete es. Dann ein Donnerschlag. Eine Bö rüttelte am Wagen, wirbelte Staub auf und Blätter. Die Ackersleute unterbrachen ihre Feldarbeit nicht, ungerührt mähten die Männer weiter, die Frauen banden die Getreidehalme zu dicken Garben. Ihre Röcke bauschten sich, Schürzenbändel flogen, vielleicht sangen sie. Kinder rannten dem Jeep hinterher und winkten.

Als hätte es nie einen Krieg gegeben, dachte Sanan, als lägen keine Städte in Schutt und Asche, als wäre überall Heimat.

Er sehnte sich danach, wieder einfach nur ein Mensch zu sein wie die anderen. Wie die Männer hier auf den Feldern. Wie der Schwarze am Lenkrad, der seinen linken Arm durch die offene Seite des Jeeps hinausstreckte und mit der Hand den Wind fing. Wie der französische Arzt, der seinen Wein hinterm Fenstervorhang hervorzauberte. Sanan schaute an sich herunter. Was war dagegen aus ihm geworden! Jemand, der auf die Vereinten Nationen und ihre Displaced-Persons-Camps angewiesen war, auf die Spendierfreudigkeit der Leute und die Gutmütigkeit einer Krankenschwester. Die Hosen schlotterten ihm um die mageren Beine, noch immer trug er das Unterhemd der Wehrmacht, aber das sah ja niemand. Und blickte er in einen Spiegel, stand ihm eine hohlwangige Fratze gegenüber, die auf die Menschen im Westen fremd und unheimlich wirkte. Bist du ein Kinese? Es gab Tage, an denen er sich vor sich selbst fürchtete.

Allmählich aber schläferten ihn das Schaukeln des Jeeps und das Summen der Räder auf dem Asphalt ein. Er schloss die Augen. In welches Emigrantenlager würden sie ihn bringen? So viel er wusste, lagen die Camps für Kalmücken hauptsächlich in Bayern. In Altenstadt, erinnerte er sich, und in Freimann und anderswo. Wieder einmal hatte er nicht gefragt. Wozu auch? Er hätte doch keine Wahl gehabt. Er hatte noch nie eine Wahl gehabt. Geh nach Rostow, hatte Sergej Alexandrowitsch ihn damals gedrängt, und von dort weiter zum Dnjepr.

Und er war gegangen. Nach Rostow. An Taganrog vorbei. Zumindest vermutete Sanan, dass die Häuser, die er in der Ferne gesehen hatte, zu Taganrog gehörten.

Er passiert Dörfer, deren Namen er nicht kennt. Mariupol meidet er. Ein paarmal springt er auf langsam fahrende Frachtzüge und fährt ein Stück mit, immer der untergehenden Sonne hinterher. Einmal macht er einem Lastwagenfahrer weis, er sei auf Heimaturlaub gewesen und müsse zurück zu seiner Einheit nach Odessa. Er bezweifelt, dass der Mann ihm glaubt, aber er darf einsteigen, und der Ukrainer teilt seinen Wodka mit ihm. Und weiter schlägt er sich durch, bis er im Frühjahr 44 auf die Wehrmacht und das Kalmückische Kavalleriekorps stößt. Wenigstens ist er nun nicht mehr auf sich allein gestellt.

Er hat aufgehört, die Tage und Monate zu zählen, die er von Kalmückien fort ist, und weiß oft nicht, ob das Korps sich noch in der Ukraine befindet oder schon in Rumänien oder in Ungarn. Seine Einheit kontrolliert Eisenbahnlinien, damit die letzten deutschen Transportzüge unbeschadet nach Westen durchkommen. Sie sabotieren Brücken, um den Sowjettruppen den Nachschub zu unterbinden. Kundschaften prorussische Partisanen aus, die der Wehrmacht zur Gefahr werden können. Eliminieren sie.

Es ist Herbst, als sie die Gegend von Lublin erreichen. Die Tage in Polen sind die schönsten, die er in dieser verheerenden Zeit erlebt.

Die schönsten und die schlimmsten.

Die eisige Kälte 44/45, die vernichtende Winteroffensive der Roten Armee, die polnische Bevölkerung, die aus ihrer Verachtung und Geringschätzung für die kalmückischen Soldaten keinen Hehl macht. So schlimm wie dort ist es die ganze Zeit nicht gewesen. Er beklagt sich bei Peter dem Großen.

»Nichts als Hunde sind wir für diese Leute, Wilde, Menschenfresser. Und dann wundern sie sich, dass wir uns rächen.«

»Was müsst ihr auch Schlitzaugen haben wie der alte Dschingis Khan?«

Der Freund schneidet eine Fratze und zieht sich mit den Fingern die Augen schräg.

»Drei Schinesen mit dem Kontrabass …«, trällert er provozierend und kontert geschickt Sanans harten Boxhieb. Der zweite Schlag aber trifft, und eine wütende Schlägerei beginnt. Sie hat etwas Verzweifeltes an sich.

Die Kameraden des Kavalleriekorps scharen sich um die Raufenden, feuern sie an. Bis unmerklich die Prügelei in ein fast gemessenes, aber nicht weniger zähes Ringen übergeht, in einen taktisch klugen kalmückischen Ringkampf. Die Soldaten sind still geworden. Gespannt folgen sie jedem Schritt, jeder Bewegung der Gegner. Manchmal hört man aus ihren Reihen ein Aufstöhnen, einen tiefen Atmer, einen kurzen Schrei, der gleich wieder unterdrückt wird. Die Hände und Arme geschickt ineinander verhakelt, messen die Kämpfer verbissen ihre Kräfte, drehen sich umeinander, suchen stumm nach dem Moment, in dem sie den Gegner zum Boden zwingen können. Ihre Füße berühren sich nicht. Mal lockert Sanan den Druck auf Peter, dann verstärkt er ihn wieder – und mit einem Mal landet der Freund, unerfahren in der sportlichen Tradition des Steppenvolks, rücklings auf dem Boden. Sanan aber tanzt mit ausgebreiteten Armen den Tanz des Siegers, den Adlertanz. Eine kalmückische Geige klingt auf, wird laut und leidenschaftlich, und die Männer beginnen, sich im Takt der Melodie zu wiegen und zu singen.

Peter der Große rappelt sich auf, stupst Sanan gegen die Brust.

»Mach dir nichts daraus, mein Freund. Menschen sind, wie sie sind: dumm. Du wirst sie nicht ändern können. Sie kennen dich nicht, wissen nichts von dir. Sie sehen nur, dass du nicht aussiehst wie sie und die Leute um sie herum. Also bist du in ihren Augen kein Mensch, sondern ein wildes Tier. Lach darüber, du weißt es besser.« Gemeinsam leeren sie die Flasche Wodka, die Sanan von irgendwoher aufgegabelt hat. Er verrät nicht, von woher.

Zwei Tage danach ist der Freund tot. Dabei hat er noch so viele Träume gehabt. »Wenn der Krieg vorbei ist, Sanan, dann aber … du und ich …«, hat er immer geblökt, ihm übermütig auf die Schultern gehauen und dabei gesungen. Jetzt träumt Peter der Große den ewigen Traum.

Sanan öffnete die Augen. Noch keine acht Monate war das her. Auch er hatte geträumt, damals, in jenen polnischen Tagen, hatte für wenige Wochen in der Illusion gelebt, er hätte sein Glück gefunden. Dann war dieser Dienstag im Januar gekommen, als die Rote Armee sie überrollte und ihre Waffen den Freund zerfetzten. Der Befehl zum Rückzug hatte dann niemanden mehr überrascht. Alle sahen die kommende Niederlage Hitler-Deutschlands, keiner wagte es auszusprechen. Trotzdem wurde das Kalmückische Korps noch über Neuhammer und Münsingen an die kroatische Front abkommandiert, und er hatte angefangen, Blut zu spucken.

Der Jeep mit dem schwarzen Fahrer und dem weißen Hauptfeldwebel, der nie ein Wort sagte, ratterte das endlose graue Band der Straße entlang, an einem See vorbei, groß wie ein Meer, durch idyllische Dörfer hindurch, über einen gewaltigen Gebirgsrücken hinweg. Es musste der Schwarzwald sein. Dann nach Stunden die Ruinen einer zerstörten Stadt. Frauen in bunten Sommerkleidern. Kinder, die über Trümmer kletterten und darin Versteck spielten. Zwei fröhlich schwatzende junge Mädchen, unter ihren geblümten Röcken nackte braun gebrannte Beine. Beim Vorbeifahren hupte der Fahrer und winkte, die beiden Mädchen kicherten.

Stolz ob seines Erfolgs, drehte sich der Schwarze zu Sanan um. »*Fribourg*«, erklärte er. »*Est-ce que vous avez faim?*«
Sanan verstand nicht.

»Hunger?«, radebrechte der Schwarze und machte eine entsprechende Geste mit der rechten Hand.

»*Oui*«, versuchte Sanan zu sagen. Das kleine Wort hörte sich fremd an in seinen Ohren. Fremd, aber lustig. Wie ein Pfiff. *Oui*.

Eine Weile kurvten sie durch die zerbombten Straßen, bis der Fahrer den Weg zum französischen Quartier gefunden hatte, wo sie die Kisten und Säcke für den Krankentrakt ablieferten.

»*Et maintenant, manger*«, bedeutete der Schwarze Sanan, nachdem sie ihren Auftrag erledigt hatten. Und als warte ein

Festtagsmenü auf sie, formte der Soldat mit Daumen, Zeige-
und Mittelfinger einen Kreis und klopfte sich damit in Vor-
freude auf einen vollen Teller an die Lippen.

Die Portionen fielen kleiner aus als erhofft, aber das Essen
war ordentlich. Für Sanan und den Fahrer gab es je drei halbe
kleine Kartoffeln, eine überschaubare Menge von Gelben
Rüben, ein Bröckchen Fleisch, zwei Fingernägel groß, zum
Trinken Wasser. Wenigstens im Glas. Der Hauptfeldwebel
am Nebentisch bekam mehr. Mehr Kartoffeln, mehr Gelbe
Rüben – und ein Filetstück, von dem Sanan zwei Wochen
lang hätte leben können. Dazu Wein und schwarzen Kaffee.
Beneidenswert, aber so ist es nun mal, dachte Sanan, die einen
stehen oben, die anderen kriechen unten. Seltsamerweise ver-
bitterte ihn der Gedanke nicht. Im Emigrantenlager würde
das Essen noch karger ausfallen. Also gewöhn dich gefälligst
dran!

Der Fahrer schob seinen leeren Teller von sich weg und
zückte den Wagenschlüssel. »Es geht weiter«, gestikulierte
er. »Nach Koblenz.«

Also keine Chance, die beiden fröhlichen Mädchen wieder-
zusehen und sie zum Kaffee, zum Tanzen, zu was-auch-immer
einzuladen. Sanan grinste in sich hinein. Du hast weder Geld
noch eine Krawatte und bildest dir ein, zwei Mädchen die
Sterne vom Himmel herunterholen zu können. Die beiden
würden sich schön lustig über dich machen.

19

SANAN

---◦◦◦---

Montag, den 20. August 1945

Es war Nacht, als sie Koblenz erreichten und abermals vor einer Kaserne hielten. Hinter dem geschlossenen Gittertor erahnte Sanan eine Reihe von Gebäuden. Durch mehrere Fenster fiel Kerzenlicht nach draußen in den dunklen Innenhof. Hier und da flackerten kleine Feuer, um die sich Gruppen von Männern versammelt hatten. In der Luft waberte Rauch. Der Geruch von verbranntem Holz mischte sich mit dem von Essen, Schimmel und Moder, von Schweiß, Dreck und billiger Kernseife. Wortfetzen drangen an Sanans Ohr, polnische, russische. Er erstarrte.

»Eine Ambulanz bringt Sie in ein Emigrantenlager«, hatte der Doktor in Rankweil gesagt, aber das hier war kein Lager für Kalmücken, wie er erwartet hatte. Das hier war eine Unterkunft für Polen und Russen, die in ihre Herkunftsländer zurückgeschickt werden sollten. Ein Repatriierungslager.

Hatten sie sich missverstanden, der Arzt und er? Oder hatte der Mann ihn bewusst hintergangen?

Wie aus dem Nichts tauchten Wachtposten auf, drei in französischer Uniform und einer, der vermutlich Pole war. Dieser schwang das schwere Metallgittertor auf und tippte sich an die Mütze, als der schwarze Fahrer an ihm vorbeifuhr und wenige Meter dahinter zum Stehen kam. Der Hauptfeldwebel stieg aus. Die Franzosen salutierten. Von der langen Unterredung, die folgte, begriff Sanan kein Wort. Auch der Pole schien nichts zu verstehen. Er beäugte Sanan, nicht freundlich, nicht unfreundlich, dann gab er einem der Uniformierten ein Zeichen und verschwand.

Plötzlich ein Schrei aus Richtung der dunklen Gebäude. Funken wirbelten hoch, Männer sprangen auf, zerrten unter

Gezeter und Gekeife eine Frau vom Feuer weg, von überallher kamen Lagerbewohner gelaufen, innerhalb weniger Sekunden war eine heftige Streiterei im Gang. Zwei der französischen Lageraufseher spurteten los, wahrscheinlich um Verstärkung zu holen.

Das Gesicht des Hauptfeldwebels hatte sich verfinstert. Was da los sei, schien er den Franzosen zu fragen, der zurückgeblieben war. Aber der zuckte mit den Schultern.

»Die Frau, die geschrien hat, ist Polin. Ein Mann hat sie geschlagen, ein anderer wollte ihr zu Hilfe kommen«, rutschte es Sanan auf Deutsch heraus. Der Aufseher, nach der Uniform zu urteilen besaß er einen Offiziersrang, übersetzte ins Französische.

»Das haben Sie verstanden?«, wandte sich der Hauptfeldwebel zum allerersten Mal, seit sie von Rankweil abgefahren waren, an ihn.

»Das Russische ja, vom Polnischen nur wenige Worte«, erwiderte Sanan mit Hilfe des Aufsehers. Dass es um gepanschten Wodka gegangen war, verschwieg er. Falls er tatsächlich hier leben musste, tat er gut daran, sich zurückzuhalten.

Höchstens drei oder vier Minuten waren vergangen, als sich schon durchdringend hupend ein Truppenfahrzeug Platz verschaffte. Militär sprang heraus und begann, mit Schlagstöcken auf die Streithähne einzuprügeln. Polen und Russen wurden voneinander getrennt und Letztere auf die Ladefläche des Wagens gestoßen. Beim Hinausfahren aus dem Lager hörte Sanan die Männer fluchen. Fragend schaute er den französischen Offizier an, der dem Hauptfeldwebel gedolmetscht hatte.

»Ach, das kommt vor.« Der Mann lachte. »Bis sie in ihrem Quartier sind, sind sie wieder nüchtern. Wissen Sie, hier in der Gneisenau-Kaserne leben Polen, Männer und Frauen, die von den Nazis zur Zwangsarbeit nach Deutschland verschleppt worden waren. Die Russen sind zwei Kilometer weiter in Niederlahnstein untergebracht. Gemeinsam organisieren sie schon mal Fußballspiele oder Tanzabende. Wir erlauben es, die Leute brauchen Abwechslung. Aber dabei wird eben auch viel getrunken, und es bleibt nicht aus, dass es immer wieder Krach gibt. Es hilft uns schon, dass die Polen ihre eigene Lageraufsicht haben. Manchmal müssen wir sie allerdings zurückpfeifen. Sie übertreiben gern und tun des Guten zu viel. Das hier ist ja schließlich kein KZ mit Nazimethoden.«

Wieder grinste der Franzose. Sanan quälte sich ein höfliches Lächeln ab. Die Situation bedrückte ihn. Der finstere Kasernenhof. Die Männer und Frauen, die hier eingesperrt hinter hohen Mauern und bei verschlossenem Gittertor hausten. Nach neuer Freiheit sah das nicht aus.

Der schwarze Fahrer hatte inzwischen Sanans Gepäck aus dem Jeep geholt und es ihm an die Bordsteinkante gestellt. Es war klar, er sollte hier im Polenlager bleiben. Aber warum? Was hatten die Franzosen mit ihm vor?

Der Hauptfeldwebel besprach sich noch kurz mit dem Lageroffizier, dann rief er Sanan zu sich.

»Sie sprechen gut Deutsch und Russisch. Ist Russisch Ihre Muttersprache?« Wieder fungierte der Aufseher als sprachlicher Vermittler.

Vorsicht, Sanan! Pass auf, was du sagst. Du bist vor 39 nach Frankreich gekommen. Er wird dich fragen, wieso du kein Französisch kannst.

»Meine Muttersprache ist Kalmückisch.«

»Und Russisch?«

»Viele Kalmücken sprechen Russisch. Man lernt es in der Schule.«

»In welcher Klasse?«

»Ab der ersten«, sagte Sanan, ohne zu zögern.

»Man hat mir gesagt, Sie sind französischer Kalmücke.«

»Meine Mutter hat mich mit fünfzehn zu meinem Vater nach Frankreich geschickt ...« Dann fiel ihm etwas ein. »Zuerst kam ich zu einem Onkel in die Türkei.«

Er konnte nur beten, dass der Hauptfeldwebel in Sachen Türkei Analphabet war und ihm daher keine gefährlichen Fragen stellen würde. Auch nicht, warum er sich dem Kalmückischen Kavalleriekorps und damit der Wehrmacht angeschlossen hatte. Sanan begriff selbst nicht, warum die Alliierten ihn und die in Deutschland gestrandeten Kalmücken bisher fast gnädig und nicht mit derselben Härte behandelten wie jetzt die deutschen Kriegsgefangenen. Damit hatte er eigentlich gerechnet. Vorsichtshalber fragte er nicht. Nur keine schlafenden Hunde wecken, hätte seine wolgadeutsche Tante gesagt.

»In die Türkei?«, forschte der Hauptfeldwebel sichtlich befremdet.

»Viele Kalmücken leben in der Türkei, seit sie in den Zwanzigern vor Stalin geflohen sind. Mein Onkel lebte in einem kleinen Dorf, wo es keine Schule gab.« Damit wäre er hoffentlich auf der sicheren Seite. »Ich blieb dort zwei Jahre, dann nahmen mich Freunde des Onkels mit nach Frankreich.«

»Wann war das?«

»1938.«

»Und da hast du kein Französisch gelernt?« Der Hauptfeldwebel war vom Sie zum Du übergesprungen. War es ein Zeichen von Vertrauen oder von Arroganz und Unhöflichkeit?

Zwei Atemzüge lang antwortete Sanan nicht. Dann sprach er langsam, überlegte jedes einzelne Wort.

»Mein Vater hat mich versteckt, er wollte nicht, dass ich in den Krieg gehe, für keine Seite.«

»Aber du warst im Krieg. Du bist in Kroatien in Kriegsgefangenschaft geraten. Also ...«

»Das stimmt, aber ... ich war kein Soldat. Ich war ... Dolmetscher zwischen dem Kavalleriekorps und der Wehrmacht.« Zu Sanans Überraschung gab sich der Hauptfeldwebel mit der Antwort zufrieden.

»Dolmetscher«, wiederholte der Hauptfeldwebel und zog die Augenbrauen hoch. »Woher kannst du Deutsch?«

»Von der Tante. Sie war Wolgadeutsche, ich habe als Kind bei ihr gelebt.« Das wenigstens war nicht gelogen.

»Leben kalmückische Kinder denn nie bei ihren Eltern?«, blaffte der Hauptfeldwebel.

»Also ... wenn die Eltern ... ich meine ... wenn die Familie Nomaden sind, werden die Kinder zu Verwandten geschickt, damit sie in die Schule gehen können.«

Der Hauptfeldwebel schaute ihn zweifelnd an, aber dann drehte er sich um, ging zum Jeep, winkte dem Fahrer und stieg ein.

»*Bonne chance*«, sagte der Schwarze und bedeutete Sanan, sich umzudrehen.

Sanan drehte sich um – und mit ausgebreiteten Armen kam ein älterer Mann auf ihn zu.

»Willkommen, mein Sohn«, rief er auf Kalmückisch und nahm Sanan in den Arm, »ich bin Sandscha. Lass dir helfen mit deinem Gepäck, du hast sicher einen langen Weg hinter dir. Komm!«

Sanan blieb der Mund offen stehen. Kalmücken in Koblenz. Damit hatte er nicht gerechnet.

Als hätte der Alte Sanans Gedanken gehört, meinte er fast entschuldigend: »Wir sind nicht viele hier, nur acht Familien und dreizehn alleinstehende Männer. Sie haben uns den letzten Block auf dem Gelände gegeben. Für jede Familie ein Zimmer im Erdgeschoss, die anderen wohnen in zwei Schlafsälen im Stockwerk darüber. Küche und Waschraum teilen sich alle. Wir warten nur noch auf eine Gruppe von Musikern und Tänzerinnen vom Theater Elista, die während des Kriegs Teile des Kavalleriekorps nach Westen begleitet hatten. Dann soll es weitergehen nach Frankreich.«

Der Hauseingang zur Kalmückenbaracke stand weit offen. Auf dem kleinen Sandplatz davor saßen Frauen, einige wiegten ihre schlafenden Kinder im Schoß. Zwischen ihnen glühte ein Feuer, aus dem Kessel duftete es nach würzigem Tee. Eine Frau füllte eine Schale und reichte sie Sanan.

»Es ist nicht der Dschomba, den du von zu Hause kennst, aber er schmeckt auch.«

Sanans Hand zitterte beim Trinken. Die Frauen machten ihm Platz, damit er sich setzte. Als die Saiten einer Dombra ertönten und ein Mann dunkel und kehlig zu singen begann, konnte Sanan sich nicht mehr zurückhalten. Er weinte.

20

ELLO

———

Dienstag, den 21. August 1945

Ello wachte auf vom Morgengezwitscher der Spatzen. Verwundert rieb sie sich die Augen. Kein Granatfeuer, das sie geweckt hatte? Keine einstürzenden Mauern und explodierenden Brotlaibe? Bis auf das eine Mal, als sie aufstehen musste, um der kleinen Hummel ihr Fläschchen zu geben, hatte sie traumlos geschlafen. Durchgeschlafen.

Eine Weile blieb sie noch liegen und horchte auf das Tschilpen der Vögel draußen. Sie würde demjenigen einen Kuchen backen, der ihr übersetzte, was die gefiederten Gesellen sich so alles erzählten. Was für eine verrückte Idee! Wie kam sie nur darauf? Noch dazu, wo Mehl und Zucker so rar waren wie Gold und Diamanten.

Im Treppenhaus erschallte Geschrei, das sofort von einem energischen »Pschschscht!« gedämpft wurde. Anscheinend stritten sich die Koblenzer Geschwister um ein Spielzeug, um die Stoffpuppe aus Oma Tres'chens Keller oder das Kugelspiel, das Hennes Friedrich ihnen gebastelt hatte. Der kleinen Hummel schien der Lärm nichts auszumachen, sie schlief ungerührt im Wäschekorb. Ello drehte sich zu ihr hin. Wäre das Kind ein Junge, würde sie es Albert nennen. Nur so für sich, zur Erinnerung.

Ein letzter Blick auf das Kind, dann schwang sich Ello aus dem Bett. Jetzt musste es doch etwas gehört oder gespürt haben, denn es gickste und fing gleich darauf zu schreien an.

»Schon gut, mein Herzchen, Essen kommt gleich«, versuchte Ello es zu beruhigen. Aber das Herzchen sah überhaupt nicht ein, warum es sich beruhigen sollte.

»Na, du wirst es schon noch lernen«, brummte Ello.

128

In der Nacht hatte es geregnet. Nach der drückenden Schwüle der letzten Tage war die Luft an diesem Morgen sauber und angenehm frisch. Oma Tres'chen hatte die Fenster weit offen stehen. Der Wetterwechsel schien auch die Koblenzerin verwandelt zu haben. Völlig überraschend erklärte sie sich noch vor dem Frühstück bereit, auf das Hummelchen aufzupassen, damit Ello ein zweites Mal nach Kühr ins Kloster gehen konnte, um mit Wilhelm Franke zu reden, wie Schwester Hildegard ihr geraten hatte. Oma Tres'chen ihrerseits wollte sich auf die Suche nach einer Amme machen.

»Und ich geb der Maus das Fläschchen«, schrie Margit und stapfte zornig mit dem Fuß auf. Anscheinend war ihrem Wutanfall eine Auseinandersetzung mit der Mutter vorausgegangen.

»Ello, du erlaubst es doch?«

»Der Maus?«, fragte Ello belustigt zurück. Jeder hatte einen anderen Namen für das Neugeborene. Würmchen, Hummel, Maus. Aber warum auch nicht?

»Ja, ich nenn sie Maus. Ich find, sie sieht aus wie ein Mäuschen. Bitte, bitte, erlaub, dass ich sie füttere.«

»Von mir aus, nur lass deine Mutter dir helfen, das Fläschchen warm zu machen.«

Margit nickte brav, aber ihre Augen funkelten die Mutter triumphierend an. »Siehst du, ich darf.«

Ello genoss den klaren Morgen, als sie nach dem Frühstück aus dem Haus trat. Am Himmel segelten weiße Wölkchen, Gras und Büsche glänzten feucht, und in Mulden und Schlaglöchern standen Pfützen. Es musste in der vergangenen Nacht ordentlich geregnet haben, die Bauern und Winzer dürften sich freuen.

Nahe dem Brückchen über den Alkener Bach hatte sich zur Begeisterung der Dorfkinder ein riesiger Schlammsee gebildet. Jauchzend und kreischend nahmen sie Anlauf und sprangen mit nackten Füßen hinein in die braune Lache. Je höher das Wasser spritzte, desto fröhlicher das Geschrei. Eine Weile beobachtete sie das vergnügte Spiel. Sie ertappte sich dabei, dass sie an die kleine Hummel dachte. In fünf Jahren würde sie es den anderen Kindern nachmachen und mithopsen. Irgendwo, in einer anderen Stadt. Denn natürlich würde die Familie der jungen Frau kommen und die Kleine holen.

Plötzlich schmerzte sie der Gedanke, dass sie das Kind, für das sie Mutter spielte, fortgeben musste. Doch sofort schalt sie sich. Du spinnst. Die Idee, sich in diesen schwierigen Zeiten mit einem fremden Kind zu belasten, mit dem sie nichts verband, außer dass sie zufälligerweise dessen Mutter die Augen geschlossen hatte, verbot sich geradezu.

Sie löste sich vom Anblick der spielenden Kinder und machte sich auf den Weg nach Kühr. Alles würde gut werden. Wilhelm Franke würde ihr mehr über die Tote erzählen und Gendarm Buchheim danach alles Weitere veranlassen. Wozu war dieser Mann schließlich da? Um für Ordnung zu sorgen. Auch wenn man ihn schubsen musste, damit er in die Gänge kam. Ja, es würde eine Erleichterung sein, wenn sie sich nicht mehr um das Kind kümmern müsste.

Wilhelm Franke saß allein auf der Bank im Hof des Klosters, auf der er schon bei ihrem ersten Besuch gesessen hatte, nur dass Ello da noch nicht gewusst hatte, dass es Wilhelm Franke war. Jetzt hatte ihn ihr die Schwester im Torhäuschen gezeigt. Wie beim letzten Mal hatte er seine Krücken griffbereit neben sich stehen. Er atmete asthmatisch, als er ihre Begrüßung erwiderte. Seine Stimme war heiser.

»Als Schwester Hildegard uns sagte, was passiert ist, wollte ich es nicht glauben. Eigentlich kann ich es noch immer nicht glauben. Ich denk, gleich geht die Tür auf, und die Ida kommt rein. Aber sie kommt nicht.«

Wilhelm Franke zündete sich eine selbst gedrehte Zigarette an der Kippe der alten an. »Wir waren alle ein bisschen verliebt in sie, ich weiß nicht, ob sie es gemerkt hat«, gestand er, ohne dass es ihm peinlich war. Er schaute in den Himmel. »Ob sie uns von dort oben sieht?«

Ello antwortete nicht. Der Wind blies ihr den Tabakrauch in die Augen, sie blinzelte. Wilhelm Franke wedelte entschuldigend mit der Hand den Rauch in eine andere Richtung. Schimpfend flog eine Krähe auf.

»Sie seien der Einzige gewesen, mit dem Ida öfters geredet hat«, fing Ello wieder an.

»Ich weiß nicht, ob ich der Einzige war, aber es stimmt, dass sie sich gern zu mir setzte, wenn sie Zeit hatte. Dann redeten wir. Über den Krieg. Rostow. Rostow am Don. Mariupol. Dnipropetrowsk. Bei Pjatichatki haben sie mich wieder zusammengeflickt und von dort nach Hause geschickt. Nur das linke Bein ist in Russland geblieben. Ida hat dort im Lazarett gearbeitet.«

»Wann war das?«

Er verzog das Gesicht. »Nach Stalingrad. Als es zurück nach Hause ging.«

»Sind Sie sich schon damals im Lazarett begegnet, Sie und Ida?«

»Vermutlich. Wir haben uns immer wieder gefragt: ›Waren Sie der, waren Sie die? Oder die andere?‹ Aber herausbekommen haben wir es nie.«

»Aber Sie sind sich sicher, dass Ida tatsächlich als Rotkreuzschwester dort gewesen ist? Oder hat sie das nur gesagt, um mit Ihnen reden zu können?«

Franke lachte spöttisch.

»Das stimmt hundertprozentig, Fräulein. Wie und was Ida vom Lazarett in Pjatichatki erzählt hat, kann man nicht erfinden. Das kann man nur erzählen, wenn man dort gewesen ist. Es war die Hölle«, setzte er kaum vernehmbar hinzu.

Ello versuchte, sich die Hölle vorzustellen. Es gelang ihr nicht.

»Mit …« Sie unterbrach sich. Sollte sie »Niederlage« sagen oder »Rückzug«, was harmloser klang? Sie kannte Franke nicht. Wie empfindlich war der Mann? Wie enttäuscht vom verlorenen Krieg? Wie sehr hatte ihn der Zusammenbruch Deutschlands mitgenommen? Oder war ihm alles egal gewesen? Sie wollte ihn nicht verletzen. Das Leben hatte ihm schon schlimm genug mitgespielt.

»Später wurde das Lazarett aufgelöst«, fuhr sie vorsichtig fort. »Wie ging es dann weiter für Ida?«

»Das weiß ich nicht. Wie ich schon gesagt hab, ich kam mit einem Krankentransport heim ins Reich. Es war Zufall, dass wir uns hier getroffen haben.«

»Und da war sie schon schwanger?«

»Zuerst hab ich's nicht gemerkt, aber dann schon.«

»Hat sie Ihnen gesagt, wer der Vater ist?«

»Nein. Wozu auch? So ist es im Krieg. Da kommen schon mal Kinder zur Welt.« Franke griemelte. »Irgendwann hört man auf, sich darüber Gedanken zu machen. Kann sein, dass ich auch so 'n Balg hab, dort im Osten. Was ist es denn eigentlich, das Kind von der Ida, mein ich, ein Mädel oder ein Junge?«

»Ein Mädchen.«

»Das habe ich ihr prophezeit. ›Das wird ein Mädelchen‹, habe ich ihr gesagt. ›Ich seh's dir am linken Ohr an.‹«

Ello guckte verdutzt. »Am linken Ohr?« Das war von allen kuriosen Vorhersagen die kurioseste, die sie jemals gehört hatte. Die fehlte ihr noch in ihrem Sammelsurium an Theorien.

»Ja, am linken Ohr, ein Spruch meiner Mutter«, bestätigte Wilhelm Franke mit einem Augenzwinkern.

»Und wie muss das Ohr aussehen, dass man daran das Geschlecht des Ungeborenen ablesen kann?«

»Das hat sie mir nicht verraten. Das sei Frauensache, hat sie gesagt, ich soll nicht so naseweis sein. Aber die Methode sei besser als Kaffeesatzlesen.«

»Es geht doch nichts über wissenschaftliche Erkenntnisse«, frotzelte Ello. Doch dann wurde sie wieder ernst. »Können Sie uns sagen, wo Idas Familie wohnt? Eltern, Geschwister, meinetwegen auch ein Urgroßvater oder Tanten?«

»Einmal hat sie angedeutet, dass ihr Vater Fabrikant sei. Aber mehr weiß ich nicht, und ich hab auch nicht gefragt. Ich hatte den Eindruck, sie redete nicht gern über ihre Familie.«

»Und hat Ida Ihnen denn von ihrem Mann erzählt? Er soll im Krieg gefallen sein.«

»So hat sie gesagt.«

»Glauben Sie es?«

»Nein.«

Ello blickte Wilhelm Franke erstaunt an.

»Nein? Wieso nicht?«

»Weil sie einmal erzählt hat, ihr Mann sei gleich zu Beginn des Kriegs in Polen umgekommen, und ein andermal behauptete sie, dass er im letzten Kriegswinter in den Ardennen abgeschossen worden sei. Aber mir war es egal, was stimmte, und jetzt, wo sie tot ist, hat es überhaupt keine Bedeutung mehr.«

Womit Wilhelm Franke nicht unrecht hatte. Aber Ello war mit der Antwort trotzdem nicht zufrieden. Sie dachte an Idas Aufzeichnungen in dem Oktavheftchen, das sie in deren Zimmer entdeckt hatte – »... wenn du groß bist, kleine Hummel, werde ich dir von deinem Vater erzählen.«

Plötzlich empfand sie die Worte wie einen Auftrag an sie.

»Wenn Herr Rempin zu Beginn des Kriegs gefallen ist, kommt er als Vater nicht in Betracht«, rechnete Ello laut.

»Wohl aber, wenn es ihn erst 44/45 erwischt hat«, ergänzte Wilhelm Franke Ellos Überlegung. »Wenn allerdings beide Versionen erdichtet sind ...« Das Ende des Satzes ließ er offen.

»Hatte Ida Freunde hier in der Gegend?«

»Sie meinen: einen Freund!« Wilhelm Franke hatte begriffen.

»Ja. Einen Freund«, bestätigte sie.

»Ich weiß es nicht. Gesagt hat sie nie was.«

»Doch, ich bin ihr Freund. Ihr bester«, ertönte hinter ihnen eine triumphierende Kinderstimme, und ein hoch aufgeschossenes Kerlchen, das man für einen Zwölfjährigen halten konnte, sprang nach vorn.

»Ich bin ihr Freund. Das sagt die Ida immer.«

Der Junge fummelte mit einem dicken Ast gefährlich nah vor ihren Gesichtern herum und hupfte dabei von einem Bein aufs andere.

Wilhelm Franke hob drohend den Zeigefinger.

»Du sollst dich doch nicht immer anschleichen, Thomas.«
Aber Ello konnte in seinen Augen lesen, dass der Soldat den
Jungen mochte. Thomas kicherte denn auch unbändig.

»Ihr habt von der Ida geredet, ihr habt von der Ida geredet.
Wo ist sie? Wo ist sie? Sie hat versprochen, mit mir Ball zu
spielen.«

»Ich hab's dir doch heute Morgen schon gesagt, dass Ida
verreisen musste«, erklärte Wilhelm Franke nachsichtig.

»Hat die Ida dir das auch gesagt?«, wollte der Junge von
Ello wissen.

»Ja, das hat sie.«

»Das stimmt nicht, ihr lügt, ihr lügt.« Thomas rupfte wütend einem Gänseblümchen im Gras den Kopf ab. »Sie kommt
wieder, wenn sie aufgehört hat zu weinen.«

Ello horchte auf. »Warum hat sie denn geweint.«

»Weil der Mann mit ihr geschimpft hat.«

»Welcher Mann?«

»Na der, der sie angeschrien hat.«

Für einen Moment hielt Ello den Atem an. »Bist du sicher,
dass jemand deine Freundin Ida angeschrien hat?«, fragte sie
dann.

»Ja klar, ich war ja dabei. Er wollte Ida sogar schlagen.
Aber da hab ich ihm eins vors Schienbein geknallt. Soll ich
dir zeigen, wie ich das gemacht hab?« Thomas brüllte vor
Begeisterung.

»Nein, nein, ist gut.« Ello hielt den Jungen, der schon mit
dem rechten Fuß ausholte, an den Schultern fest. »Ich glaub
dir. Das hast du gut gemacht.«

»Spielst du mit mir? Die Ida hat immer mit mir gespielt.«

»Sofort, sag mir nur, was der Mann gemacht hat, nachdem
du ihm vors Schienbein getreten hast.«

»Na, der hat sich sein Bein gehalten und ist rumgetanzt wie
Rumpelstilzchen. Guck, so.« Und Thomas hopste im Kreis
herum und hielt sich dabei abwechselnd mal das eine, mal das

andere Knie. »Ach, wie gut, dass keiner weiß, dass ich Rumpelstilzchen heiß«, grölte er. »Die Geschichte hat mir Ida erzählt«, sagte er dann und ließ sich vor Ello auf den Boden plumpsen.

»War Ida böse, dass du den Mann getreten hast?«

»Ida? Warum soll die Ida böse sein? Ich bin doch ihr Freund.

»Ist der Mann dann fortgegangen?«

»Weiß nicht, wir sind zum Bäcker, Ida hat gesagt, ich darf mir was aussuchen. Aber andere Kinder haben mir mein Zuckerherz weggenommen. Ich fand das blöd.«

»Ich werd dir eins kaufen, sobald es wieder welche gibt. Wann war denn das mit dem Mann?«

»Mit welchem Mann?«

Innerlich zog Ello die Augenbrauen hoch, aber sie ließ sich nichts anmerken. Hatte das Kind alles nur erfunden, um sich wichtig zu machen?

»Mit dem Ida geschimpft hat«, sagte sie so geduldig wie möglich.

»Das hab ich doch schon gesagt. Als es die Zuckerherzen gab. Aber die anderen haben mir ja alles weggegessen.«

»Ist dir der Mann früher schon mal aufgefallen? Oder hast du ihn hinterher noch mal gesehen?«

»Nee, hab ich nicht!« Thomas sprang auf. »Komm endlich Ball spielen!«, schrie er.

»Gleich, Thomas, nur eins noch: War der Mann alt oder jung?«

»Der war alt, uralt. So alt wie der Osterhase. Nee, wie der Nikolaus. Oder wie der Willi«, und Thomas zeigte auf Wilhelm Franke und lachte sich krumm. »Aber es war nicht der Willi, der Willi hat ja nur ein Bein, und der Mann hatte zwei und einen ganz dicken Bauch. Sooo einen dicken Bauch. Komm endlich!«

Er zog Ello bei der Hand, und sie erhob sich.

»Wo ist denn dein Ball?«

»Im Rhein, und der Rhein brennt.«

21

ELLO

Dienstag, den 21. August 1945

Wann hatte es in Niederfell Zuckerherzen gegeben?
Vor dem Krieg, in einem anderen Leben, hatte es jede Menge
Zuckerschleckereien gegeben, Zuckerkringel, Zuckerherzen,
Zuckertaler. Aber jetzt? Schrill bimmelte die Türglocke, als
Ello die Niederfeller Bäckerei betrat, alle Köpfe drehten sich
nach ihr um.

»Ach, das Fräulein Hebamme«, bemerkte eine ältere Frau,
die seitlich vom Verkaufstresen auf einem Stuhl thronte, als
gehöre sie zum Inventar. Sie blinzelte neugierig. »Wer kriecht
dann widda e Kend?«

»Ich han jehört, dat Schäffers Evje aus Oberfell«, mischte
sich eine Kundin ein, die prüfend an ihrem soeben erstandenen
Brot schnupperte, während sie der Bäckersfrau die Lebens-
mittelmarken über den Verkaufstresen reichte. »Viel Mehl ist
da aber nicht drin«, meckerte sie.

»Schäffers Evje?«, staunte die Bäckersfrau, ohne auf das
Genörgle der Kundin einzugehen.

»Awa dat kann jo net säin«, widersprach eine Dritte, »Evjes
Mann is doch in Kriegsgefangenschaft.«

»Un dann kann en Frau ka Kend krien? Grad dann, tät ich
soon, Gelegenheit macht Liebe.«

»Oma!«, entsetzte sich die Bäckerin. Sie warf einen bedeu-
tungsvollen Blick auf das vielleicht dreizehnjährige Mädchen,
das den Boden des Geschäfts kehrte und so tat, als interessierte
es sich nicht für das Gerede. Aber man sah förmlich, wie es
die Ohren spitzte, um sich ja kein Wort entgehen zu lassen.

»Also, Fräulein Hebamme«, fing die Alte wieder an, ohne
sich um Tochter oder Schwiegertochter zu scheren. »Kriecht
dat Schäffers Evje e Kend odda net?«

»Ich …« Verlegen strich sich Ello eine Haarsträhne hinters Ohr. Evje aus Oberfell war in diesem Moment eine ihrer geringsten Sorgen. »Ich hätte eigentlich nur eine Frage«, wich sie der Antwort aus und wandte sich erwartungsvoll an die Bäckersfrau. »Wann machen Sie wieder Zuckerherzen?«

»Ach herrje!« Die Bäckerin schlug die Hände zusammen. »Das kann ich Ihnen nicht sagen. Wenn es mal wieder Zucker und extra Mehl gibt. Brot ist wichtiger. Wieso?«

»Ein Junge vom Kloster Kühr war neulich so enttäuscht gewesen, da dachte ich, ich frag mal …«

»Ach, Sie meinen den Thomas? Oh ja, der hat einen Tanz aufgeführt, weil die Herzen alle waren. Mein Mann hat gedacht, als es überraschend Mehl und Zucker gab, er macht den Kindern mal eine Freude, aber der Vorrat hat natürlich nicht lang gehalten. Die Stückchen waren im Nullkommanix weg. Die Pflegerin, mit der Thomas gekommen war, hat das Kind kaum bändigen können. Wie kann man aber auch eine so junge Frau mit so einem schwierigen Jungen allein spazieren gehen lassen! Und noch dazu in ihrem Zustand. Die Arme wirkte irgendwie unglücklich, sie tat mir leid. Eigentlich ist der Thomas ein liebes Kind, aber wenn ihm was nicht passt, na, dann gut Nacht!«

»Wann war das denn?«

»Vor drei Tagen, am letzten Samstag. Aber warum wollen Sie das wissen?«

Ello überlegte. Sollte sie der Bäckersfrau erzählen, was Thomas beobachtet hatte, in der Hoffnung, dass die Frau wüsste, wer der unbekannte Mann war? Bis zum Abend würde dann ganz Niederfell von der Sache wissen, und wenn es ein Mann aus der Gegend war, gar aus der eigenen Familie, würden alle schweigen wie ein Grab. Einen Familienangehörigen, der in dieser Angelegenheit eine unrühmliche Rolle spielte, verriet man nicht.

Die beiden Kundinnen, die längst ihre Einkäufe erledigt hatten, schienen alle Zeit der Welt zu haben. Auffällig unauffällig betrachteten sie die fast leeren Kolonialwarenregale und die spärlich bestückte Brottheke, auf der eine Vase mit frischen Gartenblumen stand und daneben im silbernen Rahmen die Fotografie eines jungen Mannes in Wehrmachtsuniform. Rechts oben über Eck ein schwarzes Trauerband. Oma auf ihrem Thron zupfte an der tiefdunklen Witwenschürze herum, die Dreizehnjährige knabberte gespannt am Ende des Besenstiels und wartete.

Ello gab sich einen Ruck und erzählte.

»Wir wissen nur leider nicht, wer die schwangere Frau ist«, beendete sie schließlich ihren Bericht. »Der Mann, mit dem sie sich gestritten hat, muss sie gekannt haben und kann sicher mehr über sie sagen. Es ist wichtig, verstehen Sie? Wegen des Kindes. Es muss doch zu seiner Familie.«

Sie hatte versucht, die Geschichte möglichst harmlos klingen zu lassen. Unerwartete Wehen, ein Stolperer. Gendarm Buchheim erwähnte sie nur einmal beiläufig in seiner Funktion als Amtsperson, der sich um die Formalitäten kümmern müsse. Den im Steinbruch Erschossenen hatte sie vorsichtshalber nicht erwähnt. Trotzdem spürte Ello, dass den Frauen das Wort Verbrechen durch den Kopf geisterte. Die Bäckersfrau räusperte sich.

»Und ich sag noch zu der jungen Frau, passen Sie auf sich auf, in Ihrem Zustand tut Ihnen eine solche Aufregung nicht gut. Ich meinte damit den Thomas. Ich wollt nur den Namen nicht nennen, damit der Junge nicht gleich wieder an die Decke geht, wenn er merkt, dass man von ihm spricht. Und da kommen Sie und sagen, dass die Frau tot ist? Also war es die, die am Sonntag vermisst wurde? Achgottachgottachgott! An so was denkt man doch im Traum nicht. Und Sie meinen, dieser Mann, von dem der Thomas geredet hat, könnte etwas damit zu tun haben?«

Eine Fliege brummte. Die Bäckersfrau griff zur Klatsche, holte aus und schlug zu, das Mädchen fegte das Tier achtlos zur Seite.

»Ich glaub ...«, sagte es, »ich hab den Mann am Samstag gesehen.« Die Dreizehnjährige klammerte sich an den Besenstiel, ihr Gesicht hatte aufgeregte rote Flecke. »Auf der Moselstraße, an der Treppe zum Fähranleger. Der hat die Frau ganz fürchterlich angeschnauzt. In aller Öffentlichkeit, ich war ganz erschrocken. Der war nicht von hier, der Mann. Ich hab den noch nie gesehen.«

Ello setzte sich mit dem Schmalzbrot und Wasser, das sie von zu Hause mitgenommen hatte, auf einen Baumstamm am Ufer und wartete auf die Gondorfer Pont. Fährleute sahen eine Menge Menschen, vielleicht war dem Fährmann ein keifender Mann aufgefallen.

Mechanisch ließ sie flache Steine über die Oberfläche des Flusses flitschen. Wie sie es als Kind getan hatte, als sie noch nicht wusste, was das Wort Krieg bedeutete, und die Eltern mit ihr und Kurt sonntags an einen See in der Nähe von Köln fuhren. Zuerst ein Stück mit der Elektrischen, dann weiter zu Fuß. Und auf dem Nachhauseweg gab es für sie und den Bruder jeweils ein Himbeerbonbon.

Sie zog Schuhe und Strümpfe aus und streckte vorsichtig die Zehen ins Wasser. Es war nicht so kalt, wie sie befürchtet hatte. Langsam gruben sich ihre Füße in den schlammigen Ufersand, und für den Bruchteil einer Sekunde stellte sie sich vor, sie spazierte mit dem Kind an der Hand die Mosel entlang.

Wenn du groß bist, kleine Hummel, werde ich dir von deinem Vater erzählen.

Sie würde dem Kind nie von diesem Mann erzählen können.

Als die Pont aus Gondorf anlegte, verstaute Ello ihr Essen, zog die Strümpfe an die nassen Füße und schlüpfte in die Schuhe. Sie wartete, bis die Leute ausgestiegen waren, dann sprach sie den Fährmann an.

»Ob ich am Samstag eine Schwangere gesehen habe? Mit einem ungefähr zehn Jahre alten Jungen?«

Der Fährmann strich sich über den kahlen Kopf und dachte eine Weile nach.

»Jo«, machte er dann. Er dehnte das Jo, als würde es mit fünf o geschrieben werden.

»Jooooo, das könnten die beiden gewesen sein. Also, wenn es die waren, die Sie suchen und die ich meine, die standen da am Wasser.«

Er deutete zu einer Stelle gleich neben der Rampe.

»Ich dachte zuerst, die warten auf die Überfahrt, aber der Junge wollte nur zuschauen, wie ich anlege. Und was der alles wissen wollte! Ob ich schon mal ein schwimmendes Pferd gesehen hätte. Sein Pferd könne nämlich schwimmen und habe Flügel. Na, so sind sie halt, die Kenner, haben eine blühende Phantasie.«

»Haben Sie gesehen, ob die junge Frau mit dem Kind allein unterwegs war oder ob da noch ein Mann gewesen ist, mit dem sie sich gestritten hat?«

»Gestritten sagen Sie? Hm …«

Der Fährmann fuhr sich wieder mit der Hand über die Glatze, dann übers unrasierte Kinn.

»Also, wenn Sie so fragen … Die Frau sah irgendwie mitgenommen aus. Als ob sie geheult hätte. Sie hat sich auch ein paarmal umgedreht und nach oben geschaut.«

Er zeigte zu der schmalen Steintreppe, die hoch zur Straße führte.

»Dort hat ein Mann am Geländer gestanden. Aber ich hab mir nix dabei gedacht. Da stehen ja immer irgendwelche Leute, die in der Gegend rumgucken.«

»Kannten Sie den Mann?«

»Nicht dass ich wüsste.«

»Aber können Sie ihn beschreiben? Wie alt war er, wie sah er aus? War irgendwas Auffälliges an ihm?«

»Wie er aussah? Das weiß ich nicht. Ganz jung war er, glaub ich, nicht mehr.«

»Der Junge beschrieb den Mann als dick, sooo dick.«

Ello vollführte zur Veranschaulichung eine ausladende Handbewegung über ihrem Bauch, wie es Thomas gemacht hatte. Aber der Fährmann winkte ab und gab Ello zu verstehen, dass er keine Zeit mehr für weitere Fragen habe, die Leute wollten übergesetzt werden.

»Auf so was hab ich nicht geachtet«, sagte er nur noch, »da hätte ich viel zu tun, Fräulein, wenn ich auf die Leute achten sollte, die dort oben am Geländer stehen.«

Ello machte sich auf den Nachhauseweg. Die Luft war lind. Hoch über dem Tal ein Milan. Sie war erschöpft, und der Kopf schwirrte ihr nach den vielen Gesprächen.

Ein Mann, der sich mit Ida gestritten hatte. Augenscheinlich ein nicht mehr ganz junger Mann. Darin waren sich alle mehr oder weniger einig gewesen, Thomas, das Mädchen – war es die Tochter der Bäckersfrau? – und auch der Fährmann. Und alle drei behaupteten, den Mann nicht zu kennen, ihn noch nie gesehen zu haben. Thomas wiederum war der Einzige, der den Mann als dick beschrieben hatte. »Sooo dick.« Konnte sie ihm glauben? Der Junge redete oft wirr und kam vom Hundertsten ins Tausendste, andererseits hatte bisher alles gestimmt, was er bezüglich dieses Mannes gesagt hatte.

Sie setzte sich aufs Ufermäuerchen und schaute dem Milan zu, wie er über dem Fluss segelte. Wenn sie als Tier wiedergeboren würde, wollte sie ein solch majestätischer Vogel sein und sich frei von allen Sorgen von den Elementen tragen lassen!

Also noch einmal – ein Mann schreit auf Ida ein. Einer, der vermutlich nicht aus der näheren Umgebung stammte. Vermutlich älter war. Wohlgenährt. Nach Aussage des Bäckermädchens ordentlich gekleidet, die Haare irgendwie vage zwischen hell und dunkel. Dieser Mann streitet sich mit Ida Rempin auf der Moselstraße in Niederfell, oberhalb der Fähranlegestelle. Das Mädchen wird auf die beiden aufmerksam, weiß aber nicht, wie lange die Auseinandersetzung schon dauert. Plötzlich packt der Mann Ida am Arm, zerrt an ihr und fordert sie auf mitzukommen.

»Du kommst jetzt sofort mit mir mit!«

Thomas, das wirre Kind, rammt dem Mann seinen Kopf in den Bauch.

»Thomas will den Mann vors Schienbein getreten haben«, hatte sie die Bäckerstochter unterbrochen.

»Das kann schon sein, der hat ja wie wild auf den Mann eingeschlagen. Diese Ida hat sich dann losgerissen und ist mit Thomas davongelaufen.«

»Wohin?«

»Die Treppe runter zur Pont.«

Ello wickelte den Rest des Schmalzbrots aus dem Fettpapier und biss hinein.

»›Du kommst jetzt sofort mit!‹«, brummte sie mit vollem Mund vor sich hin. Danach habe Ida geweint.

Weinte man wegen eines Unbekannten? Eher nicht.

Man weint, wenn man sich verletzt oder enttäuscht fühlt, weil einen jemand, der einem nahesteht, den man mag oder gar von Herzen liebt, betrogen hat, hintergangen oder nichts mehr von einem wissen möchte. Aber das konnte hier nicht der Fall sein. Der Mann hatte ja gewollt, dass Ida mit ihm mitging. Ida wollte nicht.

Klar war, dass Ida und der Mann sich kannten. Wer »du« sagt, ist sich nicht fremd. War der Unbekannte also der Vater ihres Kindes? War es Herr Rempin oder der eifersüchtige Dritte?

Dass der Tote vom Steinbruch, den Gendarm Buchheim als hager und schlecht gekleidet beschrieben hatte, etwas mit Ida Rempin zu tun hatte, glaubte Ello nach wie vor nicht. Doch Buchheims Verdacht, dass jemand beim Sturz der jungen Frau nachgeholfen haben könnte, erschien ihr plötzlich nicht mehr ganz abwegig. Im Stillen bat sie ihn um Abbitte.

Ello stand auf und verstaute Einwickelpapier und Wasserflasche wieder in ihrem Rucksack. Sie hatte das dringende

Bedürfnis, mit Buchheim zu reden, obwohl sie die anderthalb Stunden zu Fuß bis zur Gendarmeriestation schreckten.

Als hinter ihr eine Hupe quäkte und ein Auto mit dem Brodenbacher Arzt am Steuer anhielt – von woher hatte der Mann bloß den Wagen und was für einen schicken? –, nahm sie das Angebot des Doktors zur Mitfahrt erleichtert an. Sein »Steigen Sie doch ein, Fräulein Hebamme« klang zwar überheblich, doch bevor sie laufen müsste, schluckte sie lieber ihren Unmut. Selbstbewusstsein war schön und gut, aber bitte alles zu seiner Zeit.

Sie stieg ein.

»Haben Sie zufälligerweise einen Fußball in Ihrer Praxis?«, fragte sie, während sie die Wagentür zuzog.

22

BUCHHEIM

———⌒———

Dienstag, den 21. August 1945

Buchheim wollte es sich nicht eingestehen, aber es ließ sich nicht leugnen, er war schlechter Laune. Wegen der vermaledeiten Sache mit seiner entzückenden Wirtin. Wegen der Entdeckung der Schmuggelware. Wegen der Pistole. Und nicht zuletzt, weil ein Tag ohne Frühstück kein guter Tag war. Er knurrte missmutig vor sich hin, während er aus dem Amtshaus trat und zuerst in alter Gewohnheit nach rechts und links guckte, ob alles in Ordnung war. Dann machte er sich auf den Weg nach Alken. Die Sonne, die über den Hunsrück hochgeklettert kam, kitzelte ihm im Nacken.

Jetzt am Morgen und bei klarem Verstand war er überzeugt, dass Frau Krone ihn hatte ködern wollen. Vielleicht war ihr Bruder nicht mal ihr Bruder. Er sollte das überprüfen.

Zugegeben, kochen konnte sie, die liebenswürdige Frau Krone, und hübsch war sie auch, und er roch wieder den zitronenfrischen Duft ihrer Haut. Von woher sie das Parfum wohl hatte? Von dem sauberen Brüderchen oder einem amerikanischen GI? Die waren bekanntlich spendierfreudig gewesen. Spendierfreudiger als die Franzosen. Aber bestimmt hatte sich auch der Ami seine Großzügigkeit bezahlen lassen. In Naturalien. Oder erforderte dieser besondere Fall die Einzahl? Wie müsste es dann heißen? »In naturalia«? Er war alles andere als ein Sprachgenie, und in seinem Messdienerlatein fand er für eine so delikate Angelegenheit keine Antwort. Wenn man die katholische Kirche mal brauchte …!

Aber GI oder nicht, es konnte ihm egal sein.

Nur, hatte es unbedingt regnen müssen, als er mitten in der Nacht ihr Haus fluchtartig verließ? Wobei regnen untertrieben war. Es hatte geschüttet. Wie aus Kübeln. Aus Badewannen.

Nach wenigen Schritten war er bis auf die Knochen durchnässt gewesen. Zum guten Schluss war er noch gestolpert und der Länge nach hingeflogen.

In der Gendarmerie hatte er kein Licht gemacht, auch nicht, als er sich mit quatschenden Schuhen über die Treppe vorsichtig in den Keller und dort zur Arrestzelle tastete. Es musste niemand wissen, dass er hier war. Die Leute würden noch früh genug erfahren, dass er nicht mehr bei Frau Krone logierte, sondern im Amtshaus übernachtete. Dem Dorf blieb nichts verborgen.

Drunten im Bullesje riss er sich die nassen Kleider vom Leib. Pullover, Hosen und Socken tropften, als sei er damit in der Mosel schwimmen gewesen, selbst die Unterwäsche war feucht. Er befürchtete, einen Schnupfen zu kriegen, wenn nicht gar eine dicke Erkältung. Bibbernd hüllte er sich in die Decken, die für die ehrenwerten Gäste der Gendarmeriestation bereitlagen und penetrant nach Schweinestall und Pisse stanken. An Flöhe und andere freundliche Tierchen wollte er gar nicht erst denken.

In den wenigen Stunden Schlaf, die ihm noch vergönnt gewesen waren, geisterte dann eine dubiose Pistole durch seine Träume. Vor ihm hatte sich ein bodenloses Loch aufgetan, in das er hineinspringen sollte, wissend, dass das seinen Tod bedeutete. Doch glücklicherweise war er noch rechtzeitig aufgewacht, und die quälenden Bilder hatten sich verflüchtigt. Allerdings schmerzte ihm jeder einzelne seiner Knochen. Eine Gefängnispritsche war kein königliches Paradebett.

Hinter dem letzten Haus von Brodenbach stand wie immer Hubert am Ufer und angelte, um ihn herum seine Eimer, Töpfchen und Schächtelchen, ein Klapphocker, eine Decke. Manchmal hatte Buchheim den Verdacht, dass Hubert hier auch übernachtete. Für gewöhnlich blieb er eine Weile bei dem Angler stehen, um ihm zuzusehen, heute aber brachte er nicht die Geduld dafür auf. Außerdem fror er, wenn er sich nicht bewegte, weil seine Kleidung noch klamm und seine Schuhe feucht waren, aber ein zweites Paar besaß er nicht. Einen solchen Luxus konnte er sich mit seinem Hilfsgendarmengehalt nicht leisten. So hob er nur die Hand zum Gruß, und Hubert grüßte wortlos zurück.

Buchheim lief nun rascher in der Hoffnung, dass seine Kleider trocken sein würden, wenn er zu Anna Belchers käme. Seine Rechnung ging auf. Als er Alken erreichte, schwitzte er schon fast wieder.

Man hätte meinen können, die Bäuerin habe mit seinem Kommen gerechnet. Erfreut lud sie ihn ins Haus ein, und während sie ihm ein Frühstück bereitete, erzählte sie, ohne dass er hatte fragen müssen, wie und wo sie die junge Frau und den Säugling gefunden und was sie getan hatte, um die beiden zu retten. Und dann beschrieb sie noch einmal ausführlich, wie Ello, die Hebamme, die Verunglückte versorgt hatte und doch nicht mehr helfen konnte.

»Aber das Kindchen, das Kindchen ist allerliebst«, beendete sie ihren Redeschwall. Stolz schaute sie Buchheim an. Bei einer so bedeutenden Rettungsaktion hatte sie, Anna Belchers vom Belchershof, höchstpersönlich eine entscheidende Rolle gespielt!

Buchheim lobte sie gebührend. Dann trank er drei Tassen von ihrem dünnen Kaffee und verschlang hungrig zwei Scheiben Brot mit Speck. Inzwischen ging er davon aus, dass jeder Haushalt in der Region ein Versteck besaß, in dem die Vorräte lagerten, die den Besatzern nicht in die Hände fallen sollten. Fleisch, Schinken, Würste. Butter, Gläser mit Eingemachtem, Erbsen, Gurken und Bohnen. Kartoffeln, Fasssauerkraut. Und selbstverständlich Wein und Schnaps, selbst gebrannten.

»Können Sie mir die Stelle zeigen, wo Sie Ida Rempin gefunden haben?«, bat er Anna Belchers und pickte die letzten Brotkrümel vom Holzbrettchen. Doch die Bäuerin winkte energisch ab und zählte ein Dutzend Dinge auf, die sie zu erledigen habe und es ihr unmöglich machten, ihn zu begleiten.

»Aber Sie finden die Stelle ganz leicht.«

Er hatte den Fehler gemacht, dass er sich ihre Wegbeschreibung nicht notiert hatte, sondern geglaubt hatte, der Kopf reiche aus. An Burg Thurant müsse er vorbei, und dann immer bergauf zum Bleidenberg. Bis dahin gab es keine Probleme. Aber sollte er hinter dem Schusterpittere seinem Wingert den oberen oder den unteren Weg nehmen? Er erinnerte sich nicht mehr. Welches war überhaupt dem Schusterpittere sein Wingert? Er hatte keine Ahnung und entschied sich aufs Geratewohl für den oberen. Richtig. Bald lag die Weggabelung vor ihm, von der die Bäuerin gesprochen hatte. Dort solle er sich links halten, danach mache der Weg eine Biegung, und nach der Buche, in die vor Jahren der Blitz eingeschlagen hatte, ginge es dann nur noch ein kleines Stückchen aufwärts bis zu einem Grenzstein. Das sei die Stelle, wo die Frau abgestürzt sei.

Buchheim hielt sich links, aber der Weg machte keine Biegung, und auch eine vom Blitz getroffene Buche begegnete ihm nicht. Der Weg fiel plötzlich steil ab, statt dass er anstieg. Unschlüssig kehrte er um und nahm den anderen, den rechten Weg. Und tatsächlich, schon bald tauchte der verkohlte Stamm der Buche auf. Hatte Anna Belchers sich vertan oder er nicht richtig zugehört?

Er ging jetzt langsam, um nicht in letzter Minute noch den Grenzstein zu übersehen, ein Grenzstein mit eingemeißeltem Hauszeichen und einer Zahl. »3« oder »9«, hatte Anna Belchers gesagt. Darunter habe die junge Frau im Hang gelegen. Sie wisse es genau, weil sie sich beim Hinunterklettern zu der Verunglückten an dem Stein festgehalten habe.

Das Mal war von Moos und Flechten überzogen und die Zahl tatsächlich schwer zu entziffern. Buchheim tippte auf »9«. Das Knie tat ihm weh. Er musste es sich beim Sturz in der Nacht verrenkt haben. Aber er war froh, dass Anna Belchers' Gedächtnis funktioniert hatte, auch wenn sie links und rechts verwechselt hatte. Oder er?

Während Buchheim sich das schmerzende Bein massierte,

begutachtete er die Umgebung. Der Regen der letzten Nacht dürfte alle Spuren verwischt haben, die ihm eventuell hätten verraten können, ob Ida Rempin allein hier oben gewesen war oder in Begleitung. Humpelnd schritt er mehrere Male den Weg ab, kraxelte die Böschung hinunter und drehte jedes Blatt um, wenn er glaubte, darunter einen verdächtigen Gegenstand zu sehen. Was er fand, war nicht der Rede wert. Eine Glasscherbe, schneidend scharf, sie könnte von einer Bierflasche stammen. Eine dreckige Schnur, keine fünfzig Zentimeter lang. Ein einzelner Manschettenknopf, ziemlich altmodisch. Ein Stofffetzen mit Blümchenmuster, vielleicht von Ida Rempins Rock.

Als Buchheim den Hang wieder hinaufkletterte, fiel ihm ein dicker, rostiger Metallstab auf, der schräg in der Erde steckte, die Spitze ragte heraus. Was war das für ein Ding? Zu was diente es? Die Hebamme hatte von gebrochenen Rippen und inneren Blutungen gesprochen. Es sah ganz so aus, als ob das der Gegenstand war, der Ida Rempin zum Verhängnis wurde.

Buchheim buddelte die Stange frei. Ihr Ende steckte in einem schweren Betonklotz, den er kaum anheben konnte. Keine fünf Meter weit könnte er das Ungetüm tragen. Er würde Jean-Paul bitten müssen, mit ihm hierherzufahren, um es zu bergen, es dürfte ein wichtiges Beweismittel sein.

Apropos Beweismittel! Er war ein miserabler Gendarm! Fast hätte er es vergessen.

Er kramte nach dem Notizbuch, das noch immer in seiner Hosentasche steckte, und zeichnete den Absturzort. Den Grenzstein an der Böschung, den Metallstab, die Stelle, wo die Frau gelegen haben dürfte, ungefähr, ein Rembrandt war er nicht. Aber darauf kam es auch nicht an. Dann deckte er die Metallstange sorgfältig mit Laub, Steinen und Erde ab und markierte den Platz, um sie wiederzufinden.

Sollte er auf dem Weg zurück nach Brodenbach die Hebamme besuchen und ihr von seinem Fund erzählen? Er käme ja ohnehin an der Alkener Hintergasse vorbei.

Aber irgendetwas hielt ihn davon ab. Er befürchtete, dass

Ello Wiesrath sein Erscheinen als aufdringlich empfand. Er wollte auch nicht hören, dass sie wieder in Eile war, auf dem Sprung zu einer Schwangeren, wie bei ihrer ersten Begegnung. So wichtig war die Sache mit den Fundstücken nun auch wieder nicht, davon könnte er ihr noch immer ein andermal erzählen. Buchheim ließ den Gedanken an einen Plausch mit der Hebamme fallen.

Wenn sie nur nicht immer so ernst dreinblicken würde, diese Ello.

Zurück im Amtshaus wusch sich Buchheim Hände und Gesicht am Waschbecken im Klo und trank einen halben Liter Wasser aus dem Hahn. Bei Frau Krone gäbe es jetzt Mittagessen. Meist hatte es Bratkartoffeln bei ihr gegeben. Aber lieber jeden Tag Bratkartoffeln als gar nichts zu essen. Die Tür zum Bureau des Ortsbürgermeisters war abgeschlossen. Buchheim stellte sich vor, dass dieser jetzt ebenfalls in der häuslichen Küche saß und eine Schüssel Debbekoche mit warmer Blut- und Leberwurst und frischem Apfelmus verspeiste.

Im kleinen Raum der Gendarmeriestation stand die Hitze des Augusts. Buchheim riss das Fenster auf, um frische Luft hereinzulassen. Eben wollte er seine Fundstücke von der Unglückstelle inspizieren, als er Jean-Paul im Jeep vorfahren hörte. Er schob die Sachen in eine Tüte und verstaute sie in der Schublade. Anders als der Metallstab war der Kram bestimmt nicht wichtig.

Mit stolzgeschwellter Brust kam der französische Offizier zur Tür herein und warf lässig ein Kuvert auf den Amtsschreibtisch.

»Machen Sie auf!«

Buchheim öffnete den Umschlag. Drei Fotos von dem Steinbruchtoten kamen zum Vorschein. Es verschlug ihm die Sprache.

»Seien Sie vorsichtig, sie können noch zusammenkleben. Es dauert, bis das Papier richtig trocken ist«, warnte Jean-Paul.

»Wie haben Sie das hingekriegt?«, stotterte Buchheim schließlich.

»Ach, ganz einfach. Ich habe einen Freund in der Kommandantur, ein Kriegsfotograf. Er hat heute früh Fotos gemacht und sie gleich entwickelt. Und wenn Sie es wünschen, morgen muss er eine Tour für den Kommandanten machen. Er könnte dann auch Bilder von der jungen Frau in der Sakristei aufnehmen. Sie müssten nur dem Pastor Bescheid geben, dass der ihm die Kapelle aufschließt.«

»Ich denke, das dürfte kein Problem sein. Ich kümmere mich darum.«

»Meinen Sie nicht, Buchheim, dass der Fotograf für seine Mühe eine Belohnung verdient? Und ich auch? Ein gut gefüllter Weinkeller etwa, das wäre doch eine nette Geste, oder nicht?«

Buchheim runzelte die Stirn. Was bedeutete das? Wollte der Franzose ihn erpressen? Wo sollte er denn Wein herbekommen? Und sähe das nicht nach Bestechung aus? Überhaupt fragte sich Buchheim, warum dieser Jean-Paul sich so sehr für ihn einsetzte, der Besatzer für den Besiegten. War der Offizier nicht seltsam übereifrig? Hatte er Hintergedanken?

Als ob er seine Gedanken gelesen hätte, schüttelte der Franzose belustigt den Kopf. »Keine Angst, ein halber Keller würde es auch schon tun.«

Die Bemerkung beruhigte Buchheim keineswegs. Verunsichert griff er wieder zu den Bildern. Das Ergebnis war zugegebenermaßen hervorragend. In Anbetracht der schlechten Lichtverhältnisse im Keller der »Ankerterrassen«-Kommandantur geradezu ausgezeichnet. Der Tote war gut zu erkennen, auch wenn das fahle Gesicht mit dem Einschussloch, den stieren Augen und dem heruntergeklappten Kinn unheimlich wirkte. Buchheim wollte nicht wissen, wie viel Blitzlichtbirnchen der Fotograf verbraucht hatte, um am Ende so saubere Fotos zu bekommen.

»Schön«, lobte er und versuchte, seine Skepsis zu unterdrücken, wie er in der Nacht die Vorstellung von Flöhen und anderen Plagegeistern verdrängt hatte. Man musste ja nicht immer gleich ans Schlimmste denken, es konnte auch freundlich gesinnte Sieger geben. Und wenn er ehrlich sein sollte, ja, zwei, drei Flaschen Wein wären dem Fotografen zu gönnen. Das wäre ein Dankeschön. Aber gleich ein ganzer Keller?

»Ich habe noch eine Überraschung für Sie.« Jean-Paul hatte schon wieder dieses Grienen im Gesicht, von dem Buchheim nie wusste, was dahintersteckte. Ob etwas dahintersteckte.

Der Franzose verließ die Amtsstube, Buchheim blieb nichts anderes übrig, als ihm zu folgen.

Wenige Minuten zuvor, beim Vorbeifahren des Jeeps, hatte er es nicht gesehen, aber jetzt fiel es ihm sofort ins Auge. Auf der Rückbank des Jeeps lag, die Räder vorsorglich abgeschraubt, da das Gefährt sonst nicht in den Wagen gepasst hätte, ein Fahrrad. Buchheim war perplex.

»Der Kommandant hat Wort gehalten!«

»Jawohl, Monsieur le Gendarme. Der Kommandant hat Wort gehalten. Ein Velo. Das hätten Sie nicht gedacht, *n'est-ce pas*?« Der Offizier freute sich offensichtlich, dass ihm die Überraschung gelungen war. Dann aber wurde er plötzlich ernst. »Nicht dass Sie denken, Sie haben das Rad und die Fotos mir zu verdanken. *Non, non, ce n'est pas le cas*, so ist es nicht. Der Kommandant selbst hat das verfügt, dafür aber ...«, der Franzose machte eine Pause, »dafür erwartet er von Ihnen, dass Sie Ihre Arbeit richtig machen.«

Jean-Paul lächelte fein.

»Ich soll Sie dabei, diplomatisch ausgedrückt, unterstützen. Monsieur le Commandant hat sich allerdings ein bisschen drastischer ausgedrückt. Mit anderen Worten, Sie haben dafür zu sorgen, dass sich die Leute in seinem Zuständigkeitsbereich gefälligst an die Vorschriften der französischen Verwaltung halten und Plünderern das Handwerk gelegt wird. Und wenn hier einer schießt, sagt Monsieur le Commandant, dann sind wir das und nicht ein hergelaufener *boche*.«

Jean-Pauls Stimme verlor etwas von ihrer Schärfe. »Sie müssen ihn verstehen, Buchheim. Im nächsten Monat kommt der Generalstab auf Inspektion, da will der Kommandant, dass Recht und Ordnung herrschen. Was glauben Sie, wie er vor seinen Vorgesetzten dasteht, wenn es hier Verhältnisse gäbe wie zu Zeiten von ... Wie hieß der Räuber, der geköpft wurde?«

»Sie meinen Schinderhannes?«

»Genau der!«

»Das ist doch hundertfünfzig Jahre her.«

»Aber die Verhältnisse scheinen noch immer dieselben zu sein.«

Buchheim schwieg. Er hatte das Gefühl, nicht mehr klar denken zu können. Die Nacht war turbulent gewesen, der Vormittag auf dem Bleidenberg anstrengend und die Standpauke des Militäroffiziers alles andere als angenehm. Aber immerhin, Jean-Paul sollte ihn, diplomatisch ausgedrückt, unterstützen! Er dachte an die Pistole, die drunten in der Arrestzelle zwischen Socken und Unterhosen in seinem Rucksack lag und ihm Alpträume bescherte.

»Monsieur Jean-Paul ...«, sagte Buchheim förmlich, »es gibt da etwas, das ich Ihnen zeigen muss. Bitte folgen Sie mir. Und bezüglich des Weins ... Mir kommt da eine Idee.«

23

BUCHHEIM

———◦∽◦———

Dienstag, den 21. August 1945

»Ich fasse zusammen«, sagte Jean-Paul, nachdem sie vom Bullesje wieder zum Tageslicht emporgestiegen waren. »Wir haben also eine tote Frau und einen Mann, der im Steinbruch erschossen wurde, möglicherweise mit der Pistole, die Sie im Keller Ihrer früheren Wirtin sichergestellt haben. Ist sie hübsch, die Wirtin?« Der Franzose zwinkerte respektlos. »Außerdem lagert in diesem Keller Ware, die dort eigentlich nicht hingehört, wie Zigaretten, Kaffee und etliche Flaschen Wein …«

»… für den wir dringend einen kühlen Keller brauchen. Was meinen Sie, Jean-Paul, gäbe es dafür ein Plätzchen in den Ankerterrassen?«

»Das war also Ihre Idee! Nicht schlecht. Ist es ein guter Tropfen?«

»Ich kenne mich nicht so gut damit aus.«

»Na, ist auch nicht so wichtig. Soll doch der Kommandant darüber entscheiden. Aber weiter mit der Geschichte: Sie wollen nun also wissen, wer die beiden Toten sind und ob es eine Verbindung zwischen ihnen gibt. Habe ich das so weit richtig verstanden?«

»Ja, das haben Sie.«

Jean-Paul setzte eine mitleidige Miene auf. »Ich glaube, Monsieur le Gendarme, Sie haben sich da ziemlich viel vorgenommen. Machen wir uns also an die Arbeit. Wo fangen wir an?«

»Am liebsten an einem Tisch mit einem Berg Essen, sonst falle ich auf der Stelle tot um.«

»Oh, *mon Dieu*, das wäre nicht gut. Dann hätten wir noch einen Toten mehr, und das geht ja nun gar nicht.«

Der *chef de cuisine*, wie Jean-Paul ihn respektvoll nannte, zeigte sich wenig erfreut, als der Offizier mit Buchheim in der Mannschaftskantine der Brodenbacher Kommandantur aufkreuzte. Buchheim hätte sich am liebsten in ein Mauseloch verkrochen. Doch er bekam schließlich einen Riesenteller Kartoffeln mit einer undefinierbaren Soße vorgesetzt, dazu ein Stück tiefdunkles Fleisch. Es war zäh, aber gut gewürzt. Von welchem Tier es stammte, konnte Buchheim nicht herausschmecken. Aber einem geschenkten Gaul schaute man nicht ins Maul.

Nachdem er mit einem Stück Brot seinen Teller sorgfältig sauber gewischt und ihn beiseitegestellt hatte, breitete Buchheim noch einmal die Fotos des Steinbruchtoten auf dem Tisch aus. Jean-Paul beugte sich darüber.

»Gab es hier in der Gegend viele *travailleurs forcés*?«, fragte er und deutete auf das Bild des Steinbruchtoten.

»Tra…was?«, Buchheim verschluckte sich an dem Bissen, den er noch im Mund hatte.

»*Travailleurs forcés*. Gezwungene Arbeiter.«

»Fremdarbeiter«, berichtigte Buchheim. »Aber Sie haben recht. Zwangsarbeiter ist der passendere Ausdruck für das, was diese Leute waren. Hier im Tal bei den Winzern gab es nicht so viele. Die meisten schafften bei den Bauern im Hunsrück und drüben auf dem Maifeld. Ich weiß auch von polnischen Mägden und von Italienern, Holländern und Franzosen. Die Amis haben sie dann nach Kriegsende in Repatriierungslagern in Koblenz untergebracht. Nur, einige aus dem Osten wollen gar nicht nach Hause, und die Franzosen, Belgier oder Holländer schlagen sich oft allein durch.«

Jean-Paul nickte. »Davon habe ich gehört. Seit die Amerikaner fort sind, haben wir ja jetzt die Verwaltung über die Lager. Ich kenne ein paar der Offiziere dort.«

Jean-Paul tippte auf das Bild vor sich. »Was denken Sie? West- oder Osteuropäer?«

»Ich vermute, ein früherer Ostarbeiter.«

»Also Pole, Russe, Ukrainer …?«

»Ja.« Buchheim stand auf. Mit dem Essen im Bauch fühlte er sich mit einem Mal voller Elan. »Lassen Sie uns im Hunsrück anfangen. Wir klappern die Höfe ab und fragen, ob jemand den Mann kennt. Kann sein, dass wir nichts herausbekommen. Kann aber auch sein, dass wir Glück haben.«

»Also auf, Monsieur le Gendarme, *on y va*!«

»Ich glaube, Jean-Paul, ich muss Ihnen danken. Ohne Sie und den Jeep …«

»Warten Sie mit Ihrem Dank, bis wir mehr wissen.«

Sie nahmen das Ehrenburgertal, passierten Mühlen und Höfe, ratterten über Wald- und Feldwege, durchquerten Kröpplingen, Oppenhausen, Hübingen, und überall, wo sie Bewohner trafen, stellten sie dieselbe Frage: Kennen Sie den Mann auf diesem Foto?

Nein.

Nein? Wirklich nicht? Danke.

Und weiter.

Windhausen, Herschwiesen, sogar Buchholz, wo Ostarbeiter oder Kriegsgefangene in einer Schmiede oder in einem Forstbetrieb gearbeitet haben könnten. Aber überall nichts als Schulterzucken. Niemand wollte den Toten mit dem Loch im Kopf je gesehen haben.

Schließlich hielten sie an. Setzten sich am Rand der Landstraße in die Böschung. Keiner sagte ein Wort. Jean-Paul knabberte an einem Grashalm. Grillen zirpten. Unsichtbar fürs Auge tirilierten hoch über ihren Köpfen Feldlerchen, und Buchheim dachte an Sankt Goar. In einer Stunde könnten sie dort sein. Der Rhein. War Jean-Paul schon mal am Rhein gewesen? Wie es Gundi wohl ging? Ob sie noch dort wohnte oder mit dem anderen Mann weiß-Gott-wohin fortgegangen war?

Buchheim wischte sich über die Augen und den Schweiß aus der Stirn, nahm einen Schluck Wasser aus der Flasche, die sie an einem Dorfbrunnen aufgefüllt hatten, und reichte sie danach Jean-Paul. Er wollte nicht zugeben, dass er sich mehr von dieser Fahrt erhofft hatte. Für nichts und wieder nichts Zeit vergeudet!

»Meine Großmutter lebte in so einem Dorf«, hörte er Jean-Paul neben sich sagen. Der Franzose zeigte mit ausgestrecktem Arm auf einen kleinen Ort, der nicht weit entfernt in einer Senke lag. »Als Kind war ich in den Ferien oft bei ihr.«

»Lebte?«, fragte Buchheim.

»Sie hat sich wie jeden Tag nach dem Mittagessen in ihrem Zimmer zum Schlafen hingelegt, und als sie um vier Uhr noch immer nicht zum Kaffeetrinken gekommen war, ist meine Mutter nachschauen gegangen. Und da hat sie gelegen. Ganz still und friedlich war sie hinübergegangen.«

»Wo war das?«

»In den Vogesen. Meine Mutter ist Elsässerin, mein Vater kommt aus der Bretagne.«

»Daher sprechen Sie so gut Deutsch.«

»Daher, Monsieur le Gendarme.«

Buchheim blinzelte über die Hügel und Kuppen, die sich vor ihnen wellten. Dort, wo die Landschaft im bläulichen Dunst versank, floss die Mosel, dahinter erhoben sich wie ein zartes Wolkenband die ersten Eifelberge.

Die Alte, die dort unter den Bäumen hervorkommt, ist die Letzte, die ich noch frage, dachte er, und dann ist Schluss für heute. Falls sie nicht vorher abbiegt. Hinterherrennen werde ich ihr jedenfalls nicht.

Doch die Bäuerin schlug den von Regen und Karrenrädern ausgehöhlten Pfad ein, der auf sie zuführte. Sie musste bei ihnen vorbeikommen. Mit einem großen Bündel Brennholz auf dem Buckel schnaufte sie die Steigung zum Fahrdamm hoch.

»Wohin müssen Sie?«, fragte Jean-Paul, als die Frau keuchend vor ihnen stand. »Wir können Sie ein Stück mitnehmen.«

Misstrauisch musterte sie die französische Uniform und Buchheims Polizeibinde am Oberarm. Er war aufgestanden und stellte sich und Jean-Paul vor.

»Also, wenn Sie möchten …«

»Ich weiß nicht …«, überlegte sie, doch nach einigem Zögern willigte sie ein. Mit dem Auto dauerte die Strecke zu ihrem kleinen Hof keine zwei Minuten.

»Ich hätte eine halbe Stunde gebraucht«, gab sie zu.

Buchheim und Jean-Paul brachten ihr das Holz in den Schuppen.

»Haben Sie denn niemanden, der Ihnen hilft?«, fragte Buchheim, dem die alte Frau leidtat.

Ihr Mund zog sich zusammen.

»Doch, doch, nur heute nicht. Ich leb hier nicht allein«, beeilte sie sich zu versichern, und Buchheim drang nicht weiter in sie. Es war offensichtlich, dass die Bäuerin ihnen noch immer nicht über den Weg traute. Er konnte es ihr nicht verdenken. Er würde den Kollegen in Nörtershausen Bescheid geben, damit sie ein wachsames Auge auf den einsamen Hof warfen.

»Ich hätte noch eine Frage. Kennen Sie diesen Mann?« Buchheim hielt ihr das Foto hin. Er war überzeugt, dass ihre Antwort nicht anders ausfallen würde als alle anderen dieses Nachmittags.

Die Bäuerin wischte sich ihre vom Holzsammeln schmutzigen Hände an der Schürze ab, holte umständlich eine Brille aus der Rocktasche.

Sie erschrak nicht, als sie den Mann mit dem Loch in der Stirn, dem aufgerissenen Mund und den gebrochenen Augen sah. Ihre Antwort kam prompt.

»Den kenn ich«, erwiderte sie, »das ist der Russ, der Iwan, der bei den Frauen vom Dernholder Hof gearbeitet hat. Wer hat ihn denn erschossen?«

»Sind Sie sicher?«

»Aber ja.« Sie beschaute sich das Bild erneut. »Das ist eindeutig der Iwan. Seit 42 ist er auf dem Hof. Der Bauer, der Theo, der hat ja in den Krieg gemusst, zurück ist er noch nicht. Wer weiß, ob er überhaupt noch zurückkehrt.«

Obwohl weit und breit keine Menschenseele zu sehen war, fing die Alte zu flüstern an.

»Die Lore hat den ja gern gehabt, den Iwan. Er war ja auch nett. Ich hab sie trotzdem gewarnt. Wegen so was sind Frauen ins KZ gekommen und die Männer ...« Sie fuhr sich mit der flachen Hand an der Kehle entlang. »Oder ist der Theo wieder da und hat ihn umgebracht?«

24

BUCHHEIM

Dienstag, den 21. August 1945

Der Dernholder Hof tauchte hinter einer Kurve auf. Ein Sandweg führte zum Haupthaus, einem verwitterten Fachwerkbau, dessen Giebel mit Schiefer gedeckt war. Rechts schloss sich über Eck die Scheune an. Die große Heuwageneinfahrt zierten senkrechte Streifen in Weiß und Rostrot, und wie Buchheim schon zuvor bei anderen Höfen aufgefallen war, standen auch hier die zwei in den Torflügeln eingelassenen kleinen quadratischen Fenster auf ihrer Spitze. Es sah aus, als sei das große Tor vor noch nicht allzu langer Zeit frisch gestrichen worden.

Zur linken Seite hin war ein kleiner Anbau zu erkennen, an dem allerdings der Verputz über den Gefachen abblätterte, sodass der rohe Lehmbewurf zum Vorschein kam. Daneben der Stall und ein Küchengarten. Mitten im Hof aber stand ein Hund und bellte sich die Kehle aus dem Hals.

Jean-Paul hatte den Wagen noch nicht zum Stehen gebracht, als zwei Frauen, Mutter und Tochter, wie die alte Bäuerin ihnen erklärt hatte, in der Eingangstür des Haupthauses erschienen. Zwanzig mochte die eine sein, die andere noch keine vierzig. Welche war Lore?

»Hasso, aus!«, rief die Jüngere dem Hund zu, der auch sofort gehorchte, aber dennoch nicht von der Stelle wich. Das Tier schien bereit, seine Leute und sein Revier bis zum Äußersten zu verteidigen.

Buchheim und Jean-Paul verständigten sich mit den Blicken. Sie blieben im Auto sitzen, um abzuwarten, wie sich der Hund und die Frauen verhalten würden. Die Ältere, die Mutter, packte das noch immer knurrende Tier am Halsband und schritt mit ihm auf den Jeep zu.

»Sie wünschen?«, fragte sie. Ihr Ton war reserviert.

Jean-Paul schaute Buchheim auffordernd an. Sie sind dran, Monsieur le Gendarme, sagten seine Augen, und Buchheim stöhnte innerlich. Eine unangenehme Situation.

»Bei Ihnen auf dem Hof hat während des Kriegs ein Russe gearbeitet …«, fing er an und wusste nicht weiter.

»Der Krieg ist vorbei«, sagte die Frau. Jetzt klang sie nicht nur reserviert, sondern eisig.

Ein unfreundlicher Empfang, dachte Buchheim. Er holte tief Luft, atmete sich sozusagen Mut an und suchte unter seinem Sitz nach dem Umschlag mit den Fotos. Das hätte er vorher machen sollen. Die Frau dachte bestimmt, dass er eine Waffe ziehen würde. Sie wirkte angespannt. Auch die Tochter beobachtete jede seiner Bewegungen. Dann bekam er endlich das Kuvert zu fassen und holte die Fotos heraus.

»War das der Mann, der bei Ihnen gearbeitet hat?«

Mit dem, was folgte, hatte er nicht gerechnet. Wobei er ohnehin nicht wusste, mit was er gerechnet hatte.

Kaum hatte die Mutter das Bild des Toten gesehen, wich ihr alle Farbe aus dem Gesicht. Die Schultern begannen zu zittern, die Lippen, dann der ganze Körper. Buchheim befürchtete, dass die Frau umkippen und in Ohnmacht fallen würde. Er stieg aus und versuchte, sie zu halten.

Sie wich zurück. »Rühren Sie mich nicht an!«, kreischte sie, ließ den Hund los, drehte sich um und rannte ins Haus. Hasso folgte ihr in großen Sprüngen. Einen Augenblick lang sah es so aus, als wolle auch die Tochter der Mutter hinterherlaufen. Aber sie tat es nicht, deutete stattdessen auf die Fotos in Buchheims Hand.

»Darf ich mal sehen?«

Buchheim reichte sie ihr.

»Das ist Jewgeni«, flüsterte die junge Frau, als sie die Bilder Buchheim zurückgab. »Wir nannten ihn immer nur Jew.«

Aus den Augenwinkeln sah Buchheim, wie Jean-Paul aus dem Jeep kletterte und näher kam, vermutlich um besser hören zu können. Aber als sie fortfuhr, sprach die junge Frau lauter.

»Die Mutter hat immer gesagt, da sei nichts zwischen ihr und ihm, aber ich wusste, dass sie ihn mochte. Hab's ja auch gesehen. Nur … Verstehen Sie, da ist doch der Vater … Das geht doch nicht, auch wenn wir schon seit drei Jahren nichts mehr von ihm gehört haben …« Sie brach ab.

Buchheim durchzuckte ein Gedanke.

»Mochten Sie Jewgeni auch?«, fragte er behutsam.

»Ja, er war nett und immer lustig. Außerdem hat er geackert wie ein Pferd. Allerdings fand ich komisch, dass er hin und wieder für einen oder zwei Tage verschwand. Aber wenn er zurückkam, brachte er Sachen zum Essen mit, Kaffee, Schokolade, Zucker. Oder Glühbirnen. Einmal sogar ein Radiogerät, für die Mutter Stoff, für mich Bücher. Am Anfang wollte die Mutter das nicht. Aber dann hat sie nichts mehr gesagt.«

»Auch Farbe für das Tor dort?«

»Ja, das hat Jew gestrichen.« Es klang stolz, wie sie das sagte. »Mein Verlobter hat ihm dabei geholfen.«

»Sie sind verlobt?«

»Ich bin kein Kind mehr«, antwortete sie. Fast widerborstig, wie Buchheim fand. »Wir wollen bald heiraten, nächsten Monat werd ich einundzwanzig«, fügte sie hinzu.

Stimmte es, was sie erzählte? Oder versuchte sie, schon im Vorfeld den Verdacht zu zerstreuen, dass es zwischen ihr und ihrer Mutter wegen dieses Jewgeni zu Missstimmigkeiten gekommen sein könnte? Dass sie ihn erschossen hatte, weil er mit der Mutter …? Oder es gab diesen Verlobten, und der junge Mann vermutete ein Verhältnis zwischen ihr und dem Russen?

»Hatte denn Ihr Verlobter nicht zur Wehrmacht müssen?«

»Nein, Gott sei Dank nicht, der ist nämlich fast so blind wie ein Maulwurf, da haben sie ihn nach der Musterung gleich wieder nach Hause geschickt.«

»Und was wissen Sie sonst noch über Jewgeni?«

»Nicht viel. Manchmal hat er abends gesungen. Als dann die Amis kamen, haben sie ihn mitgenommen. Er sei frei und könne nach Hause. Er wollte gar nicht. Aber sie nahmen ihn einfach mit.«

»Wissen Sie, wo er in Russland zu Hause war?«

»Nein, er sagte immer nur, dass er kein echter Russe ist. Sein Vorfahre wäre Dschingis Khan gewesen. Aber das war doch ein Hunne? So einer mit Schlitzaugen. Wir haben immer darüber gelacht. Der Jew sah nicht aus wie ein Hunne.«

»Und von Ihrem Vater haben Sie nichts mehr gehört?«

»Nichts mehr. Einmal kam ein Mann und sagte, er wär mit ihm an der Front gewesen und dass er gefallen wär. Wir haben aber nie ein offizielles Schreiben bekommen wie meine Tante in Buchholz, als ihr Mann über England abgeschossen worden ist. Vielleicht lebt der Vater noch.«

Das junge Mädchen knetete unschlüssig ihre Finger. Sie schien noch mehr sagen zu wollen, drehte sich kurz zum Haus um, wie um zu sehen, ob die Mutter zurückkäme. Doch die Mutter blieb verschwunden.

»Sind Sie wirklich Gendarm?«, fragte sie argwöhnisch und zeigte auf seine Armbinde.

»Ja, das bin ich wirklich«, erwiderte er, in der Hoffnung, dass sie ihm vertraute. Dass er nur Hilfsgendarm war, gestand er ihr lieber nicht.

»Wissen Sie«, fing sie an, »etwas finde ich seltsam. Ich weiß nicht, was ich davon halten soll.«

Noch einmal hielt sie inne. Dann aber sprudelte es aus ihr heraus: »Nachdem Jew von den Amis weggebracht worden ist, bin ich mir sicher, dass er noch mal hier war. Ich habe ihn nicht gesehen. Aber ich habe seine Stimme gehört, sie kam aus dem Zimmer der Mutter. Und einmal lagen zwei Päckchen Kaffee in der Küche, Bohnenkaffee. Woher kam der denn so plötzlich? Als ich Mutter gefragt habe, ist sie rot geworden und hat rumgestammelt. Und dann war das Silber weg. Das Besteck von der Großmutter. Es hatte in der untersten Schublade vom Schrank gelegen, ganz hinten, vierundzwanzigteilig. Mutter war außer sich.«

»Wann war das?«

»Vor ungefähr einem Monat. Da haben wir es bemerkt. Aber wann genau es weggekommen ist, wissen wir nicht.«

»Und Sie meinen, Jewgeni könnte es mitgenommen haben?«

»Er wusste auf jeden Fall davon. Wir haben an Weihnachten damit gegessen.«

»Jewgeni hat bei Ihnen am Tisch mitgegessen?«, fragte Buchheim, aber nach dem, was er bis jetzt gehört hatte, wunderte er sich nicht darüber.

»Ja, er hat bei uns mitgegessen. Es durfte halt nur niemand wissen.«

»Hat es mal einen Einbruchsversuch gegeben? War mal ein Fenster kaputt oder die Haustür eingetreten?«

Das junge Mädchen lächelte. Nachsichtig, wie es Buchheim vorkam.

»Normalerweise wird in den Dörfern und auf den Höfen tagsüber die Tür nicht abgeschlossen, nur nachts. Erst seit der Sache mit dem Silber schließen wir auch schon mal am Tag ab. Aber es ist unpraktisch. Wenn wir auf dem Feld sind oder im Gemüsegarten oder bei den Kühen, können wir doch nicht ständig mit dem Schlüssel rumrennen, man muss doch immer rein und raus.«

»Wusste denn sonst noch jemand von dem Besteck?«

Sie überlegte. »Nee, ich glaub nicht, ich hab wenigstens mit niemandem darüber geredet.«

Buchheim drehte sich unschlüssig zu Jean-Paul um, der am Jeep lehnte. Die Rolle des Zuhörers schien diesem zu behagen.

»Fertig?«, fragte der Franzose im gleichen Ton wie tags zuvor im Steinbruch, nachdem sie den toten Jewgeni in den Jeep verfrachtet hatten.

»Fertig«, antwortete Buchheim, »oder fast. Wie heißen Sie eigentlich?«, wandte er sich noch einmal dem Mädchen zu.

»Elisabeth Giersch, aber bald Elisabeth Maibach. Hört sich schöner an, finden Sie nicht auch?«

25

ELLO

Einen Fußball im eigentlichen Sinne habe er nicht, gestand der
Doktor, als er in Brodenbach vor seinem Haus hielt und den
Motor abstellte. Ob es auch ein ganz normaler anderer Ball tue.
Ja, ein anderer tue es auch. Ello war aus dem Wagen gestie-
gen, noch bevor der Arzt um das Auto herumgelaufen kam,
um ihr den Schlag zu öffnen.

Die Praxis lag auf halber Treppe. Der Doktor schloss auf,
ließ Ello eintreten und stieß die Tür zu seinem Sprechzimmer
auf. Wie versteinert blieb sie stehen – aus der Ecke heraus
grinste sie ein Skelett an. Sie vermeinte, hinter sich ein unterdrücktes Glucksen zu hören.

Als wolle er sie begrüßen, streckte der Knochenmann Ello
seine rechte Hand entgegen, der linken fehlten drei Finger, auf
dem Schädel thronte ein elegantes dunkelgrünes Jägerhütchen,
das ein Gamsbart schmückte, und um die Halswirbel baumelte
ein altes Stethoskop.

Ello versuchte, ihren Schreck zu verbergen. »Es ist aber
nicht zufälligerweise einer Ihrer Patienten, der hier steht?«

»Nein, mein Vorgänger«, behauptete der Arzt trocken.

Dem Gerippe gegenüber stand an der Wand ein Regal
mit Büchern, Tinkturen, Salbentöpfen und -töpfchen nebst
Schachteln voller Pinzetten, Scheren und Pflaster. Im mittleren
Fach marschierten tapfer im Gänsemarsch bunt bemalte Zinn-
soldaten einem imaginären Kampf entgegen, dahinter lagen
ein Stoffbär, der aussah, als habe er schon Generationen von
Kindern in den Schlaf gewiegt, und zwei Bälle, ein kleinerer
und ein größerer.

»Suchen Sie sich einen aus.«

Ello wählte den größeren. Er war knallrot mit weißen,

blauen, grünen und gelben Tupfen und passte gerade so mit Ach und Krach in ihren Rucksack.

»Darf ich Sie noch zu einem Gläschen Wein einladen, Fräulein Wiesrath?«, fragte der Arzt, während er das Praxiszimmer wieder zuschloss. »Ich habe da einen ganz ausgezeichneten Jahrgang.«

Ello hatte gehofft, dass er so etwas sagen würde.

Er sah wirklich gut aus. Bestimmt wusste er viel. Sie könnte von ihm lernen.

Aber eigentlich müsste sie dringend mit Buchheim sprechen.

»Keinen Wein«, bat sie.

»Dann wenigstens einen kleinen Likör?«

Das Wohnzimmer, in das er sie führte, war skelettfrei und gemütlich eingerichtet, doch sie blieb auf der Kante des Sessels sitzen, den er ihr angeboten hatte. Er hob sein Glas und trank ihr zu.

»Danke«, murmelte Ello und nippte an dem ihren. Jetzt hätte sie Gelegenheit, ihn nach dem Bluterguss zu fragen. Er konnte nicht gleich wieder davonlaufen wie neulich.

»Ein Hämatom bei einem Neugeborenen, Herr Doktor, haben Sie Erfahrung damit?«

Sie hatte den Satz noch nicht beendet, da bereute sie schon, dass sie den Mund aufgemacht hatte. Sie empfand ihre Stimme als dünn und verunsichert.

»Fräulein Wiesrath, ich bitte Sie«, rief der Arzt auch prompt anzüglich, »das ist doch Ihr Gebiet. Ich bin – soll ich sagen: ›nur‹?«, er zwinkerte ihr vertraulich zu, »»nur‹ Allgemeinmediziner. Sie sind der Fachmann für Neugeborene ... Fachmann? Pardon, das müsste natürlich Fachfrau heißen.«

Er lachte schallend über seinen Witz.

»Fachfrau!«, prustete er. »Das klingt komisch, nicht wahr?«

Noch immer belustigt trank der Arzt sein Glas leer. Als er weitersprach, hörte es sich an, als hielte er eine Vorlesung vor Studenten.

»Aber im Ernst, Fräulein Hebamme: Hatten Sie nicht gesagt, dass die Frau das Kind mehr oder weniger im Gehen verloren hat? Dann ist doch alles klar. Es ist auf ein Steinchen gefallen, ein Hämatom entsteht, breitet sich aus und vergeht wieder.«

Seine Augen blickten jetzt spöttisch. Oder mitleidig?

»Machen Sie sich also keine Sorgen, Fräulein Fast-Kollegin! Aber wenn Sie möchten, komme ich gern noch mal bei Ihnen vorbei, um mir das Kind anzuschauen. Damit Sie ganz entspannt schlafen können.«

Ello war wütend. Wütend auf sich, wütend, dass sie gefragt hatte, wütend, dass er sie wie ein dummes, kleines Mädchen behandelte. Sie erhob sich.

»Danke für den Ball«, sagte sie steif. »Das war sehr freundlich von Ihnen.«

Sie stellte das noch volle Likörglas auf den Sofatisch, griff nach ihrem ausgebeulten Rucksack, kam sich kindisch damit vor, alles andere als gamsbarthut-elegant, und ging. Auf der Straße schnaufte sie laut durch die Nase.

»Ihr Likör, Herr Doktor, war miserabel, so was bietet man nicht an!«

Als sie zum Amtshaus kam, war das Gebäude verschlossen. Ello ging um das Haus herum, versuchte, in die Gendarmeriestation hineinzulinsen, konnte aber nicht sehen, ob jemand darin saß. Das Fenster lag zu hoch. Noch einmal rüttelte sie am Eingang, hämmerte dagegen, nichts.

Dumme Gans, selbst schuld.

Enttäuscht machte Ello sich auf den Heimweg nach Alken. Ihre innere Uhr sagte ihr, dass es zwischen sechs und halb sieben sein müsste. Abendbrotzeit. Siedend heiß fiel ihr ein, dass sie vergessen hatte, bei Anna Belchers die Milch für das Hummelchen zu holen. Sie konnte nur hoffen, dass die Koblenzerin gegangen war oder Margit geschickt hatte.

Als Ello die Ortsgrenze von Alken erreichte und eben den

alten Wehrturm passierte, sah sie vor sich Leute, die sich am Ufer versammelt hatten.

Lieber Gott im Himmel, nicht schon wieder ein Unglück, dachte sie. Da hörte sie Musik. Jemand spielte Mundharmonika.

Beim Näherkommen erkannte sie Lud von der Mittelstraße, auf dem Kopf der Lederschlapphut, ohne den man ihn nie sah. Er hielt sein Instrument mit beiden Händen fest zwischen den Lippen, die Finger seiner rechten vollführten kleine Tänze, während er blies und zog und der kleinen Harmonika Kaskaden von Trillern und schmelzenden Tönen entlockte. Kinder hüpften um ihn herum. Die Schwestern Mundschenk tanzten, so wie sie aus dem Weinberg gekommen waren, in Schürzen und klobigen Arbeitsschuhen, um die Haare Kopftücher. Schusterpitteres Frau wiegte sich im Takt, das Enkelkind im Arm. Die anderen standen in Dreier- oder Vierergrüppchen zusammen, schwätzten, plauderten, lachten.

»Ello, komm her«, hörte sie jemanden rufen. Winkend kam Anna Belchers auf sie zugelaufen, packte sie am Arm und zog sie mit sich. Ello protestierte. Sie müsse nach Hause, das Kind. Aber Anna Belchers scherte sich nicht darum.

»Margit hat die Milch abgeholt, und ich hab ihr geholfen, die Kleine zu versorgen. Die Koblenzerin hat sich mit Kopfschmerzen hingelegt. Was für ein Sensibelchen habt ihr euch da nur einquartiert!«

»Sie war schon vor mir hier«, wehrte sich Ello gegen den Vorwurf.

Die Belchers beschwichtigte sie. »Ich weiß. Was ich eigentlich sagen wollte: Mach dir keine Gedanken! Das Tres'chen ist auch wieder zurück und hat, wenn ich es richtig verstanden habe, eine Amme gefunden. Bleib also hier und feier mit uns.«

»Was wird denn gefeiert?«

»Der Lud hat seine Mundharmonika wieder. Wochenlang hat er nach ihr gesucht. Seit der Nacht, wo die Amis kamen, war sie verschwunden. Er war todunglücklich. Wir haben ihm gesagt: ›Bet zum heiligen Antonius! Der wird dir schon helfen.‹ Und so war's dann auch. Der Lud hat gebetet, und heute Mittag hat er die Mundharmonika im Hühnerstall gefunden. Seitdem spielt er unablässig. Guck ihn dir an, der glücklichste Mensch auf Erden.«

Und Lud spielte. Hingebungsvoll. Einen Gassenhauer nach dem anderen. Und einmal ein Stück, das Ello nicht kannte, das aber zum Weinen schön war. Frauen schleppten Gläser und Brot herbei, eine brachte einen noch warmen Grieskuchen, die Männer kamen mit Bier und Wein. Philbe Philipp aus der Brandgasse hatte seine Klampfe mitgebracht. Sie war verstimmt, und eine Saite fehlte, aber niemand störte sich daran.

»Es ist das erste Mal, seit die Franzosen hier sind, dass wir wieder feiern«, sagte Luds jüngere Schwester mit glänzenden Augen. Sie war mit zwei Gläsern Wein in der Hand neben Ello getreten und reichte ihr eines. »Wenn nur keine Militärstreife auftaucht und das Fest verbietet!«

»Erschießen würden sie uns nicht«, gab Ello zurück, aber sie verstand das Mädchen nur allzu gut. Das »Tausendjährige Reich« saß ihnen noch allen in den Knochen. Die ständige Angst, dass man etwas getan haben könnte, das dem Blockwart, dem Gauleiter, der Gestapo, dem Führer nicht passte. Und wusste man denn, was die Alliierten mit ihnen vorhatten? Waren sie die Befreier, wie Ello und viele andere hofften, oder kam das dicke Ende erst noch? Vor allem mit den unterkühlten Franzosen war nicht immer gut Kirschen essen.

Luds Schwester hatte eine Freundin entdeckt und war zu ihr gelaufen, Ello zog sich mit ihrem Glas auf ein Mäuerchen zurück. Die Uferpromenade war erfüllt vom unbeschwerten Schwatzen der Leute, vom Lachen der Kinder und von Luds und Philbe Philipps Musik, die Luft machte trunken, und mit einem Mal wurde Ello ganz leicht zumute. Ungewöhnlich leicht. Die kleine Hummel war versorgt, zumindest für diesen Abend. Und wenn sich in Zukunft tatsächlich eine Amme um sie kümmerte und sich hoffentlich bald die Familie von Ida Rempin meldete, dann … ja, dann käme das Leben wieder ins Lot.

Neben den Mundschenkschwestern drehten sich jetzt auch zwei junge Mädchen im Kreis und dat ahl Kättchen und ihr Balthes, die trotz ihrer schlohweißen Haare und sechzig Ehejahre wie ein junges Brautpaar stets nur Hand in Hand durchs Dorf gingen. Ello erinnerte sich nicht, wann sie selbst das letzte Mal getanzt hatte oder gar mit wem. Es musste noch vor dem Krieg gewesen sein.

Völlig unerwartet liefen ihr Tränen übers Gesicht. Verschämt wischte sie sie weg, es brauchte niemand zu sehen, dass sie weinte. So viele kaputte Jahre, und hier schrammelten sich Lud und Philbe Philipp die Seele aus dem Leib und kühlten die schmerzenden Wunden. Die Frauen steckten die Köpfe zusammen wie seit Langem nicht mehr. Sie tuschelten, ihre Wangen glühten. Die wenigen Männer, die aus dem einen oder anderen Grund nicht an die Front gemusst hatten, tranken, rauchten und taten gelassen. Sorgen? Heute doch nicht …

Lachen und Weinen, dachte Ello, waren wie Tag und Nacht. Wie Sonne und Mond. Wie geboren werden und sterben.

Sie schrak zusammen, als neben ihr jemand »Sie hier?« sagte. Buchheim.

Da hatte sie den ganzen Weg nach Brodenbach gemacht, um mit ihm sprechen zu können – umsonst, oder fast umsonst, denn immerhin war dabei der Ball für Thomas herausgesprungen –, und jetzt stand er hier vor ihr. Zuerst freute sie sich. Dann befürchtete sie wie Luds Schwester, dass er gekommen war, um das fröhliche Fest zu stören.

Patziger als beabsichtigt gab sie zurück: »Warum nicht? Ist es verboten?«

»Ja, eigentlich …«, stotterte Buchheim, »Versammlungen, noch dazu unter freiem Himmel …«

»Versammlungen?«, fragte Ello scharf, doch sofort lenkte sie ein. Sie durfte ihn nicht provozieren, sonst wäre es aus mit

Wein, Tanz und Musik, das konnte sie den Alkenern nicht antun.

Und außerdem brauchte sie seine Hilfe.

»Lud hatte versprochen, ein Konzert zu geben, wenn er seine Mundharmonika wiederfindet«, erklärte sie in freundlicherem Ton.

»Und heute hat er sie wiedergefunden?«

»Im Hühnerstall.«

Sie hatte den Eindruck, dass der Gendarm sich ein Grinsen verbiss. Aber der Himmel war dunkler geworden, sie konnte sich täuschen.

»Ich bin gleich wieder zurück«, sagte er.

Ello folgte ihm mit den Augen zu einem französischen Jeep, der mit laufendem Motor am Straßenrand stand. Auch die Feiernden waren auf Buchheim und den Wagen der französischen Militärpolizei aufmerksam geworden. Für einen Moment stockte alle Unterhaltung, die Musik verklang, nur Philipp klimperte auf der Gitarre leise vor sich hin.

Buchheim hatte sich hinuntergebeugt und sprach mit jemandem im Jeep, den Ello von dort, wo sie saß, nicht sehen konnte. Nach einer Weile trat Buchheim vom Wagen zurück, wartete, bis das Auto losgefahren und außer Sicht war, und kam langsam zu ihr zurück.

Sie wusste nicht, wie sie die Frage, die ihr auf der Zunge lag, formulieren sollte, aber Buchheim kam ihr zuvor.

»Alles in Ordnung, das Problem ist gelöst.«

»Das heißt ...?«

»Das heißt: Die französische Militärpolizei hat dem deutschen Hilfsgendarmen die Verantwortung für das Fest übertragen.«

Buchheim sprach jetzt lauter, sodass zumindest die ihn verstehen konnten, die in unmittelbarer Umgebung standen.

»Der deutsche Hilfsgendarm hat sich verpflichtet, dafür zu sorgen, dass der Abend ordnungsgemäß und ohne Zwischenfälle verläuft. Die Feiernden ihrerseits haben sich an die

Anweisungen des Hilfsgendarmen zu halten. Damit ist hoffentlich allen Seiten gedient.«

Buchheim schien es todernst zu sein mit dem, was er referierte. Er nickte ein wenig hoheitsvoll, aber freundlich in die Runde, und die Spannung, die mit dem Auftauchen des Gendarmen auf dem Platz entstanden war, löste sich. Die Musik wurde wieder lauter, der Lärmpegel wuchs, und Kättchen und Balthes tanzten, als sei nichts geschehen.

Da kam die ältere der Mundschenkschwestern mit einem Glas und einer vollen Flasche Wein zu Buchheim. »Zum Wohl, Herr Gendarm.«

Ello staunte. Vielleicht hatte sie sich in dem Mann getäuscht, so linkisch und ungeschickt, wie sie vermutet hatte, dass er war, schien er gar nicht zu sein. Plötzlich fand sie es schön, dass er neben ihr auf dem Mäuerchen saß.

»Ich war heute in Brodenbach, aber Ihr Bureau war geschlossen«, fing sie an.

»Hab ich's doch geahnt. Deshalb bin ich hier.«

Er verzog das Gesicht zu einem überraschend spitzbübisch breiten Lächeln und hob die Flasche, die die Mundschenkschwester ihm großzügig dagelassen hatte.

»Darf ich Ihnen nachschenken? Und dann klären Sie mich auf! Sie werden einen Grund gehabt haben, dass Sie zu mir nach Brodenbach gekommen sind.«

»Ja, den gibt es allerdings. Aber Sie sehen auch aus, als ob Sie Neuigkeiten hätten. Das letzte Mal hatte ich zu erzählen begonnen, heute sind Sie zuerst dran.«

26

SANAN

———ᴄ⁄ᴏ———

Mittwoch, den 22. August 1945

Das Schlimmste war die Ungewissheit.
Und das Warten.
Die Ungewissheit, das Warten und das untätige Herumsitzen.
Und dabei war er erst den zweiten Tag im Lager. Wieso fiel ihm das hier so schwer? Es war doch im Rankweiler Hospital nicht viel anders gewesen. Dort hatte er das Nichtstun wochenlang ausgehalten, es nie hinterfragt. Weil seine kaputte Lunge es nicht hinterfragt hatte?
Das Fenster zum Kasernenhof stand offen. Sanan saß am Tisch des Schlafsaals und horchte hinaus in den Sommerregen, der sachte rauschend fiel. Im Raum nebenan lernten Kinder rechnen. Ein mal sieben ist sieben, zwei mal sieben ist vierzehn, drei mal sieben … Vier Mädchen und drei Jungen gingen in die kleine Lagerschule. Eine Frau und der Bakscha, der Oberpriester, unterrichteten.
Sanan versuchte zu zeichnen, aber es gelang ihm nicht. Als gehorche ihm die Hand nicht mehr. Das Gesicht der kleinen Schwester zerfloss konturlos im Nebel. Ein anderes schob sich darüber, aber auch das verblasste sofort wieder.
Warum hatte die Mutter gewollt, dass er nach Paris ging? Was sollte er dort? Er konnte sich an Vaters Bruder nicht erinnern, er war höchstens drei Jahre alt gewesen, als der Onkel emigrierte.
Vom Gemüsebeet nahe dem Hauseingang, das die Frauen bewirtschafteten, stieg Gemurmel zu ihm hoch. »Regen … Wasser … eine Bäuerin in … der Bakscha …« Vertraute kalmückische Laute. Dazwischen polnische Wörter, ein Kind, das weinte, gleich darauf glucksendes Jauchzen.

Wie schafften die Frauen es, ohne die Sprache der anderen zu verstehen, aufeinander zuzugehen? Gab es keine Animositäten, keinen Hass? Gemeinsam gärtnerten sie, halfen sich aus mit Töpfen und Pfannen, liehen sich sogar gegenseitig ihre Nähmaschinen. Nur die Schulkinder und die im Kindergartenalter betreuten sie getrennt. Damit sie die Muttersprache nicht verlernten, sagten sie. Und wegen der Religion, betonten die Polinnen.

Er beneidete die Frauen. Sie waren immer beschäftigt, hatten ständig etwas zu tun. Kümmerten sich um die Kinder, um Kranke, hielten das Lager sauber, wuschen, nähten, kochten. Die Lagerküche war mager, sie reichte hinten und vorn nicht. Also wanderten die Frauen in die Dörfer der Umgebung und kamen mit Fleisch und Gemüse zurück, mit Butter, Salz, Lorbeerblättern und Kräutern für den falschen Dschomba, der abends über dem Feuer im Topf siedete. Die Männer könne man nicht auf die Höfe schicken, die Deutschen hätten Angst vor ihnen, erzählten sie ihm. »Du weißt ja, unsere Augen«, sagten sie und spotteten über so viel Dummheit. Den Frauen hingegen vertrauten die Bäuerinnen, bewunderten die glänzend schwarzen Haare, streichelten die Kinder und drückten ihnen schon mal eine Birne in die Hand oder ein paar Nüsse.

Sanan wusste, wovon sie redeten. Er dachte an die Zeit in Polen. Die Verachtung und Geringschätzung, die er dort erlebt hatte, würde er nicht so schnell vergessen. Es hatte wehgetan, tat es noch immer. Würde es in Frankreich besser werden? Wie lernte man es, drüberzustehen, wie Peter der Große gesagt hatte?

Ein Auto fuhr im Hof vor, die Reifen quietschten auf dem Pflaster. Sanan ging zum Fenster nachschauen. Auch die Frauen hatten ihre Arbeit unterbrochen und näherten sich neugierig dem Jeep, einem anderen als dem, mit dem er gebracht worden war. Zwei Männer stiegen aus dem Wagen, der eine trug eine französische Uniform, der andere Zivil, aber am Oberarm erkannte Sanan die Stoffbinde, die den Mann als

Angehörigen der deutschen Polizei auswies. Auf der Rückbank saß eine Frau. Von hier oben konnte er durch die offene Seitenwand des Wagens nur die Beine, den Rock und einen Arm sehen und schloss daraus, dass es eine jüngere Frau sein musste.

Als er sich vorbeugte, sah er den Bakscha aus dem Haus kommen und den Männern entgegengehen. Was sie miteinander besprachen, konnte Sanan nicht verstehen, die Unterhaltung schien nicht einfach zu sein. Mehrmals hob der Oberpriester verständnislos die Schultern. Doch plötzlich nickte er eifrig, rief einen Jungen zu sich und schickte ihn mit einer Anweisung ins Haus. Keine Minute später wurde die Tür zum Schlafsaal aufgerissen, und das Kind stürmte herein.

»Der Bakscha ruft dich.«

»Sie sind …«

Der französische Offizier linste auf den Zettel, den er in der Hand hielt.

»… Simon Badmaev? Dolmetscher für Russisch und Deutsch?«

Es gab vermutlich nur zwei Personen, die wussten, dass er Papiere auf den Namen Simon ausgestellt bekommen hatte: der Arzt in Rankweil und der Hauptfeldwebel aus dem Ambulanzwagen. Man hatte die Besucher also in irgendeiner Form über ihn informiert.

»Und für Kalmückisch«, ergänzte er. Es war ihm wichtig.

Der Franzose und der Deutsche verständigten sich schweigend, und der Deutsche übernahm das Wort.

»Verzeihen Sie, dass wir stören. Ich bin Gendarm Buchheim aus Brodenbach …«

»Bro…?« Bei dem Versuch, den unbekannten Ortsnamen zu wiederholen, verhaspelte sich Sanan.

»Brodenbach. Ein kleiner Ort in der Nähe, ungefähr zwanzig Kilometer von hier. Aber das ist im Augenblick nicht wichtig.«

Sie seien vielmehr gekommen, um zu fragen, ob Herr Badmaev sie als Dolmetscher nach Niederlahnstein ins sowjetische Emigrantenlager begleiten könne. Vor ein paar Tagen sei ein Russe erschossen worden, und sie suchten nach Leuten, die ihn eventuell gekannt hatten.

»Meine Russischkenntnisse sind jedoch gleich null«, bedauerte der Gendarm, während der französische Offizier ein Gesicht zog, als wolle er sagen: Muss man diese Sprache denn überhaupt verstehen?

Die Erwähnung des Russenlagers weckte Sanans Argwohn. »Sei vorsichtig!«, warnte ihn eine innere Stimme. »Stalins Schergen schrecken vor keiner List zurück, wenn es darum geht, Bürger der Sowjetunion in die sozialistische Heimat zurückzulocken. Ehe du dich versiehst, sitzt du morgen im Zug nach Sibirien.«

Der Franzose bemerkte seine Unschlüssigkeit. Er zog ein Papier aus der Tasche des Uniformrocks und reichte es ihm.

»Hauptfeldwebel Garrigue, mit dem Sie gekommen sind, hat von Ihnen gesprochen und uns Ihren Namen gegeben«, versuchte er, Sanans Bedenken zu zerstreuen.

Das Einzige, was Sanan auf dem französischen Dokument entziffern konnte, war der Name Simon Badmaev. Es konnte genauso gut sein Todesurteil sein.

Unsicher gab Sanan dem Offizier das Schreiben zurück. Konnte er den Männern vertrauen? Beide, der Deutsche und der Franzose, hatten ruhig und sachlich gesprochen. Als sähen sie in ihm nicht den Soldaten des Kalmückischen Kavalleriekorps, den Kriegsgefangenen und Vaterlandsverräter, den hergelaufenen Flüchtling, der unverständliche Formulare auszufüllen hatte, um eine Strohmatratze zum Schlafen und ein Minimum zum Anziehen und zum Essen zu bekommen. Es sah aus, als wäre er in ihren Augen einfach nur der Mensch Simon-Sanan, Sanan-Simon Badmaev. War es nicht das, wonach er sich die ganze Zeit sehnte: Mensch zu sein wie jeder andere?

»Kann ich das Foto von dem Toten sehen?«, fragte er, um Zeit zu gewinnen.

Sanan hatte viele solcher Gesichter gesehen. Daran gewöhnen würde er sich nie. Er gab das Bild zurück.

»Ich weiß nicht, ob ich Ihnen helfen kann. Ob die Russen mir gegenüber ehrlich sein werden. Ich würde mich nicht wundern, wenn sie sich sogar weigerten, mir zu antworten.«

»Warum?«

»Ich bin Kalmücke.«

»Was heißt das?«

Der Franzose mischte sich in das Gespräch. »Laut Hauptfeldwebel Garrigue ist das Verhältnis zwischen Kalmücken und Russen nicht immer harmonisch.«

Ungewollt musste Sanan lächeln. »So könnte man es auch nennen. Nicht immer harmonisch!« Er sollte lernen, das neue Leben mit mehr Humor zu nehmen.

Einen Moment zögerte der deutsche Gendarm. Dann entschied er: »Wir probieren es, einen Versuch ist es wert«, und bat ihn, in den Wagen zu steigen.

Der Deutsche selbst kletterte nach hinten auf den Rücksitz zu der Frau, die zur Seite rückte.

27

SANAN

———✥———

Mittwoch, den 22. August 1945

Die Straße führte von der Gneisenau-Kaserne eine kleine Strecke talwärts vorbei an Vororthäusern und schlängelte sich durch ein Waldstück, das aber bald wieder zurückwich und die Aussicht auf das Rheintal freigab. Kurz darauf stieg die Straße erneut an, und nach wenigen Minuten hielten sie vor einer zweiten Kaserne.

»Klein-Russland«, scherzte der französische Offizier, der den Jeep fuhr. Ein Helfer der UNRRA, der anscheinend Bescheid wusste, wartete am Eingang auf sie.

»Mittagsessenszeit«, sagte der Mann. »Ich bringe Sie am besten zur Kantine. Sie werden dort nicht alle Leute auf einmal antreffen, denn wir bedienen in Schichten, anders geht es nicht.« Er sagte tatsächlich »bedienen«. Vielleicht war er in einem früheren Leben Ober in einem vornehmen Pariser Restaurant gewesen. »Aber es ist auf jeden Fall einfacher, als wenn Sie von Baracke zu Baracke müssten.«

Alle Köpfe wandten sich ihnen zu, als sie den großen Raum betraten, wo Dutzende von Lagerbewohnern an langen Tischen saßen und einen undefinierbaren Brei in sich hineinstopften. Von irgendwoher ertönte ein Pfiff, fast gleichzeitig brach heilloses Gejohle los. Rufe flogen durch die Luft, begleitet von anzüglichen Gesten. Einer der Männer war aufgesprungen und schwang provozierend die Hüfte in Richtung der jungen Frau, die dieses Mal nicht im Auto sitzen geblieben war.

Aber der Tumult um sie schien die Frau kaltzulassen, gekonnt ignorierte sie die Männerschar. Sanan bewunderte ihre Selbstbeherrschung.

Auch der Franzose und der deutsche Gendarm warteten stoisch ab, dass sich der Lärm legte. Sie dürften mit dieser Re-

aktion gerechnet haben. Erst als wieder halbwegs Ruhe einge-
kehrt war, fing der Gendarm zu reden an. Sanan übersetzte. Als
er fertig war, hielt der Gendarm das Bild von dem Toten hoch.
»Ich möchte Sie bitten, sich das Foto anzuschauen. Wer den
Mann gekannt hat oder etwas über ihn weiß, möge sich jetzt
bitte melden.«

Die Männer hatten zu essen aufgehört, niemand pfiff oder
grölte mehr. Sanan kam die Vermutung, dass alle wussten, um
wen es sich bei dem Erschossenen handelte, aber Minuten
vergingen, und keiner machte den Mund auf. Endlich erhob
sich einer, ein Hagerer mit kahlem Schädel. Langsam ging er
zur Tür. Als er bei Sanan vorbeikam, blieb er stehen.

»Geschieht dem Hund recht«, zischte er. »Auf einen mehr
oder weniger kommt es nicht an. Im Übrigen, mit Vaterlands-
verrätern will ich nichts zu tun haben.« Drehte sich um und
verließ den Raum. Andere folgten. Einer spuckte vor Sanan
aus.

Er hatte es gewusst.

In seinen Ohren begann es zu surren, aus der Tiefe seiner
Seele stiegen Bilder auf.

Da steht der Vater, der Baadsche, auf den steinernen Stufen
des Churul. Gegen die Rotarmisten hat er keine Chance. Vor
den Augen des Dreizehnjährigen erschießen sie ihn, zerrei-
ßen die Gebetsfahnen, stürzen die Statuen der Götter und
Göttinnen, die des Buddha und des Weißen Alten Mannes.
Sie prügeln die Mönche auf die Militärlaster und machen den
Tempel dem Erdboden gleich. Der Offizier, der die Waffe auf
seinen Baadsche gerichtet und abgedrückt hat, ist hager, der
Kopf kahl.

Hätte er noch die Pistole, die er dem toten Pjotr Pjotrowitsch bei Rostow am Don abgenommen hatte, er hätte diesem
arroganten Kerl ins Gesicht geballert!

»Was hat er gesagt?«, hörte Sanan den Gendarmen neben
sich fragen.

Er konnte nicht antworten, sein Mund war trocken. Er

schluckte mehrmals, bevor er einen verständlichen Satz zustande brachte. »Ich habe Sie gewarnt«, sagte er zum Schluss.

»So«, wetterte der Gendarm, »das wollen wir doch mal sehen.«

Das Gesicht des Deutschen war die Höflichkeit selbst, als er die Männer, die geblieben waren, bat, ihm noch einmal zuzuhören.

Dann explodierte er.

»Das französische Militär könnte euch alle einsperren. Wir haben euch unter Kontrolle, jeden Einzelnen von euch. Wir wissen, dass ihr keine Gelegenheit auslasst, um auf Hamstertouren zu gehen. Es ist auch kein Geheimnis, dass ihr euch mit Polen zusammentut, mit Italienern. Auch mit Deutschen. Im Krieg noch spinnefeind, und plötzlich die dicksten Freunde! Schöne Freunde sind das. Freunde, die vor Mord nicht zurückschrecken.«

Sanan konnte dem Zornesausbruch des Gendarmen kaum folgen. Er wusste nicht, ob alles stimmte, was der Deutsche erzählte. Wundern würde es ihn nicht. Und mit bissiger Genugtuung packte er seine eigene Wut in die russische Übersetzung.

Der Gendarm drückte dem Mann, der ihm am nächsten saß, das Foto des Toten in die Hand. »Ihnen muss klar sein, dass es Ihnen genauso ergehen kann.«

Das Foto ging reihum. Da war keiner, der es sich nicht ansah. Danach schien es, als hätten sie sich abgesprochen.

Zuerst standen zwei auf, dann drei, vier, zehn, und verließen, ihre Löffel und das Essgeschirr in der Hand, in Grüppchen den Raum. Der Letzte, ein älterer Mann, gab das Bild dem Gendarmen zurück. Ein Zettelchen fiel ihm aus der Hand.

»In einer Stunde an der Kirche auf dem Berg«, übersetzte Sanan die kyrillischen Zeichen.

Der Offizier hatte den Jeep unterhalb der Allerheiligenbergkapelle abgestellt, bis zum Kloster und zur Kirche waren es nur wenige Schritte. Über dicht bewaldeten Bergkuppen wölbte sich ein vom Regen blitzsauber gewaschener Himmel. Auf dem Felsrücken gegenüber lag eine Burg, drunten in der Tiefe mündete ein Fluss in den Rhein. Vis-à-vis machte Sanan eine zweite Burg aus, weniger trutzig als die erste, eher ein verspieltes Schloss mit Türmchen und Zinnen.

»Hier kann man es aushalten«, seufzte der französische Offizier und blinzelte in die warme Sonne.

»Noch schöner wäre es mit einer Tasse Kaffee und Schwarzwälder Kirschtorte«, phantasierte die junge Frau, von der Sanan immer noch nicht wusste, wer sie war. Sie saß auf einer Bank und schaute um sich, als hoffte sie, dass von irgendwoher ein Kuchentablett herbeischwebte.

»Ich werde für Sie ein gutes Wort bei unserem *chef de cuisine* einlegen, Mademoiselle Ello«, versprach der Offizier und reichte ihr galant ein gelbes Blümchen, das er am Rand des Abhangs gepflückt hatte.

Wenn sie so lachte wie jetzt, die junge Frau, wirkte sie direkt sympathisch. Bisher hatte Sanan sie in ihrer Zurückhaltung zwar als beeindruckend, aber auch als hochmütig empfunden.

Der Russe tauchte auf, als sie dachten, er käme nicht mehr.

»Gehen wir in die Kirche. Sie hat zwar im Krieg einiges abbekommen, aber insgesamt sind wir dort unbeobachteter«, sagte er und ging voraus.

»Jewgeni Nikolajewitsch Soljudow war ein guter Mensch«, fing er an, als sie sich in eine Nische im Gotteshaus zurückgezogen hatten. »Aber zwischen ihm und Wasily hatte es mehrere heftige Auseinandersetzungen gegeben.«

»Ist Wasily der, der als Erster gegangen ist?«

»Ja. Wasily ist ein Schnüffler. Jewgeni war noch nicht lang im Lager, noch keine zwei Wochen. Er war von einer französischen Patrouille in einem Versteck im Wald aufgegriffen worden.«

Der Russe warf einen schnellen Blick zu dem Offizier, dessen Miene nicht verriet, was er dachte. Aber schon redete er weiter: »Ich glaube, er hatte ein Verhältnis mit einer Deutschen und wollte nicht zurück in die Sowjetunion. Er wurde vergangenen Sonntag erschossen, sagen Sie? Lassen Sie mich nachrechnen … Ja, Jewgeni verschwand am Freitag, also zwei Tage vorher. Wasily hat getobt und überall nach ihm suchen lassen.«

Zwischendurch unterbrach sich der Mann immer wieder und vergewisserte sich, dass sie die Einzigen in der Kirche waren, bevor er weiterredete.

»Wir glauben, dass er Kopfgeld kassiert für jeden, den er in einen Zug nach Hause setzt. Umgekehrt gibt es für die, die nach seiner Pfeife tanzen, von der Küche Sonderrationen. Jewgeni aber hat sich nichts sagen lassen. Verstehen Sie mich nicht falsch, viele von uns wollen nach Hause, freiwillig. Ich zum Beispiel, ich will. Verstehen Sie, die Familie, die Heimat … Aber warum zwingen sie auch die zurückzugehen, die nicht wollen?«

Er schwieg und gab Sanan Zeit für die Übersetzung.

»Herr …?«, fing der Gendarm an.

»Wie Sie heißen, möchte er wissen«, erriet Sanan.

»Vladislaw, das reicht.«

»Wissen Sie, Vladislaw, wer die Deutsche war, mit der Jewgeni … hm, mit der er befreundet war? Hatte er Beziehungen zu mehreren Frauen?«

»Mir gegenüber hat er nur eine erwähnt, eine mit Kind. Er war ein verschlossener Mensch.«

»Sprach er von einer Frau, die ein Kind hat, oder von einer, die ein Kind erwartet?«

Vladislaw kratzte sich am Kinn. Dann zuckte er mit den Achseln.

»Das weiß ich nicht. Ist das wichtig?«

»Und von woher aus Russland, ich meine, aus der Sowjetunion, stammte Jewgeni?«

»Aus einem Dorf in der Nähe von Jakutsk.«

28

ELLO

———

Mittwoch, den 22. August 1945

Buchheim wirkte erschöpft. Zusammengesunken hockte er neben ihr auf der Rückbank des Jeeps und blickte verloren durch den offenen Wagen nach draußen in die vorüberfliegende Landschaft.

Der Mann hatte sie schon wieder überrascht. Noch am Morgen hätte Ello sich nicht träumen lassen, dass der Hilfsgendarm so energisch auftreten konnte wie eben im Lager. Ello würde ihm gern ein nettes Wort sagen, eine Aufmunterung. Aber es war ihr peinlich, vor allem in Gegenwart anderer. Vielleicht, wenn sie mit ihm allein wäre. Aber selbst dann ... nein, ausgeschlossen. Buchheim könnte ihre Freundlichkeit als Avance missverstehen.

Sie drückte sich in ihre Ecke und vermied es, in seine Richtung zu schauen.

Vorn im Auto unterhielt sich Jean-Paul mit dem Dolmetscher. Der Offizier schien den Kalmücken nach seinem Leben auszufragen. Nur wenige Wortfetzen drangen an Ellos Ohr, das meiste ging im Fahrtwind unter. Sie gestand sich ein, dass sie auch neugierig war und gern mehr über den Kalmücken gewusst hätte. Woher konnte er Deutsch? Warum lebte er in einem Repatriierungslager? Wieso gab es dort Frauen und Kinder? Und warum hatte er einen französischen Vornamen?

Hin und wieder hatte sie während des Kriegs von Kalmücken gehört. Aber eigentlich wusste niemand so recht, was das für Leute waren. Europäer oder Asiaten? Mongolen oder Russen? Rotarmisten oder genau das Gegenteil? Wilhelm Franke hatte erzählt, dass ihm und seinen Kameraden einmal Kalmücken südlich von Stalingrad in der Steppe begegnet seien. Zuerst hätten sie nur Kamele gesehen und an eine Fata

Morgana geglaubt. »Stell dir vor, Kamele in Europa! Inmitten eines Meers blühender Herbstzeitlosen! Du glaubst, jetzt ist es so weit, jetzt bist du verrückt geworden, und die Heimat wirst du nie wiedersehen.« Beim Weiterfahren seien sie auf die Siedlung gestoßen, Jurten, einige kleine Häuser. Die Verständigung sei schwierig gewesen, die Sprache fremd, die Lebensweise ganz anders als die der Russen. Ein Völkchen für sich, hatte Franke versonnen gesagt, gastfreundlich, friedfertig und zurückhaltend, aber auch kämpferisch und stolz. »Und die Frauen erst!« Seine Augen hatten zu leuchten begonnen. »Bildhübsch, eine schöner als die andere.« Zwei Wochen seien sie dort geblieben.

»… das weiß ich nicht«, hörte Ello den Dolmetscher sagen, und Jean-Paul am Steuer des Jeeps lachte sein jungenhaftes Lachen.

Sie beugte sich nach vorn. »Jakutsk? Wo liegt das?«, fragte sie in eine Gesprächspause hinein.

»Weit im Osten, in Asien«, sagte Simon Badmaev und drehte sich zu ihr um.

»Aber asiatisch sieht dieser Jewgeni nicht aus.«

Nicht wie Sie, hätte Ello beinah hinzugefügt, aber sie verschluckte ihre Worte.

»Die Russen haben sich schon unter den Zaren in dem Gebiet angesiedelt und sich mit den Jakuten gemischt. Bei uns mischt sich alles.«

Von der Ausdehnung dieses riesigen Reiches von Moskau bis in den Fernen Osten konnte sich Ello keine Vorstellung machen. Sie hätte dem Dolmetscher gern noch mehr Fragen gestellt, aber die Unterhaltung im Jeep war anstrengend. Sie musste schreien wegen der lauten Fahrgeräusche, und seine Antworten waren aus dem gleichen Grund kaum zu verstehen. Ello verstummte.

Eigentlich hatte sie ursprünglich nicht mit Buchheim und dem französischen Offizier nach Koblenz in die Heimkehrerlager fahren wollen. Der Mann vom Steinbruch ging sie nichts an. Aber Buchheim war anderer Meinung gewesen und hatte sie am Abend zuvor auf dem Alkener Ufermäuerchen überredet. Der Mord an Jewgeni gehe sie sehr wohl etwas an, da er überzeugt sei, dass die beiden Toten sich gekannt hatten.

Es musste am Wein gelegen haben oder an Luds Mundharmonika, an der lauen Luft oder am Geruch des Wassers, der vom Fluss aufgestiegen war. Sie hatte schließlich eingewilligt. Und pünktlich auf die Minute hatten der Gendarm und der französische Polizeioffizier an diesem Morgen vor der Haustür gestanden, um sie abzuholen. Sie bedauerte es nicht mehr.

Das Lagertor stand weit offen, als sie in Koblenz an der Gneisenau-Kaserne ankamen.

»Sie sollen für Ihre Dolmetscherdienste ein Ehrengeleit bekommen«, witzelte Jean-Paul, und da kein Wachtposten ihn daran hinderte, bretterte er in Siegerpose hindurch, drehte quietschend zwei Ehrenrunden im Hof, bevor er vor der Unterkunft der Kalmücken hielt.

»Monsieur, es war mir ein Vergnügen.«

Ello schmunzelte in sich hinein. Sie hatte den Franzosen von Anfang an sympathisch gefunden. Er versprühte eine Unbekümmertheit, die ernste Dinge in einem erträglicheren Licht erscheinen ließen.

Während Buchheim ausgestiegen war, um mit dem Kalmücken noch letzte Punkte bezüglich der Aussagen dieses Vladislaw zu besprechen, guckte sie den kalmückischen Kindern zu, die auf dem Sandplatz am Haus spielten, Burgen bauten, Tunnel gruben, Steine in Autos verwandelten und unter Jauchzen und Gebrüll Karambolagen veranstalteten. Ein kleiner Junge, wegen des warmen Wetters nur mit einem Hemdchen bekleidet, das ihm gerade bis zum Bauchnabel reichte, umkreiste mit einem Holzprügelbomber in der Hand die anderen Kinder und machte unablässig: »Tong, tong-tong.« Jedes begeisterte Tong ein Volltreffer.

Ello musste zweimal hinschauen, so überrascht war sie. Dann stieg auch sie aus dem Auto, langsam, um das Kind nicht zu erschrecken, und ging näher zum Spielplatz, ohne den Jungen aus den Augen zu lassen. Und schon wieder kam er angelaufen. Hielt seinen Bombenflieger hoch über den Kopf, kreischte sein »Tong, tong-tong«, drehte ab und ihr erneut den Rücken zu und lief weiter. Unterm Hemdchen leuchteten auffällig blauviolette Flecke am Steiß. Wie bei der kleinen Hummel!

Wie Schuppen fiel es Ello jetzt von den Augen. Natürlich! Dass sie nicht vorher darauf gekommen war! Aber nein, sie hatte sich ja zuerst beim Brodenbacher Arzt blamieren müssen! Das einzig Gute daran war, dass der schöne Mann auch nicht klüger gewesen war als sie. Er hatte sein Nichtwissen nur geschickter überspielt. Doch jetzt konnte sie triumphieren, jetzt wusste sie, was es mit Flecken auf der Haut von Neugeborenen auf sich hatte.

»Eine Pigmentveränderung, harmlos, man nennt sie auch Mongolen- oder Hunnenflecke«, hatte die alte Dragonerin an der Hebammenschule im Unterricht doziert, sich aber nicht lang bei der Thematik aufgehalten. »Denn, meine Damen, wie der Name schon besagt, findet man die Male in der Hauptsache nur bei asiatischen Neugeborenen. Für Deutschland ist die Sache somit ohne Belang. Falls aber doch einmal das Kind einer deutschen Mutter mit einem solchen Fleck zur Welt kommt …«, Ello glaubte, wieder die scharfe Stimme der Dragonerin zu hören, »dann ist das, und ich sage es in aller Deutlichkeit, ein klares Zeichen von Rassenschande. Eine deutsche Frau treibt es nicht mit Nicht-Ariern. Schreiben Sie sich das hinter die Ohren.«

Fasziniert beobachtete Ello den kleinen Jungen, der, anscheinend müde vom Rennen, zu seiner Mutter gelaufen war und das Köpfchen in ihren Schoß vergraben hatte.

Man müsste mehr über diese Pigmentveränderungen wissen. Gab es sie nur bei Asiaten oder auch bei anderen Völkern?

Verschwanden sie mit der Zeit wieder? Und wusste Ida Rempin darum?

Garantiert. Sie war Krankenschwester gewesen. Hatte sie deshalb allein entbinden wollen, ohne Hebamme, damit niemand mitbekäme, dass der Vater ihres Kinds eventuell kein Deutscher war, sondern …?

Also doch Jewgeni?

»Bei uns hat sich schon immer alles gemischt.«

Wie war das mit der Erblehre? Aber stimmte das überhaupt, was unter den Nationalsozialisten gelehrt worden war? Oder musste das wie so vieles andere neu gedacht werden?

Jemand berührte sie am Arm.

»Wir können fahren«, sagte der Gendarm.

»Einen Moment noch«, bat sie. »Es könnte sein, dass Sie recht haben mit Ihrer Vermutung.«

»Was meinen Sie damit?«

»Ich erkläre es Ihnen später.«

Ello ließ Buchheim stehen und winkte dem Dolmetscher.

»Bitte, die Flecke dort auf dem Rücken des Kindes …?«

Zuerst dachte sie, er verstünde sie nicht, aber es war offensichtlich Verlegenheit, die ihn am Reden hinderte.

»Das fragen Sie besser die Frauen«, wich er ihr aus.

Auch den Frauen schien die Frage zuerst unangenehm zu sein, einige kicherten verschämt, als der Dolmetscher ihnen sagte, was sie wissen wollte. Aber dann deutete die Mutter von dem Hemdenmatz auf den Platz neben sich und bat Ello, sich zu setzen.

»Die Flecke«, erklärte sie, »die haben alle unsere Kinder nach der Geburt. Eure nicht?«

Als sei ein Damm gebrochen, begannen die Frauen durcheinanderzureden und erzählten Geschichten von den Geburtsmalen der eigenen Kinder und denen von Verwandten, wie viele es waren, wie groß und an welchen Stellen des Körpers, der Dolmetscher hatte Mühe, mit dem Übersetzen mitzukommen.

»Auch afrikanische Säuglinge können solche Flecke haben«, wusste eine ältere Frau und nickte nachdrücklich.

»Aber bis die Kinder zur Schule kommen, verschwinden sie im Allgemeinen«, erklärte eine andere abschließend. Warum Ello das wissen wolle.

»Ich habe ein Kind mit einem solchen Mal entbunden. Die Mutter ist Deutsche und tot und der Vater unbekannt. Und ich frage mich …«

»Ganz einfach«, unterbrach sie die Mutter des Hemdenmatzes und gluckste. »Das Kind hat einen kalmückischen Vater.«

»… oder einen mongolischen …«

Die Frauen überboten sich in Vorschlägen.

»Koreaner.«

»Japaner.«

»Könnte es ein Russe aus Jakutsk sein?«, fragte Ello dazwischen.

»Warum nicht? Wenn der jakutische Großvater mit der russischen Großmutter … oder umgekehrt …«

Die Frauen prusteten vor Lachen.

29

E L L O

—⁓—

Mittwoch, den 22. August 1945

Gendarm Buchheim, der jetzt auf der Heimfahrt wieder vorn im Jeep saß, hatte sich Ello zugewandt, während sie von der Sache mit dem Hautmal auf dem Rücken der kleinen Hummel berichtete.

»Des Würmchens, wie Sie es nennen.«

»Sie meinen also …«

»Ich sage nur, es könnte sein«, unterbrach sie ihn. »Zumindest spricht der Fleck nicht unbedingt für einen deutschen Herrn Rempin als Vater, höchstens, wenn er aus grauer Vorzeit irgendwelche asiatischen Vorfahren gehabt hätte. Kennen Sie sich aus mit der Vererbungslehre?«

Buchheim bedauerte. »Ich glaube, ich muss Sie enttäuschen.«

»Und was, wenn Jewgeni Nikolajewitsch Herr Rempin ist?«, meldete sich Jean-Paul zu Wort.

Buchheim drehte ihm verblüfft den Kopf zu. »Das meinen Sie nicht im Ernst.«

»Er wäre nicht der Erste, der ein Doppelleben führte.«

»Als Zwangsarbeiter? Das kann ich mir nicht vorstellen«, warf Ello ein.

Plötzlich stieß Jean-Paul am Steuer einen Pfiff aus.

»Wer hätte gern ein Huhn zum Abendessen? Können Sie kochen, Mademoiselle Ello?«

Er drückte aufs Gaspedal, der Motor jaulte auf, und der kleine Wagen preschte los, als müsse er ein Autorennen gewinnen. Das Huhn vor ihnen auf der Straße stierte dem Jeep wie gelähmt entgegen. Eine Sekunde, zwei, Ello zog die Lippen zwischen die Zähne, dann flüchtete das Tier Hals über Kopf in den Straßengraben.

»Ah, schade, schade. *Dommage!*«, beklagte sich der Offizier. »Immer sind diese Viecher schneller als ich. Das wäre ein Festessen geworden.«

In Jean-Pauls Bedauern hinein meldete sich Buchheim: »Und was, wenn Jewgeni eine Liebelei mit Ida Rempin hatte und Frau Giersch vom Dernholder Hof dahintergekommen ist? Eifersucht kann etwas Schreckliches sein und Menschen zum Äußersten treiben.«

Jean-Paul wiegte den Kopf hin und her. »Die Frau eine Mörderin? Hm ... Möglich ist alles, der Mensch ist ein unergründliches Wesen. Aber selbst, wenn es so wäre, wüssten wir damit noch lange nicht, ob der Russe wirklich der Vater des Kindes ist oder nicht. Sowohl Jewgeni als auch die junge Frau sind tot und können uns nichts mehr erzählen. Höchstens ...«, er schnalzte mit der Zunge, »höchstens, wir versuchen es mit einer Séance. Dann kann uns Jewgeni auch gleich sagen, wer sein Mörder ist. Er hat ihm beim Sterben ja ins Gesicht gesehen. Wie sagt ihr im Deutschen: Das wären zwei Fliegen mit einer ... mit was?«

»Klappe«, ergänzte Buchheim trocken.

»Genau. Klappe. Wir brauchen nur ein Medium, einen dunklen Raum und einen Tisch. Im letzten Jahrhundert haben Leute auf diese Weise Kontakt mit ihren lieben Verstorbenen aufgenommen. Vielleicht funktioniert das auch bei russischen oder jakutischen Toten. Ich finde, wir sollten nichts unversucht lassen.« Jean-Paul hatte eindeutig Spaß an seiner Idee.

»Ich würde eine wissenschaftlichere Methode bevorzugen«, wandte Buchheim ein.

»Ach, ihr Deutschen. Wollt immer alles hundertprozentig richtig machen. Aber gut, keine Séance. Dann bleibt uns nur die Hoffnung auf die Zukunft. Irgendwann wird sicher ein schlauer Kopf mit Hilfe eines Chemiebaukastens herausfinden, wie man den Vater eines Kindes bestimmen kann. Ich hoffe, dass ich das nicht mehr erleben muss. Denn dann werden wir Männer ganz schön dumm dastehen, meinen Sie nicht auch, Monsieur le Gendarme?«

»Das wäre wenigstens gerecht«, sagte Ello. So verquer konnten nur Männer reden. »Im Übrigen denke ich, dass wir weder eine Séance noch einen Chemiebaukasten brauchen, sondern nur diesen Mann, mit dem Ida Rempin Streit gehabt hat«, setzte sie schnippisch hinzu.

»Ach ja, der Mann«, winkte Buchheim zerstreut ab. Ello hörte am Tonfall, dass er in Gedanken ganz woanders war. Gewiss schon auf dem Weg zum Dernholder Hof, um Frau Giersch in die Mangel zu nehmen.

Oder lag ihm etwas an dieser Frau?

Und wenn schon! Das ging sie doch gar nichts an. Was war nur los mit ihr? Sie ärgerte sich. Am meisten über sich. Am besten, sie sagte gar nichts mehr und nähme die Suche nach dem Unbekannten selbst in die Hand. Sie würde es Buchheim und Jean-Paul schon zeigen.

Der Ball für Thomas, der auf dem Boden des Jeeps lag, rollte ihr zwischen die Füße. Den hätte sie fast vergessen.

»Lassen Sie mich am Kloster Kühr raus, Jean-Paul, bitte. Jemand wartet dort auf mich.«

»Und ich dachte, Sie hätten nur Augen für mich«, flachste Jean-Paul. »Ich werde mir das noch mal überlegen mit der Schwarzwälder Kirschtorte.«

Ello schenkte ihm ein versöhnliches Lächeln. »Und wenn wir sie gemeinsam essen?«

»Das wäre natürlich etwas völlig anderes.«

»Ich hätte allerdings noch eine Bitte, lieber Herr Jean-Paul. Ich bräuchte auch ein Foto von Ida Rempin. Wäre das machbar? Foto und Schwarzwälder Kirschtorte?«

»Ach, Mademoiselle Ello, für Sie würde ich alles tun, sogar mit geschlossenen Augen in den Rhein springen.«

Ihr Groll schmolz dahin wie Eis in der Sonne. Als sie am Kloster Kühr aus dem Wagen stieg, warf sie dem Franzosen übermütig einen Luftkuss zu. Hilfsgendarm Buchheim hingegen würdigte sie keines Blicks.

Ello fand Thomas mit Fieber und gläsernen Augen im Krankenzimmer.

»Nur eine Sommergrippe, nichts Ernstes«, sagte die Schwester.

»Wenn ich wieder gesund bin, spielen wir dann miteinander?«, fragte das kranke Hascherl und umklammerte seinen neuen Ball.

Ello versprach es.

»Bestimmt?«

»Bestimmt!«

»Großes Ehrenwort?«

»Großes Ehrenwort mit Spucke.«

Auch Wilhelm Franke saß nicht auf seinem gewohnten Platz auf der Bank, und Schwester Hildegard war unterwegs, Besorgungen zu machen. Hätte Ello das geahnt! Buchheim und Jean-Paul dürften längst in Brodenbach sein. Notgedrungen machte sie sich zu Fuß auf den Nachhauseweg. So weit war es nun auch wieder nicht, redete sie sich ein. Aber mit dem Auto war es eben doch bequemer, an so einen Luxus gewöhnte man sich schnell.

Im Wingert auf der anderen Straßenseite winkte ihr eine Frau. Ello blieb stehen und wartete, dass die Winzerin zu ihr gelaufen kam und den Fahrdamm überquerte.

»Sie sind doch die Hebamme, die wissen wollte, wer der Mann war, der sich mit der Frau gestritten hat, die später auf dem Bleidenberg verunglückt ist?«, fragte sie. Sie zog das Kopftuch, das sie zum Schutz gegen die Sonne trug, herunter, schüttelte es aus und band es sich neu um.

»Ja, die bin ich«, bestätigte Ello, und sie erkannte jetzt die eine der beiden Kundinnen von tags zuvor aus der Bäckerei wieder.

»Also«, fing die Winzerin an, »meine Nachbarin ist die Resi. Eigentlich heißt sie Rosemarie, aber wir nennen sie die Resi, weil ihre Mutter aus Bayern kam und einen Niederfeller geheiratet hat, den Jodok, aber die sind beide schon lange tot.

Also, die Resi hat keine Kinder, und ihr Mann ist auch schon tot. In der Mosel ertrunken. Das ist tragisch, aber es kommt halt vor.«

Die Winzerin schaute trübsinnig über den Fluss, redete aber ununterbrochen weiter: »Heute wohnt die Resi allein in dem Haus, das viel zu groß ist für sie allein. Sie hat zwar Einquartierung, eine ausgebombte Familie aus Mayen, denkt aber trotzdem daran, wie schon vor dem Krieg zwei Zimmer an Sommerfrischler zu vermieten. Auch wenn es viel zu früh dafür ist. Wer verreist denn in dieser Zeit schon? Noch niemand.«

Innerlich trat Ello ungeduldig von einem Fuß auf den anderen, nach außen versuchte sie, sich zu beherrschen. Was wollte die Frau ihr sagen?

»Es gibt ja auch noch nichts, nicht mal Seife, um die Bettwäsche und die Handtücher hinterher wieder zu waschen. Aber nun stellen Sie sich vor, da kam doch am letzten Samstag einer und hat nach einer Übernachtung gefragt. Er wolle eine Verwandte besuchen, die in Kühr im Kloster arbeitet. Zuerst wollte die Resi nicht, sie war ja noch nicht darauf vorbereitet. Aber es war so ein höflicher Mann, hat die Resi gesagt, und er hat mit einer Flasche Obstschnaps und einer Armbanduhr bezahlt. Na gut, hat sie gedacht. Das kann man gegen neue Bettwäsche und Handtücher tauschen, damit sie die schon mal hätt, wenn's dann so weit wär. Am Sonntag ist er dann wieder abgereist. Spät am Nachmittag. Das ist doch keine Zeit, um abzureisen, finden Sie nicht auch? Als Sie gestern in die Bäckerei kamen und fragten, hatte ich nicht mehr daran gedacht, erst abends im Bett fiel es mir wieder ein, und ich dachte, das könnte der Mann sein, den Sie suchen.«

»Wie der Mann hieß und von woher er kam, wissen Sie nicht?«

»Nein. Am besten, Sie fragen die Resi selbst. Dort, wo an der Kirch die Straß einen Knick macht, gehen Sie noch ein kleines Stück weiter, dann kommt von rechts ein Weg herunter.

Im ersten Haus danach wohnen mein Mann und ich mit der Tochter und den Enkeln und zwei Höfe weiter die Resi. Aber heute brauchen sie nicht hin. Die ist nach Dieblich zu einer Cousine.«

30

BUCHHEIM

Mittwoch, den 22. August 1945

Dort, wo am Ortseingang das Sträßchen ins Brodenbacher Tal hineinführte, hielt Jean-Paul und ließ Buchheim aussteigen. Mehlentz vom vierten Haus habe in aller Herrgottsfrühe den Diebstahl eines Huhns gemeldet und den Gendarmen gebeten, er möge das Loch im Stall in Augenschein nehmen. Da seien Fußspuren, und er habe einen Verdacht.

»Unter uns gesagt, ich glaube, dass es der Fuchs war, aber es ist wohl meine Pflicht, der Sache trotzdem nachzugehen.«

Buchheim bedauerte sich. Ob er in diesem Leben noch einmal dazu käme, den längst fälligen Tätigkeitsbericht für den Ortsbürgermeister zu schreiben? Am frühen Morgen hatte schon ein Zettel mit einer Mahnung an der Tür zu seinem Dienstzimmer geklemmt. »TÄTIGKEITSBERICHT!!!« In Großbuchstaben und mit drei Ausrufungszeichen. Er hatte das Papier zerknüllt und in die Hosentasche gesteckt. Dort steckte es noch immer. Er hätte in Sankt Goar bleiben sollen.

»Gehen Sie der Sache nach, Sie finden schon heraus, wer es war«, ermunterte ihn Jean-Paul, »… und lassen Sie sich zum Schluss ein paar Eier geben.«

»Und in welcher Pfanne soll ich die braten?«, fauchte Buchheim beim Aussteigen.

»Da haben Sie auch wieder recht«, gab Jean-Paul ungerührt zurück. Mit quietschenden Rädern brauste er davon. Buchheim sah ihn noch winken.

»Sehen Sie, sehen Sie!«

Mehlentz deutete empört auf die Spuren hinterm Hühnerstall.

»Und das sind nicht zufälligerweise Ihre eigenen?«

»Na, hören Sie mal! Gucken Sie sich meine Füße an, groß wie Mosellastkähne, und dann diese kleinen Tapser hier. Nein, das war eine Frau oder eher noch ein Kind. Und ich weiß auch, welches. Von Dickers Otto der Enkel ...« Mehlentz war nicht zu bremsen. Von Dickers Otto der Enkel terrorisiere ihn Tag und Nacht, reiße dem Hahn die Federn aus, bummere an die Haustür, und wenn er dann hingehe, sei da nie jemand. Neulich habe das Bürschchen ihm tote Mäuse vor den Eingang gelegt.

»Eine Unverschämtheit ...«

»Die Katze ...?«, schlug Buchheim vor.

»Ich hab keine, ich will auch keine.«

Unwirsch bügelte Mehlentz ihn ab und zählte weitere Schandtaten des ungeratenen Enkels von Dickers Otto auf.

»Aber dabei erwischt haben Sie ihn nie?«

»Dat isses jo, der Rotzbengel ist ein ganz Durchtriebener. Der kommt auf die schiefe Bahn, Herr Gendarm, wenn er nicht beizeiten eine Tracht Prügel bekommt.«

»Ich kümmer mich drum, Herr Mehlentz.«

»Das erwarte ich auch, Herr Gendarm. Wissen Sie, das muss ich Ihnen jetzt einmal sagen: Sie sind ein netter Mensch, ich schätze Sie, aber Sie sind zu nachsichtig. Ihr Vorgänger, der war noch von einem anderen Kaliber. Der war hart, wenn es galt, hart zu sein. Verstehen Sie, was ich meine? Seit die Zeiten sich geändert haben, herrscht ziemlich viel Schlendrian in unserem schönen Dorf. Es ist nicht mehr wie früher.«

Beinahe hätte Buchheim den rechten Arm zum Gruß erhoben und »Jawoll, Herr Mehlentz« gesagt – er hatte sich gerade noch beherrschen können. Eier bekam er nicht. Auch sonst nichts. Er hatte ja nichts als seinen Dienst verrichtet. Herr Mehlentz schuldete einem Hilfsgendarmen nichts, weder Geld noch Naturalien. Er würde also einen traurigen Abend verbringen. Hungrig, einsam und allein, und Ello hatte nur Jean-Paul angelächelt.

Buchheim tat sich zutiefst leid, während er zurück zur Uferstraße trottete. Vor dem Bach, der hier beschaulich von links nach rechts schräg über den Weg hinwegfloss, blieb er stehen und überlegte, ob er versuchen sollte, mit Anlauf über die Furt zu springen, oder ob er den kleinen Umweg über das Steinbrückchen nehmen sollte. Er entschied sich für die Brücke. Vielleicht, überlegte er beim Weitergehen, saß Hubert an seinem angestammten Platz am Ufer und angelte. Er könnte ihn fragen, ob seine Frau so freundlich wäre, ihm einen Fisch zu braten. Er würde sich schon mit einem sehr kleinen begnügen. Und selbstverständlich dafür bezahlen.

Vor ihm vergnügten sich Kinder mit einem alten Autoreifen, den sie zur Moselstraße rollten. Ob eines von ihnen der Enkel von Dickers Otto war? Wer war das eigentlich? Es gab mindestens drei Ottos im Ort. Welcher von ihnen war Dickers Otto? Enkel hatten sie bestimmt alle.

Es ging auf den Abend zu, Brodenbach lag wie ausgestorben. Nur unterhalb der Ufermauer hockten ein paar Halbwüchsige am Wasser und rauchten. Buchheim war es egal. Wenn sie sonst nichts aushecken, konnten sie sitzen, wo, und machen, was sie wollten. Eine junge Frau kam ihm auf der anderen Straßenseite mit einem von Säcken und Bettzeug überquellenden Kinderwagen entgegen. Sie guckte verängstigt zu ihm herüber. Er tat, als sähe er sie nicht. Mehlentz hatte recht, er war wirklich zu nachsichtig. Aber so war er nun mal.

Hubert war nicht da. Buchheims Hoffnung auf eine wie auch immer geartete Mahlzeit zerplatzte wie eine Seifenblase. Ihm blieb nur noch die Pritsche im Bullesje. Wer schläft, muss nicht essen. Er kramte vor der Tür des Amtshauses nach seinem Schlüssel, als er aus den Augenwinkeln einen Mann hinter der Alten Kirche auftauchen sah. Der Mann hob den Arm …

Buchheim fiel der Schlüsselbund aus der Hand. Reflexartig bückte er sich danach. Der Schuss ging über ihn hinweg. Und hatte hoffentlich niemand anderen getroffen, war Buchheims erster Gedanke.

Eine halbe Stunde später hörte er ein Klopfen gegen die verrammelte Eingangstür. Er reagierte nicht. Dann flog ein Steinchen gegen die Fensterscheibe der Amtsstube, und gleich darauf noch eines.

»Zum Teufel …«, wehrte Buchheim ab und verkroch sich in eine Ecke, die von außen nicht einsehbar war. Aber der Steinchenwerfer erwies sich als beharrlich. Buchheim schlug das Herz bis zum Hals, als er schließlich doch ans Fenster robbte und einen Blick nach draußen wagte.

Jean-Paul.

Noch immer misstrauisch öffnete er das Fenster, suchte unauffällig mit den Augen das Moselufer ab, die Straße, den Platz vor dem Amtshaus. Es könnte eine Falle sein, Jean-Paul ein Teil dieses ausgebufften Schmugglerrings, gar dessen Kopf. Oder drehte er jetzt durch?

»Mit mir haben Sie anscheinend nicht gerechnet.« Der Franzose wedelte mit einer Stange französischen Weißbrots, »aber ich dachte, ich kann Sie doch nicht verhungern lassen. Würden Sie mich nun endlich hereinlassen, oder haben Sie Damenbesuch?«

Das Weißbrot gewann. Er ging, dem Offizier die Haustür aufzuschließen. Zurück in der Amtsstube schob Buchheim Akten, Papiere und Schreibutensilien zur Seite, blies den Staub von der Tischplatte mit dem Granatsplitter und legte ein leeres Antragsblatt zur Erteilung von Essensmarken auf die freigeräumte Stelle, die weiße Rückseite nach oben. »Bitte schön, der Brotkorb.«

»Sie kommen mir unnatürlich blass vor«, ulkte der Franzose.

»Solange es nur das ist. Ich bin froh, dass ich noch lebe«, gab Buchheim zurück. Seine Stimme zitterte, als er von dem Anschlag auf sich erzählte, während er begierig das Päckchen öffnete, das Jean-Paul mitgebracht hatte. Zwei Scheiben eines kalten Bratens kamen zum Vorschein und ein Stück trockener Camembert. Aber Extrawürste konnte er wohl kaum erwarten.

»Kein schlechter Ersatz, Fleisch statt Eier ...«, brummte Buchheim. Er konnte schon wieder scherzen.

»Haben Sie ihn erkannt?«, fragte Jean-Paul.

»Nein. Es ging zu schnell. Noch bevor ich begreifen konnte, was geschah, war der Kerl schon auf und davon.«

Dass er gar nicht erst versucht hatte, dem Schützen hinterherzulaufen, sondern sich vor Angst sofort im Amtshaus verbarrikadierte, beichtete Buchheim dem Franzosen nicht. Ihm wurde tagtäglich bewusster, dass er nicht zu den unerschrockensten Männern dieser Welt gehörte. Einerseits schämte er sich dafür. Andererseits fühlte er sich nach diesem mutigen Eingeständnis seltsamerweise besser. Vor allem jetzt, wo er etwas im Magen hatte.

»Sie haben mich vor dem Tod errettet«, bedankte er sich bei Jean-Paul.

»Ich dachte, es wäre der Schlüsselbund gewesen.«

Buchheim lachte, der Franzose hatte immer eine Antwort parat. »Wissen Sie was«, sagte er, »ich habe soeben beschlossen, dass der Ortsbürgermeister uns eine Flasche Wein spendiert. Kommen Sie!«

In der Küche des Hauses, die auch als Rumpelkammer und Archiv diente, musste er ein wenig kramen, Berge von Akten, alte Chroniken, aber auch Stapel von angeschlagenen Tellern und Tassen beiseiteschieben, dann fand er, wonach er gesucht hatte. Zwei Flaschen Riesling. Er griff sich eine und suchte nach Gläsern und einem Korkenzieher.

»Die Burschen haben also entdeckt, dass die Pistole verschwunden ist, und da auch der Logiergast über Nacht das Weite gesucht hat ...«, begann Buchheim und nahm einen ersten Schluck Wein. Kurz dachte er an das Schäferstündchen mit Frau Krone, das er dem französischen Offizier geflissentlich unterschlagen hatte. Was immer passierte, er hoffte, dass diese Geschichte nie ans Licht käme.

»Da der Logiergast also ebenfalls verschwunden war«, nahm Jean-Paul Buchheims Gedanken auf, »hat die Bande beschlossen, ebendiesen Logiergast zu beseitigen, weil er zu viel weiß. Ein toter Mann kann nicht mehr reden. Was, glauben Sie, werden die Schmuggler als Nächstes machen?«

»Das Nest räumen, wahrscheinlich noch heute Nacht.«

»Also?«, fragte Jean-Paul in seiner knappen Art.

Buchheim nahm einen zweiten Schluck. »Ich stelle es mir so vor ...«, fing er an.

Sie tranken beide ihre Gläser aus.

»Eins reicht«, befand Jean-Paul.

»Eins reicht«, bekräftigte Buchheim.

31

BUCHHEIM

———⁓———

Mittwoch, den 22. August 1945

Sechs Mann aus der Brodenbacher Kommandantur waren
Jean-Paul zugebilligt worden.

»Wir wissen nicht, wie stark die Bande ist, aber wir beide
sind ja auch noch da«, verkündete er fröhlich und sah aus, als
wolle er sagen: Na, endlich mal was los. Obwohl angespannt
bis zum Äußersten, tat Buchheim seinerseits betont gelassen
und zuversichtlich. Was sollte schon schiefgehen, redete er
sich ein. Die Franzosen waren an Waffen ausgebildete Männer,
die eben einen Krieg gewonnen hatten, nun ja, wenigstens am
Sieg beteiligt gewesen waren. Sie würden schon wissen, wie
sie sich zu verhalten hätten.

Es war dunkel, als sie mit dem Jeep und einem kleineren
Mannschaftswagen zu Witwe Krone fuhren. Sie hatten zwei
Ecken vorher die Scheinwerfer ausgeschaltet und parkten so,
dass ihr Kommen vom Haus aus nicht bemerkt werden konnte.
Im Flüsterton erteilte Jean-Paul Befehle. Buchheim verstand
nichts, aber wie abgesprochen positionierten sich zwei Soldaten rechts und links des Eingangs zur Straße, drei huschten
zum Hinterausgang, der sechste, ein Angehöriger der Militärpolizei, blieb zusammen mit Jean-Paul hinter Buchheim, der
auf ein verabredetes Zeichen hin mit der Hand an die Tür
schlug.

Es dauerte, bis Buchheim drinnen ein Geräusch hörte. Ein
dumpfes Scharren, gleich darauf ein Klicken, das er nicht iden-
tifizieren konnte. Und erneut Stille.

Er klopfte ein zweites Mal.

Wieder das Scharren, heftiger als zuvor, schließlich zöger-
liche Schritte. Schritte einer Frau. Die Haustür öffnete sich
einen Spalt.

»Oh, der Herr Gendarm«, lispelte Irene Krone und machte vor Überraschung die Tür ein Stück weiter auf. Es reichte, dass Buchheim einen Fuß in den Spalt bekam.

»Entschuldigen Sie die späte Störung, Frau Krone, aber ich habe leider etwas vergessen bei Ihnen.«

»Sie haben etwas vergessen? Mir ist nichts aufgefallen.«

»Ein kleiner Kasten, er konnte Ihnen auch nicht auffallen. Ich weiß, wo ich ihn gelassen habe«, flötete Buchheim. Dann schob er entschlossen die Tür auf und Frau Krone beiseite.

»Es ist aber schon spät«, versuchte sie sich zu widersetzen und schlang ihren hellblauen Morgenrock enger um den Körper. Irgendwo rumpelte es. Dem Geräusch folgte ein unterdrücktes »Verdammt noch mal. Scheiße!«.

»Ach, Sie haben Besuch?«, säuselte Buchheim honigsüß, es juckte ihn plötzlich, Frau Krone zu provozieren. Doch er wartete eine Antwort nicht ab, drängte sie in eine Ecke, wo er sie leicht in Schach halten konnte, und stieß einen Pfiff aus. Jean-Paul und der sechste Mann stürmten ins Haus, Buchheim zeigte ihnen die Tür zum Keller, die beiden verschwanden dahinter. Gleich darauf war drunten Gepolter zu hören. Dann lautes Tohuwabohu. Jemand schrie. Ein Schuss fiel.

Jean-Paul und der Militärpolizist kamen zuerst wieder die steile Treppe nach oben. Hinter ihnen, fluchend und zeternd, drei Burschen mit auf den Rücken gebundenen Händen, vorwärtsgeschubst von den Soldaten, die den rückwärtigen Ausgang besetzt hatten. Der Jüngste des Trios heulte Rotz und Wasser.

»Und welches ist nun Ihr treusorgender Bruder?«, schnauzte Buchheim Frau Krone an, als die Bande, von den Franzosen umzingelt, vor ihm stand.

Frau Krone zog die Schultern hoch, kein Mucks kam ihr über die Lippen, aber der rasche Blick, den sie und der Mittlere der drei wechselten, verriet Buchheim genug.

Jean-Paul tauschte sich mit seinen Leuten aus. »Schafft die

drei Männer für heute Nacht zu dem Toten vom Steinbruch, Madame in den Kartoffelkeller daneben. Der Gendarm und ich werden uns hier das Haus vornehmen.«

Während der Offizier seine Anweisungen auf Französisch wiederholte, konnte Buchheim nicht umhin, sich an Frau Krones erschrockener Miene zu weiden. Es bereitete ihm ein himmlisches Vergnügen, wie ihre Augen ihn zu beschwören versuchten: Bitte helfen Sie mir, glauben Sie mir, ich weiß von nichts, bitte. Es fehlte nur noch, dass sie den Morgenmantel lockerte. Sie war wirklich eine verdammt gut aussehende Frau, die reizende Frau Krone. Kein Wunder, dass er schwach geworden war. Es war gewissermaßen verzeihlich. Er lächelte sie an, drehte sich um und folgte Jean-Paul hinunter ins Untergeschoss.

Das Tuch, in dem die Pistole eingewickelt gewesen war, lag achtlos hingeworfen neben dem Steinhaufen. Buchheim kam es vor, als sei eine halbe Ewigkeit vergangen, seit er die Waffe gefunden hatte. Dabei war es gerade mal zwei Nächte her. Brüderchen Helmut hatte zweifellos erst heute ihr Fehlen festgestellt, andernfalls hätte die Bande ihm schon gestern aufgelauert. Gelegenheit dazu hätte sie gehabt.

Hinter seinem Rücken hörte Buchheim Jean-Paul die Weinflaschen zählen.

»Nicht schlecht«, rief der Offizier, »die Kameraden werden sich freuen.«

»Der Kommandant nicht?«

»Ist Rotweintrinker. Ausschließlich.«

»Mit einem Rotweinkeller kann ich hier an der Mosel leider nicht dienen. Da muss er sich in die Pfalz versetzen lassen«, bedauerte Buchheim.

»Oder zurück nach Frankreich.«

Das wäre genau das, was wir uns alle hier wünschten, dass die Herren Besatzer möglichst bald wieder abzögen. Aber diesen ketzerischen Gedanken behielt Buchheim für sich.

»Und jetzt?«, versuchte er Jean-Pauls französischen Tonfall nachzumachen.

»Und jetzt«, sagte der, »*inventaire*«, und beugte sich über die herausgezogenen Kommodenschubladen. »Haben Sie Papier und Bleistift?«

Buchheim holte den Notizblock aus seiner Hosentasche, den er fast vergessen hatte, und zog Linien für eine Liste: Corned Beef, Silber, Kaffee ... Die Hälfte der Zigarettenschachteln war bereits in einem Sack verstaut, der schon für den Abtransport bereitstand. Buchheim schüttete ihn wieder aus und begann zu zählen wie Jean-Paul zuvor den Wein.

»Das ganze Zeug hier reicht, um den Burschen ein für alle Mal den Prozess zu machen.« Jean-Paul freute sich sichtlich.

»Aber damit haben wir noch lange keinen Beweis, dass sie Jewgeni auf dem Gewissen haben«, grummelte Buchheim. »Verflucht«, schimpfte er plötzlich.

»Was ist?« Jean-Paul roch genießerisch an einem Stück Speck, bevor er es wieder zurücklegte.

»Wie soll ich beweisen, dass ich die Pistole unter den Steinen herausgefischt habe? Die Kerle werden leugnen. Damit steht Aussage gegen Aussage. Ich hätte die Waffe liegen lassen sollen. Das war ein Fehler.«

Jean-Paul streckte sich und massierte sich den Rücken.

»Es stimmt, was Sie sagen. Aber andererseits: Jeder Richter wird verstehen, dass Sie die Pistole bei der Entdeckung sofort sichergestellt haben, weil Sie vermuteten, dass es die Tatwaffe ist. Warum hätte die Bande Sie auch sonst umbringen sollen? Der Grund war doch, weil die Burschen durch das Fehlen der Waffe gemerkt haben, dass ihr feines Warenlager entdeckt wurde. Also mussten sie Sie unschädlich machen.«

Buchheim grübelte. Jean-Paul hatte recht, irgendwie, nur ...

»Niemand hat den Angriff auf mich gesehen. Und ich habe den Schützen nicht erkannt.«

»Wir haben aber vorhin die Kugel im Stamm der Linde gefunden. Der Schuss lässt sich rekonstruieren.«

»Und die dazugehörige Waffe? Wo ist die?«

»In der Mosel oder bei Madame Krone im Bettchen.« Jean-Paul grinste so frech, dass Buchheim sich umdrehen musste, damit der Offizier nicht merkte, wie er knallrot geworden war. Der Mann besaß einen siebten Sinn.

Buchheim sagte nichts mehr. Schweigend setzte er die Inventur, wie Jean-Paul es genannt hatte, fort.

»Was fehlt noch?«, fragte dieser und trat neben ihn an die Lade.

»Ich mache beim Silber weiter. Es bleiben noch die Uhren und die Corned-Beef-Büchsen.«

Während sich Jean-Paul mit den amerikanischen Dosen abmühte, listete Buchheim die Halsketten und Fingerringe auf, die silbernen Kerzenleuchter und Bilderrähmchen mit den Bildern von Großeltern und Säuglingen oder Männern in Wehrmachtsuniform. Anhand der Porträts dürfte man die rechtmäßigen Besitzer der Stücke ausfindig machen können und ihnen ihren Besitz wieder zurückgeben.

Dann kam das Besteck. Buchheim löste die Bänder an der ersten der drei dicken grünen Moltonrollen, die zweifelsfrei zusammengehörten, und zog die einzelnen, in Stofffächern eingeordneten Messer, Gabeln und Löffel heraus. In den beiden andern Bündeln waren Frühstücks- und Kaffeebesteck eingewickelt, dazu Vorleggabeln, eine Geflügelschere, Tortenheber.

»Jean-Paul, schauen Sie mal. Silber, vierundzwanzigteilig. Könnte es sein ...?«

Der Franzose nahm eines der Messer in die Hand, wog es, studierte den Silbergehaltsstempel, die eingravierten Initialen.

»›M.G.‹. Meine Mutter ist eine Maria Gerlake. Ich könnte es ihr zu Weihnachten schenken. Kriegsbeute aus Feindesland.« Er machte ein Gesicht wie ein gehorsamer Sohn aus gutem Hause, Traum einer jeden Mutter mit Töchtern im heiratsfähigen Alter.

Buchheim verschlug es die Sprache. War das wieder einer

von Jean-Pauls Späßen? Immer wieder war da etwas an dem Mann, was ihn irritierte. Oder hatten Franzosen, selbst die mit einer elsässischen Mutter, einfach eine andere Mentalität? »*Mon cher Monsieur*«, Jean-Pauls Augen blitzten noch immer spöttisch, »ich weiß, was Sie sagen wollen. Aber ein Besuch bei den Damen des Dernholder Hofs um diese mitternächtliche Stunde dürfte nicht der passende Moment sein. Ich schlage daher vor, wir machen noch die Inventur fertig, viel ist es nicht mehr, und dann trinken wir in Ihrem gemütlichen Dienstzimmer die angebrochene Flasche Wein aus. Der könnte sonst schlecht werden. Es wäre schade drum, und außerdem haben wir nach diesem erfolgreichen Einsatz eine kleine Erholung verdient. Unsere netten Jungs und Madame Krone sind ja bestens versorgt.«

32

BUCHHEIM

Donnerstag, den 23. August 1945

»Martha Gerhard«, erinnerte sich Frau Giersch, als Buchheim und Jean-Paul nach einer viel zu kurzen Nacht am nächsten Vormittag zum Dernholder Hof kamen und die Bauersfrau nach dem Namen der Großmutter fragten. »Eine herrschaftliche Frau. Ihr Vater hatte viel Land, und sie war das einzige Kind. War es meine Tochter, die Ihnen von der Sache mit dem Besteck erzählt hat?«

Frau Giersch wischte sich die Hände an einem Tuch ab, strich die Haare aus dem verschwitzten Gesicht und zog den Topf mit heißem Apfelmus von der Feuerstelle. Die ganze Küche duftete. Schon beim Aussteigen aus dem Jeep war den Männern der Geruch entgegengeweht.

»Wenn ›M.G.‹ daraufsteht … Warten Sie, ich zeige es Ihnen.«

Frau Giersch ging aus der Küche und kehrte gleich darauf mit einem silbernen Fingerhut zurück, auf dem in zierlichen Lettern »M.G.« stand.

»Sehen Sie, das ist das Monogramm unserer Großmutter.«

Sie räumte den Arbeitstisch frei, damit Buchheim die grünen Besteckbündel ausbreiten konnte.

»Ja, das muss es sein«, bestätigte sie und seufzte laut vor Aufregung.

Als Buchheim das erste Bündel aufrollte, kamen die Messer zum Vorschein. Er zog drei heraus. Andächtig fuhr Frau Giersch mit den Fingern über die Griffe. Die Monogramme waren identisch mit dem auf dem Fingerhut.

»Ich hätt et net für milich jehalte, dat dat noch mol zereckkimmt …«

Ihre Worte gingen in einem Schluchzen unter. Buchheim

befürchtete, dass sie zu weinen anfing. Was sollte er dann machen? Aber schon suchte Frau Giersch in ihrer Schürze nach einem Taschentuch und schnäuzte sich.

»Haben Sie es bei ihm gefunden?«, fragte sie dann halbwegs ruhig. Sie hatte sich augenfällig überwinden müssen, diese Frage zu stellen.

»Nein«, entgegnete Buchheim, »woanders.«

Frau Giersch atmete auf. »Ich wusste es. Ich wusste, dass er es nicht war. Er hatte mir gesagt, dass er herausgefunden hat, wo das Besteck ist. Er würde es mir zurückbringen. Aber dann kam er nicht mehr ... Und ich dachte ... Also, ich hab geglaubt, dass er sich doch damit aus dem Staub gemacht hat. Ich hab doch nicht geahnt, dass er erschossen worden ist.«

Plötzlich wurden ihre Augen groß.

»Herr Gendarm, glauben Sie, dass Jew deshalb erschossen wurde? Weil er mir das Besteck wiederbringen wollte?« Jetzt fing sie doch an zu weinen. »Ich bin nur froh, dass Sie's nicht bei ihm gefunden haben. Dass er's nicht war«, stammelte sie kaum verständlich, während ihr die Tränen übers Gesicht liefen.

Buchheim wusste nicht, was er machen sollte.

Ich bin doch nur ein Hilfsgendarm! Warum unternimmt Jean-Paul nichts? Angeblich verstehen sich Franzosen doch besonders gut auf Frauen.

Aber Jean-Paul rührte sich nicht. Er machte lediglich eine kleine Kopfbewegung in Richtung der Frau: Nun mach's schon!, schien er Buchheim zu ermuntern.

Verlegen gehorchte der Hilfsgendarm.

»Es tut mir leid für Sie.«

Unbeholfen strich er Frau Giersch mit der Rechten über Schulter und Arm. Er war gar nicht gut im Trösten. Mehrmals hustete er, um die Kehle freizubekommen.

»Wissen Sie, ob Jewgeni ...«, begann er heiser, aber wenigstens wieder sachlich und ganz der Herr Gendarm im Dienst. »Wissen Sie, ob Jewgeni Freunde hatte, Bekannte, Kumpane?

Oder noch eine andere Freundin? Denn er verschwand ja hin und wieder und kam dann mit, hm, Geschenken zurück.«

»Eine Freundin?« Frau Giersch hob den Kopf, schnäuzte sich energisch und sagte dann sehr bestimmt, sehr selbstbewusst: »Nein! Das hätte ich gespürt. Als Frau spürt man so etwas. Der hatte keine andere. Aber mit einem Mann, ja, mit einem Mann habe ich ihn einmal gesehen. Die beiden kamen den Feldweg entlang, ich glaube, Jew hat mich nicht gesehen, ich war im Wald, Holz sammeln.«

»Wirkten die beiden eng befreundet …?«

»Nein, sie stritten.«

»War das, bevor Sie merkten, dass das Silber weg ist, oder danach?«

Frau Giersch überlegte. »Es ist schon eine Weile her, und ich weiß ja auch nicht, wann das Silber weggekommen ist.«

»Könnten Sie den Mann beschreiben?«

»Blond. Die Haare so nach hinten gekämmt. Aber das sind ja viele, die das machen.

»Brille?«

»Ich glaub nicht.«

»Würde Sie ihn wiedererkennen?«

Frau Giersch zuckte zweifelnd mit den Schultern. »Vielleicht …«

Das Verhör zwei Stunden später in der Kommandantur war ungleich mühsamer als das Gespräch mit Frau Giersch. Zum einen, weil der Kommandant dabei sein wollte und sich von Offizier Jean-Paul Gourriérec jedes Wort übersetzen ließ; zum anderen, weil die verhafteten Männer sich als äußerst einsilbig erwiesen. Mit Ausnahme des Jüngsten. Er maulte und plärrte wie ein kleines Kind, als Buchheim ihn als Ersten aus dem Kellergelass heraufholen ließ.

»Dat stinkt doa suh, dat man et net aushalle kann. Doa läit noch en Dude. Ich waas net, worim ich heï säi soll. Ich han doch jar nix imacht.«

Buchheim kümmerte sich nicht um die Befindlichkeiten des Jungen. »Name, Alter, Wohnort? Und bitte ordentliches Deutsch«, befahl er. Die Antwort war ein einziges Geschniefe, Buchheim musste mehrmals nachfragen. Erst als der Kommandant mit der Hand auf den Tisch haute und eine Kopf-ab-Geste machte, hörte das Bürschchen schlagartig zu krakeelen auf.

»Fritz«, stotterte er und zog vernehmlich die Nase hoch. »Fritz Hemmerer, fünfzehn, aus Burgen. Aber, Herr Gendarm, Sie müssen mir glauben, ich hab von nix gewusst, von gar nix. Ich han auch mit der ganzen Sache nix zu tun. Mein Onkel hat mich nur gefragt, ob ich ihm was helfen kann. Da hilft man doch. Es ist doch mein Onkel.«

»Wer ist dein Onkel?«

»Der Große, der Richard. Den anderen, den kenn ich net. Ich weiß net, wer dat is. Den han ich noch nie jesehn.«

Buchheim, der die ganze Zeit mit ausgestreckten Beinen in seinem Stuhl bequem zurückgelehnt saß, setzte sich ruckartig auf.

»Was, du weißt nicht, wer der andere ist? Den hast du noch nie gesehen? Das kannst du dem Pastor in der Beichte erzählen. Du redest dich um Kopf und Kragen, mein Junge, pass auf, dass du nicht unter der Guillotine endest.«

Fritz jammerte. »Aber es stimmt doch, ich han mit dem Helmut nix zu tun, ich han immer zum Onkel isoot, dat der Helmut ...«

Fritz hielt mitten im Satz inne. Er war leichenblass geworden.

»Was hast du immer zu deinem Onkel gesagt?«

Fritz zitterte am ganzen Leib. »Dass ich mit dem Helmut nix zu tun haben möchte, weil der mit Waffen rummacht. Kaffee, Zigaretten, gut, das machen alle. Aber Waffen? Nee.« Zum Schluss waren die Worte des Jungen fast nicht mehr zu verstehen. »Der Helmut hat auch den Mann umgebracht, der da unten im Keller liegt. Bitte, Herr Gendarm, loost mich jin. Mei Mudda haut mich dot.«

»Und dein Vater?«

»Der es in Kriegsgefangenschaft.«

Buchheim hatte die Pistole aus Frau Krones Keller vor sich auf dem Tisch liegen und schob sie gedankenverloren hin und her. Mal zeigte der Lauf in Richtung Tür, dann wieder zum Fenster. Er spielte damit wie mit einem Füllfederhalter.

»Warum?«, fragte er und richtete die Waffe jäh auf Brüderchen Helmut und dann auf dessen Kompagnon Richard, bevor er sie sanft zurücklegte, als handle es sich um ein höchst zerbrechliches Kunstwerk.

Die beiden schwiegen. Sie schwiegen auch auf die Frage nach Namen, Alter und Wohnort.

Buchheim ließ sich Zeit, taxierte die Männer. Der Kommandant drängte dieses Mal nicht. Helmut war dunkelblond wie Frau Krone, die Haare fielen ihm leicht gewellt ins Gesicht, aber der Hilfsgendarm tat sich schwer, abgesehen von der Haarfarbe eine Ähnlichkeit zwischen dem angeblichen Bruder und der vermeintlichen Schwester zu erkennen. Richard seinerseits hatte dünne blonde Strähnen, die er über der Stirn zurückgekämmt trug. Buchheim überlegte, ob er die Männer duzen sollte. Mit »du« konnte man solche Zeitgenossen schärfer anpacken. Er entschied sich für das höfliche »Sie«.

»Hätten Sie die Freundlichkeit, mir zu erzählen, wie und wo Sie die Bekanntschaft des Russen Jewgeni gemacht haben?«

Schweigen.

»Wie lange kannten Sie sich schon?«

Schweigen.

»Was wusste Frau Irene Krone von der Ware in ihrem Keller?«

Schweigen.

Er könnte ewig so fortfahren und würde nur Schweigen ernten.

Ein Gedanke durchzuckte ihn, eine Idee. Sollte er es wagen? Einfach so aufs Geratewohl? Warum nicht? Was hatte er zu verlieren? Und die arme Frau Giersch hörte nicht, was er ihrem geliebten Jewgeni unterjubelte.

Er fixierte Helmut scharf. »Sie wissen, dass Frau Krone gemeinsam mit Jewgeni Nikolajewitsch auswandern wollte. Sie hatte ihm das Besteck gegeben, dass er damit die Überfahrt der beiden nach Südamerika bezahlt.«

»Das stimmt nicht.« Helmut machte einen Satz nach vorn. Die Wut stand ihm im Gesicht, und er ballte die rechte Hand. Doch schon riss ihn der Wachsoldat neben ihm zurück. »Das stimmt nicht«, schrie er wieder, »Sie lügen, das ist nicht wahr!« Vergeblich versuchte er, sich aus dem Griff des Militärs zu befreien.

»Da siehst du's«, zischte Richard böse, »ich hab dich immer gewarnt. Sie ist 'ne falsche Schlange, das hast du jetzt davon.«

»Noch ein Wort, und ich schlag dich zusammen, du Hund. Nie hätte sie das getan«, tobte Helmut.

»Und als Sie gesehen haben, wie Jewgeni mit dem Besteck auf und davon ist, haben Sie ihn erschossen.« Buchheim fuchtelte mit der Pistole vor Richards Nase herum.

»Ich?«, wehrte sich Richard empört. »Das war nicht ich. *Er* war das, er hat gesehen, wie Jewgeni unser Silber genommen hat ...«

»>Unser< Silber? Ich höre immer >unser<. Wir wissen, dass es vom Dernholder Hof stammt.«

»Irene hat davon erzählt«, rückte Richard kleinlaut heraus.

»Die beiden Frauen kennen sich von früher. Und dann ist Helmut hingegangen.«

»Bin ich nicht. Du hast vorgeschlagen ...«

»Schluss mit dem Theater.« Buchheims Ton wurde schneidend. »Wo hattet ihr es versteckt?«

»Zuerst in einer Kiste beim Steinbruch«, gestand Richard.

»Wo der Russe es fand und du ihn erschossen hast.« Nun war er doch ins »Du« gerutscht.

»Ich nicht. Er ...« Richard zeigte anklagend auf Helmut.

»Du verdammter Lügner, du Hund, du willst mich ins Messer laufen lassen. Aber es stimmt nicht, ich hab diesen vermaledeiten Russen nicht umgebracht.«

Buchheim schlug ein Bein über das andere, faltete seine Hände vor dem Bauch und hörte genussvoll den wechselseitigen Anschuldigungen der Männer zu. Jean-Paul verdrehte die Augen zur Decke und bemühte sich, seinem Kommandanten eine halbwegs ordentliche Übersetzung zu liefern.

Doch der Kommandant verlor bald die Geduld. »Ab mit den beiden, nach Landau in Haft, noch heute«, befahl er. »Soll sich der Untersuchungsrichter mit ihnen herumschlagen. Ich schätze: *exécution*. Der Junge bleibt hier. Zehn Tage Bau. Dort hat er Zeit, sich zu überlegen, was er weiter mit seinem Leben anstellen will. Und Madame ...«

Der Kommandant drehte sich zu Buchheim um. »*Venez, Monsieur le Gendarme* ...« Ein Schwall französischer Sätze folgte.

»Welche Ehre«, hauchte Jean-Paul ihm ins Ohr. »Der Kommandant lädt uns zum Mittagessen ein. Er möchte mehr von Ihnen über Madame wissen. Er findet sie eine interessante Frau.«

Ja, wirklich eine interessante Frau, diese Madame Krone, dachte Buchheim, sollen sich andere die Finger an ihr verbrennen. Er hatte seine Lektion gelernt.

33

ELLO

—————⌒⌒—————

Donnerstag, den 23. August 1945

Sie hatten kaum ihr Frühstück beendet, als es am Eingang
klopfte.

»Die Amme«, rief Margit, die aufgemacht hatte.

Frau Meiszner grüßte schüchtern und blieb an der Küchen-
tür stehen. »Ich hab das doch richtig verstanden? Gegen Kost
und Logis?«, fragte sie, setzte aber vorsichtshalber Tasche und
Rucksack noch nicht ab.

»Ja, so war es abgemacht«, bestätigte Oma Tres'chen.

»Kommen Sie rein! Wollen Sie Kaffee?«

Doch Frau Meiszner schüttelte den Kopf. Sie war eine
große, kräftige Frau, aber man sah ihr die Strapazen an, die
sie in den letzten Monaten durchlebt haben musste. Plötzlich
begann sie zu weinen.

Oma Tres'chen nahm die Frau in den Arm und zog sie zu
einem Stuhl.

»Es ist gut, weinen Sie ruhig.«

»Entschuldigen Sie«, stammelte Frau Meiszner und wischte
sich energisch über die Augen. »Es ist erst vier Tage her, dass
ich mein Dieterchen beerdigen musste. Nur fünf Monate hat
das kleine Männchen leben dürfen. Sie wissen ja, der Krieg,
die Bombardierung, die Flucht aus Dresden. Er kam schon
krank auf die Welt.«

Dann nahm sie doch den Kaffee an, den ihr Oma Tres'chen,
ohne ein zweites Mal gefragt zu haben, hinstellte.

»Kümmer dich um sie«, flüsterte die Großtante Ello zu,
»ich geh in den Garten, Bohnen pflücken. Der Haushalt wird
größer.«

Ello war, als schnüre ihr jemand die Luft ab. Sie antwortete
nicht, scheuchte Margit und die Kleinen aus der Küche und

räumte hektisch das Geschirr beiseite, während Frau Meiszner ihren Kaffee austrank.

Als sie mit dem Abwasch fertig war, bedeutete sie der Amme, ihr die Treppe hinauf ins Dachgeschoss zu folgen.

»Das ist Ihr Zimmer …«, brachte sie hervor und zeigte auf den Raum neben dem ihren. »Und hier ist das Kind.« Sie öffnete die Tür zu ihrer Mansarde gerade so weit, dass Frau Meiszner das Hummelchen sehen konnte, das am Kopfende von Ellos Bett in seinem Waschkorb schlief.

»Ach, ist die Kleine süß«, raunte Frau Meiszner, wagte aber nicht, näher zu treten.

Ello konnte nicht einmal lächeln. Ihre Hände waren noch kälter als sonst. Sie fühlte sich überflüssig. Wusste nicht, was sie mit dem freien Vormittag anfangen sollte. Besuche bei ihren Frauen hatte sie erst am Nachmittag zu machen. Andererseits drängte es sie, nach Niederfell zu dieser Resi zu gehen, um sie nach dem unbekannten Mann zu fragen. Aber ohne ein Foto von der toten Ida, das ihr Jean-Paul in Aussicht gestellt hatte, wollte sie nicht. Denn wenn das Gespräch mit Resi nichts brächte, müsste sie weitersuchen – und dafür wäre es gut, ein Bild zu haben.

Durchs Treppenhaus schallte die Stimme von Margit, die lesen üben sollte. Im Oktober würde die Schule wieder beginnen. Margit konnte es kaum erwarten, dass es nach monatelanger Unterrichtspause endlich wieder losging. Aber die Nachhilfestunden, die die Mutter glaubte, ihr bis dahin täglich geben zu müssen, endeten regelmäßig in einer mittleren Katastrophe. Die Mutter schrie, Margit flennte, die Mutter versetzte ihr eine Ohrfeige, Margit schmetterte die Schulbücher auf den Boden und rannte Türen schlagend davon. Keine zwei Minuten mehr, und es würde wieder so weit sein.

In der Kammer nebenan rumorte es. Frau Meiszner war dabei, sich einzurichten.

Ello trat ans Fenster und schaute hinunter auf die kleine Hintergasse. Die Nachbarin von gegenüber kehrte die Straße vor ihrer Haustür. Sie kehrte jeden Donnerstag, wenn es nicht gerade aus Eimern schüttete. Auch im Krieg hatte sie regelmäßig gekehrt. Nur nicht in der Woche vor fünf Monaten, als die Amerikaner in Alken einmarschiert waren und die Bewohner, zusammengepresst wie die Ölsardinen, mehrere Tage in Gasthöfen in der Mittelstraße ausharren mussten, bis die Besatzer das Dorf nach versprengten SSlern und nebenbei nach Lebensmitteln, Wein, Schnaps, Bettwäsche, Handtüchern und anderem Brauchbarem durchsucht hatten und die Leute wieder zurück in ihre Häuser durften. Ello erinnerte sich, als sei es gestern gewesen.

Schon seit Tagen beobachten die Menschen diesseits der Mosel, wie die Amis auf der gegenüberliegenden Flussseite durch die Wingerte hinunter ins Tal klettern und sich mit Jeeps, Lastern und Panzern über die Serpentinenstraßen ins Tal schlängeln. Am 13. März ist es so weit. Oma Tres'chen hängt ein weißes Laken aus dem Fenster und schert sich einen Dreck darum, dass in der Gasse ein SS-Mann droht, sie zu erschießen, wenn sie das Tuch nicht sofort wieder einhole. Die Großtante lacht nur hämisch, schlägt das Fenster zu und schließt die Haustür ab.

Doch trotz des weißen Lakens haben sie alle Angst. Ellos Hände sind so kalt, als hätte sie sie in Eiswasser getunkt. Sie packt Decken und Essen zusammen und steigt mit Oma Tres'chen hinunter in den Keller. Dort kauern bereits die Koblenzerin und ihre Kinder und zwei Nachbarinnen, die mit Kissen und Eingemachtem gekommen sind. Hennes Friedrich spendiert eine Flasche von seinem Selbstgebrannten. Das Gewölbe müffelt nach Wein, obwohl schon lange kein Wein mehr in den Fässern lagert.

»Leider«, bedauert Hennes Friedrich, »sonst könnten wir uns einen vergnügten Abend machen.« Aber niemand findet die Bemerkung witzig.

Das Artilleriefeuer beginnt gegen zwei Uhr morgens. Schüsse peitschen durch die Gassen, Panzer rollen. Bis zu ihnen dringen Rufe, Befehle, Geschrei.

»Wann ist denn endlich Schluss damit?«, stöhnt die Koblenzerin. »Das haben wir doch alles schon mal mitgemacht.«
Da wird plötzlich wild gegen die Haustür gebummert.
»Wer kann das sein?«, flüstert Oma Tres'chen. Das Klopfen will und will nicht aufhören.
»Es muss einen Grund geben«, sagt Hennes Friedrich und geht hinauf.

Später hat der Schullehrer Ello erzählt, dass der alte Vater Höchler mit schreckgeweiteten Augen bei ihm ans rückwärtige Hoffensterchen geklopft habe: Es sei so weit, der Liesel ihr Kind käme. Unter Aufbietung seines ganzen Muts und all seiner Sprachkenntnisse habe er, der Lehrer, dann auf den nächstbesten amerikanischen Soldaten vor dem Haus eingeredet wie auf einen lahmen Gaul, damit die Besatzer um Himmels willen der Hebamme erlaubten, Liesel bei der Geburt beizustehen. Wo doch deren Mutter nicht mehr lebe.

Das Englisch des Lehrers hat wohl Wunder bewirkt, denn jetzt kommen auf der Kellertreppe sieben Männer herunter, vorneweg Hennes Friedrich mit dem Lehrer und dahinter fünf Amerikaner, die bitter entschlossen zu sein scheinen, sofort zu schießen, wenn es nötig sein sollte.

»*The midwife*«, sagt der Lehrer und deutet auf Ello.

Sie beginnt zu zittern, sucht Rat im Gesicht von Hennes Friedrich: Was soll ich machen? Der zögert nur eine Sekunde, dann nickt er, und Ello nickt zurück. Gut, in Gottes Namen.

Das Kind kommt unter den argwöhnischen Blicken eines schwarzen Soldaten zur Welt, der ständig den behelmten Kopf ins Zimmer streckt, um sich zu vergewissern, dass es sich tatsächlich um eine Geburt handelt und nicht um eine perfide Verschwörung gegen ihn und seine Kameraden. Ein dicker Bauch könnte sich ja als ein Waffenversteck herausstellen. Als am nächsten Vormittag der befreiende Schrei durchs Haus tönt und Ello der erschöpften Liesel das winzige Bündel Mensch in die Arme legt, atmet der Soldat hörbar auf und schiebt sich, übers ganze Gesicht strahlend, als sei er der glückliche

Vater, durch die Tür. Auf Zehenspitzen nähert er sich dem Bett und betrachtet das Neugeborene andächtig. Dann zieht er mit verträumten Augen ein kleines Ledermäppchen aus der Brusttasche seiner Uniform und entnimmt ihm ein Foto, das er voller Stolz herumreicht.

»*My baby, Johnny, five months.*«

Und alle, Liesel, Ello, der frischgebackene Großvater, bewundern den schwarzen Johnny auf dem Foto und lächeln.

Vielleicht machte drüben überm großen Teich der kleine Johnny jetzt gerade an der Hand seines Vaters seine ersten Schritte, dachte Ello, während drunten auf der Straße die Nachbarin die letzten Blättchen und Ästchen zusammenhäufelte. Hinter ihr begann das Hummelchen zu quengeln. Normalerweise würde sie nun mit dem Kind hinunter in die Küche gehen und die Ziegenmilch von Anna Belchers warm machen. Aber jetzt hatte das Kind eine Amme.

Es versetzte Ello einen Stich.

Dabei sollte sie froh darüber sein. Es war doch das Beste für das Hummelchen, wo es schon keine Mutter hatte und keinen Vater, der es bei seinen ersten Schritten an die Hand nähme.

Ello hob die Kleine hoch und klopfte nebenan.

»Ich komme, ich komme«, sang Frau Meiszner, und schon ging die Tür auf.

Ello blieb einen Moment im Rahmen stehen. Ihr war seltsam zumute, als sie sah, wie sich die Amme mit dem Kind in den Sessel zurückzog, den Oma Tres'chen tags zuvor aus ihrer Schlafstube geholt und gemeinsam mit Ello nach oben ins Zimmer der neuen Mitbewohnerin gewuchtet hatte. Die Frau knöpfte ihre Bluse auf und legte das Hummelchen an die Brust. Ihre kleine Hummel! Sie war es doch gewesen, die dem Mädchen auf die Welt verholfen hatte!

Das Hummelchen wehrte sich gegen die unbekannte Person. Drehte und wendete den Kopf, krangelte empört. Suchte nach dem gewohnten Sauger, dem vertrauten Geschmack der

Milch. Ello kam sich schofel vor, herzlos, wie eine Verräterin. Das Kind musste glauben, sie verstoße es. Wiederholt versuchte sie sich zu beruhigen. Muttermilch war doch nun mal das Beste für ein Kind, besser als jede andere Nahrung, und ein vier Tage alter Säugling machte sich auch noch keine Gedanken, wenn irgendetwas anders war als sonst.

Sie ging nach nebenan in ihr Zimmer, die Türen ließ sie offen, lauschte. Nach einer Weile schien das Kind die neue Situation zu akzeptieren. Das Greinen wurde leiser, hörte ganz auf, leise Schmatzgeräusche drangen herüber.

»Wollen Sie mir die Windeln bringen, dann wickle ich die Kleine«, rief Frau Meiszner, als das Hummelchen mit Trinken fertig war. Schon stand sie mit dem Kind an der Tür zu Ellos Zimmer, um die Säuglingssachen entgegenzunehmen.

Nein, will ich nicht, protestierte es in Ello.

»Lassen Sie nur, ich mache es«, presste sie hervor. »Richten Sie sich erst mal fertig ein.«

Frau Meiszner erwiderte nichts. Sie machte ein enttäuschtes Gesicht. Ello schämte sich. Frau Meiszner hatte ein Kind verloren, war bereit, sich um ein fremdes zu kümmern, und sie, Ello, tat, als wolle die Frau ihr etwas wegnehmen.

»Ich werde nachher ein Schränkchen mit Windeln und Wäsche hier auf den Flur stellen, dann kommen wir beide dran.«

»Danke, Fräulein Ello, ich verspreche Ihnen, dass ich gut auf Ihr kleines Mädchen aufpassen werde. Sie ist ja so niedlich und hat so wunderschöne Haare.« Sie stockte. »Ich denke, wir werden uns vertragen«, sagte sie dann fast bittend und reichte Ello das Kind.

Ello wusste nicht, wen Frau Meiszner mit »wir« meinte, das Kind oder sie oder alle drei, und reagierte nicht. Schweigend wickelte sie die Kleine, die ungelenk strampelte. Obwohl sie es besser wusste, bildete Ello sich ein, das Hummelchen lache sie an.

34

ELLO

———⌒⌒———

Donnerstag, den 23. August 1945

Nachdem Ello am Nachmittag von ihren Besuchen zurückkam, ging es ihr besser. Die Luft, die Bewegung, ja, selbst die
kurzen Gespräche mit den Frauen hatten ihr gutgetan. Ganz
überflüssig war sie vielleicht doch nicht.

Vor Oma Tres'chens Haus sah sie den Jeep der französischen Militärpolizei stehen. Das Foto, nahm Ello an und
beeilte sich.

Sie hatte richtig vermutet. Buchheim und der Offizier waren
gekommen, um ihr mehrere Bilder von Ida zu bringen, sie
seien auf dem Weg nach Koblenz ins Kalmückenlager. Nur
eine kleine Sache, die noch der Klärung bedurfte.

Ob es der Tonfall war oder Buchheims Gesichtsausdruck,
Ello konnte es nicht sagen. Aber sie hatte das Gefühl, dass
etwas passiert war, und fragte. Doch der Gendarm wehrte
ab. Augenscheinlich wollte er nicht in Gegenwart der Kinder reden, die um den Franzosen herumschlichen und bettel-
ten, einmal, nur einmal, dessen Käppi tragen zu dürfen. Der
Offizier machte sich ein Vergnügen daraus, die Kinder eine
Weile zappeln zu lassen. Dann überließ er dem Jüngsten der
Schar gutmütig seinen Uniformhut. Er rutschte dem Jungen
bis fast auf die Nase. Das Kind legte den Kopf weit zurück in
den Nacken, um darunter noch halbwegs hervorblinzeln zu
können, und rannte hinaus in den Gang, wo Oma Tres'chens
großer Spiegel hing. Die anderen Kinder folgten ihm wie dem
Rattenfänger von Hameln, und bald ertönte Gekicher und
Gekreische, weil alle das Käppi aufsetzen und sich damit bewundern wollten.

Der Gedanke kam Ello plötzlich. Eine der Kalmückinnen
hatte sie, im Ernst oder im Spaß, das wusste sie nicht genau,

gebeten, doch einmal mit dem Kind vorbeizukommen: »Wir würden uns freuen.«

Warum eigentlich nicht? Warum nicht mit der kleinen Hummel ins Kalmückenlager fahren? Sie würde den Frauen die Flecke zeigen und hätte damit endgültige Gewissheit. Die Kalmückinnen verstanden auf jeden Fall mehr davon als sie. Und auch mehr als der schöne Herr Doktor aus Brodenbach, spöttelte Ello innerlich. Bisweilen tat es richtig gut, gehässig zu sein.

»Wir holen nur den Dolmetscher ab und müssen von dort weiter zum russischen Lager«, gab Buchheim zu bedenken, »das wird zwar nicht lange dauern, aber genau kann ich es Ihnen nicht sagen. Wenn Sie meinen, dass das Kind das durchhält ...«

Ello konnte es nur hoffen. Kinder waren zäher, als man dachte, redete sie sich ein. Plötzlich war es ihr wichtig, mit den Kalmückinnen zu reden.

Frau Meiszner wunderte sich, fragte aber nichts, sondern half, Windeln und Fläschchen mit Ziegenmilch in den Rucksack zu packen. Dann mummelte sie die Kleine in unzählige Tücher. »Wegen des Fahrtwinds«, erklärte sie. Man sah, dass Frau Meiszner Erfahrung mit Kleinkindern unterwegs hatte.

»Danke«, sagte Ello und lächelte zaghaft.

In knappen Worten erzählte Buchheim im Auto Ello von dem Anschlag auf ihn, der nächtlichen Festnahme der Bande, dem Verhör am Vormittag und den wechselseitigen Anschuldigungen der Schmuggler. Ello war entsetzt.

»Sie hätten tot sein können, Herr Buchheim!«

Er winkte ab. »Es ist ja nichts passiert.«

»›Unkraut vergeht nicht‹, sagte meine elsässische Großmutter immer, wenn ich mir das Knie aufgeschlagen hatte.« Jean-Paul am Steuer boxte Buchheim kameradschaftlich in den Oberarm. »Aber es wäre wirklich schade um Sie gewesen, wo ich doch gerade anfange, mich an die Zusammenarbeit mit dem

Erzfeind zu gewöhnen. Aber seien Sie versichert, ich wäre zu Ihrer Beerdigung gekommen. Sie doch auch, Mademoiselle Ello, *n'est-ce pas*?«

Jean-Paul zwinkerte ihr im Rückspiegel zu, und das Blut schoss ihr ins Gesicht.

»Sehr freundlich von Ihnen«, grunzte Buchheim vorn auf seinem Sitz und drehte sich glücklicherweise nicht um, »ich weiß Ihrer beider Anteilnahme zu schätzen.«

Lass sie nur dummes Zeug reden, sagte Ello in Gedanken zu dem Kind in ihren Armen und strich ihm über die roten Wangen. Da schläfst du selig und weißt noch nichts vom Tod. Dabei bist du ihm selbst nur knapp entronnen. Sie verspürte plötzlich den Wunsch, das Kind auf das winzige Näschen zu küssen. Und während der Jeep über die Schiffbrücke von Koblenz hinüber nach Ehrenbreitstein holperte, tat sie es. Sie küsste der kleinen Hummel die Nase, die Stirn, die geschlossenen Augen. Der Fluss glitzerte und gleißte, und als sie auf dem rechten Rheinufer ankamen, salutierte am Straßenrand ein kleiner Schängel mit blondem Wuschelkopf. Buchheim und sie winkten ihm zu, Jean-Paul grüßte militärisch vorschriftsmäßig zurück. Vor Begeisterung rannte der Junge noch ein paar Schritte neben dem Jeep her, bevor er japsend aufgeben musste.

Das Tor zur Gneisenau-Kaserne stand dieses Mal nicht weit offen, aber der wachhabende Pole ließ sie durchfahren.

Sie brauchten nicht lange auf den Dolmetscher zu warten. Noch bevor der Jeep vor der Unterkunft der Kalmücken hielt und Jean-Paul den Motor ausstellte, war eine Frau, die sie hatte kommen sehen, bereits ins Haus gelaufen, um diesem Simon Bescheid zu geben.

»Noch mal zu den Russen?«, fragte er misstrauisch, nachdem er sie begrüßt hatte. Sehr begeistert von dem Auftrag schien er nicht zu sein.

Buchheim bejahte. »Wir haben die Männer, die Jewgeni umgebracht haben, der Mann soll in den nächsten Tagen bestattet werden. Dafür sind noch ein paar Formalitäten mit der Lagerleitung zu klären.«

»Eine Repatriierung kommt ja wohl nicht mehr in Frage«, warf Jean-Paul in seiner sarkastischen Art dazwischen.

Die Bemerkung brachte alle zum Lachen.

»Also, kommen Sie, bringen wir es hinter uns«, rief Buchheim wie befreit.

Während die Männer in den Wagen stiegen, zupfte die Frau, die den Dolmetscher gerufen hatte, Ello am Ärmel und zeigte auf eine Bank am Haus.

»Mit Kind besser hier warten.« Sie hatte anscheinend während der Kriegsjahre Deutsch gelernt.

»Bis wir zurück sind, sprechen Sie perfekt Kalmückisch«, rief Jean-Paul beim Davonfahren und warf Ello eine Kusshand zu. Was für ein unverbesserlicher Charmeur!

Die Frauen holten Stühle und Bänke herbei und stellten sie um den Tisch, der im Schatten unter einem Baum stand, dann wollten sie das Kind sehen. Unter Kichern und Schwatzen wickelten sie das kleine Hummelchen aus seinen Tüchern, streichelten ihm das Gesichtchen, die winzigen Hände und Füße und begutachteten die bläulich violetten Flecke auf Po und Steiß. Mimik und Gestik der Frauen, der sichtbare Vergleich mit den eigenen Kindern, die sie auf den Armen hatten oder vom Spielplatz herbeiriefen, verrieten Ello genug. Dafür brauchte sie keinen Dolmetscher.

»Ja, ja«, bestätigte ihre Banknachbarin eifrig, »aber kein Problem. Geht alles fort.« Sie machte eine Handbewegung, als werfe sie etwas beiseite. »Mit fünf, sechs, sieben, alles fort. In Schule fort.«

Ello holte den Umschlag mit den Fotos der toten Ida aus dem Rucksack, eines davon legte sie auf den Tisch. »Die Mama«, sagte sie, und das Bild ging von Hand zu Hand.

»Die Mama!«

»Wo ist sie jetzt?«

»In Alken, wo ich wohne. In der Kapelle. Im Sarg.«

Dass sie nach wie vor hoffte, dass sich Angehörige meldeten, und der Pastor ihnen allen in den Ohren lag, weil die Tote keine Stunde länger mehr in der Sakristei liegen könne, nicht bei diesen hochsommerlichen Temperaturen, erzählte sie nicht. Es wäre zu kompliziert.

»Und der Papa?«

Ello zog die Schultern hoch. Sie würden nie erfahren, wer der Vater war.

Aus der kleinen Gruppe von Frauen war inzwischen eine große Runde geworden, Männer kamen hinzu, Essen wurde aufgetischt, Brot, Quark, gekochte Kartoffeln, harte Eier. Der Dschomba dampfte in den Schalen. An der Oberfläche schwammen Fettaugen. Ello kostete von dem ungewohnten Getränk. Heiß und salzig war der Tee. Allerdings schmeckte er nicht nach Tee, wie sie ihn kannte. Eher wie Kräuter- oder Gemüsebrühe. Aber sie fand ihn gut und trank die Schale in einem Zug aus, sie musste hungrig und vor allem durstig gewesen sein.

»Mehr?«, fragte ihre Banknachbarin, goss ihr belustigt nach und verfeinerte für Ello den Sud mit einem zusätzlichen Klümpchen Butter. Woher hatten sie hier im Lager nur diese Köstlichkeit?

Ello beschloss, nicht darüber nachzudenken, sondern es hinzunehmen als eine Selbstverständlichkeit. Der Klang der unbekannten Sprache trug sie hinweg in eine andere Welt, und nach einer Weile stellte sie fest, dass die fremden Gesichter um sie herum ihre Fremdheit verloren, je länger sie mit den Männern und Frauen zusammen aß, trank und lachte. Behutsam wiegte sie die kleine Hummel auf ihrem Schoß. Unbeeindruckt von allem, was um es herum geschah, schlief das Kind gleichmütig. Ello wurde es warm ums Herz.

Und ihre Hände waren warm.

Ob es Ida auch so ergangen war? Dass jemand sie mitgenommen hatte in eine andere Welt? Eine Welt ohne Krieg und

Gräuel und Sterben? Eine Welt, bunt wie ein Kaleidoskop, statt parteibraun verbrettert? Hatte Ida neben all dem Schrecklichen für einen kurzen Augenblick Glück erlebt?

Ello sah in Gedanken wieder das Foto von dem alten Mann, dem Kosaken oder Tataren, der trotz der hoch erhobenen Hände erschossen worden war. Und sie musste an ihren Bruder denken, der seine Gutgläubigkeit, seinen Glauben an Führer und Vaterland mit dem Tod bezahlt hatte. Was für eine Welt! Armes Hummelchen.

Als jemand zwei Flaschen Wodka auf den Tisch stellte und ein Mann ihr ein bis oben hin vollgefülltes Glas reichte, nahm sie es. Dort, wo die Kalmücken herkamen, trank man eben Wodka. Hier, wo sie lebte, waren es Trester und Hefe. Woanders Korn oder Kirsch. Wo war der Unterschied? Es war alles dasselbe. Die Menschen waren dieselben. Wie sie es bei den anderen am Tisch sah, tunkte Ello die Spitze des Mittelfingers ihrer rechten Hand in die klare Flüssigkeit und schnippte den Tropfen in den Himmel. Insgesamt dreimal vollführten die anderen das Ritual, dreimal tat sie es ihnen nach, den Göttern und Ahnen zu Ehren. Dann trank sie. Als Buchheim, Jean-Paul und der Dolmetscher vom Russenlager zurückkamen, wollte sie noch nicht nach Hause. Beim Aufstehen schwankte sie. Jean-Paul amüsierte sich köstlich. Sanan hielt sie fest und half ihr in den Jeep. Was für ein schöner Mann, dachte Ello, viel schöner als der schöne Arzt. Und überhaupt nicht arrogant.

»Gebt mir die kleine Hummel«, sagte sie würdevoll und streckte die Arme nach dem Kind aus. Der Dolmetscher legte es ihr in den Schoß, Buchheim setzte sich neben sie auf den Rücksitz. Er schaute konsterniert.

Soll er doch!

35

SANAN

Donnerstag, den 23. August / Freitag, den 24. August 1945

Sanan schlenderte zurück zum Tisch, erleichtert, dass die Angelegenheit im Russenlager tatsächlich nur eine Formalität gewesen war, ein Gespräch mit der Lagerleitung, der Austausch von Papieren, die Überprüfung der korrekten Schreibweise des Namens Jewgeni Nikolajewitsch Soljudow, der Abgleich von Geburts- und Sterbedaten, die schriftliche Absicherung, dass die Repatriierung eines Toten nicht erforderlich sei. Der Mann konnte bestattet werden. Der dort oben hinter den Wolken, wenn's den denn wirklich gibt, sei seiner Seele gnädig, hätte Peter der Große gesagt. Sanan war, als hörte er die Stimme des alten Freundes.

Er hatte befürchtet und zugleich gehofft, Wasily zu begegnen. Er wusste, er würde ihn zusammenschlagen, wenn er ihn wiedersehen würde, obwohl er sich sagte, dass es Tausende von Wasilys in der Roten Armee gab, die hager und glatzköpfig waren wie der Mörder seines Vaters. Aber er hätte endlich gehandelt. Den Tod des Baadsche gerächt, auch wenn der Vater davon nicht wieder lebendig würde. Doch er müsste sich keine Vorwürfe mehr machen, dass er dem Geschehen damals vor zwölf Jahren wie gelähmt zugeschaut hatte, statt sich auf den Soldaten zu stürzen und ihm die Waffe aus der Hand zu reißen. Er war dreizehn gewesen, mit dreizehn war man kein Kind mehr. Er hätte den Vater retten können. Müssen. Es wenigstens versuchen sollen, wie es Ochir versucht hatte, als er die Mutter vor der drohenden Deportation bewahren wollte.

Vor ihm auf dem Tisch stand noch eine angebrochene Flasche Wodka. Sanan suchte nach einem Glas und schenkte sich ein. Am Kopfende saß der Bakscha und winkte ihn zu sich.

»Bald ist es so weit«, sagte der alte Mann. »Morgen soll das

Ensemble mit den Musikern und Tänzerinnen kommen. Dann geht es nach Frankreich. Du hast auch Verwandtschaft dort?«

»Ja.«

»Wie die meisten von uns hier in der Kaserne. In Paris und anderswo gibt es kalmückische Komitees, die uns erwarten und helfen werden.«

Die Augen des alten Mannes schweiften über den weiten Hof, in einem Halbrund neben der kalmückischen Unterkunft flatterte Wäsche. Eine polnische Fußballmannschaft kickte gegen eine kalmückische. Zwei junge Mädchen spielten Federball, Kinder haschten einander.

»Siehst du die Kinder, Badmaev?«

»Ich sehe sie, Bakscha.«

»Die Zukunft, hörst du, ist ungewiss, aber wir müssen uns ihr stellen, auch wenn der Neuanfang nicht leicht wird.«

Der Oberpriester schloss die Augen. Es sah aus, als sei er eingeschlafen, doch seine Selbstvergessenheit dauerte nicht lang.

»Das Wichtigste ist, dass wir Mensch bleiben, wie auch immer das Schicksal mit uns umspringt. Mensch bleiben und wie die Kinder fröhlich dem nächsten Tag entgegensehen. Die Kinder haben ein Recht auf ihr Leben. Unsere Aufgabe ist es, sie darauf vorzubereiten. Was hast du gelernt, bevor du zu uns gestoßen bist?«, fragte der Alte unvermittelt.

»Elektroingenieur«, erwiderte Sanan überrascht.

»Das ist gut. Ich lehre die Kinder unsere Kultur, damit sie wissen, woher sie kommen. Elsa Jangurowa macht mit ihnen Kalmückisch und Französisch, und du wirst sie in Deutsch, Mathematik und Physik unterrichten, damit die Zukunft kommen kann. Wir müssen uns gegenseitig unterstützen. Damit wir in der Fremde keine Fremde bleiben, verstehst du?«

»Ich verstehe.«

Ja, er verstand, was der Bakscha ihm sagen wollte. Doch was hieß das für ihn? Dass er alle Wasilys dieser Welt vergessen sollte? Und was war mit seiner Familie und den hunderttausend anderen, die ein Stalin in die Verbannung nach Sibirien geschickt hatte? Wie sollte er mit den Verbrechen fertigwerden, die die Wehrmacht begangen, die auch er in ihrem Namen begangen hatte? Durfte man das alles beiseiteschieben, die Zukunft gegen die Vergangenheit ausspielen? Nur noch an den Neuanfang denken?

Der Bakscha hielt ihm sein Glas hin. »Komm, Badmaev, schenk ein!«

Während er dem Oberpriester das Glas füllte, sah Sanan zwischen leeren Teeschalen und Gläsern ein Foto liegen. Er griff danach.

»Ist das ...?«

»Ja, die Mutter von dem Kind, mit dem die Hebamme gekommen ist. Sie muss das Bild vergessen haben, als sie mit dem Deutschen und dem Franzosen wieder fortfuhr ...«

Der Bakscha redete weiter, aber die Worte des Oberpriesters rauschten an Sanan vorbei. Er konnte seine Augen nicht von dem Bild lösen. Er trank, ohne zu merken, dass er trank. Das Gesicht auf dem Foto brannte sich ihm ein, eine bleiche Totenmaske mit geschlossenen Lidern, dünnen, blassen Lippen, eingefallenen Wangen, umrahmt von einem Kranz dunkler Haare. Und die Haut glatt, so glatt. Sie musste es sein.

Vor knapp einem Jahr hatten sie sich kennengelernt.

Die Schwester, die an seinem Krankenbett im Lubliner Lazarett saß, als er aus der Narkose erwachte, hatte samtrote Lippen und kastanienbraune Locken, die ihr unter der Rotkreuzhaube hervorquollen.

»Na, da sind Sie ja wieder. Wie geht es Ihnen?«

»Wenn ich Sie sehe, ausgezeichnet.«

Er konnte sich nicht erinnern, ob es so gewesen war. Ob sie tatsächlich an seinem Bett gesessen und er genau das gesagt hatte, »wenn ich Sie sehe, ausgezeichnet«. Aber so hatte sie es ihm erzählt.

Als er wieder halbwegs hergestellt war, trafen sie sich,

wann immer es ging. In einem Unterstand der Wehrmacht, auf dem Dachboden eines verlassenen Hauses, einmal unter einer Zugbrücke, und als im November die Nächte bitterkalt wurden, bestach er eine polnische Bäuerin mit Geld, Schnaps und Lebensmitteln. Dafür überließ sie ihnen ein schmales Bett in einem Kämmerchen hinter der Küche. Das Herdfeuer wärmte den Raum durch die dünne Wand hindurch. Draußen herrschte Krieg, und drinnen liebten sie sich. Außer der Polin wusste nur Peter der Große von seinem Glück. Die Winteroffensive der Roten Armee zerstörte es.

Der Krieg war verloren, noch wollte es in Berlin niemand wahrhaben. Ein Zug brachte die Rotkreuzschwestern vor den sowjetischen Soldaten in Sicherheit. Das kalmückische Regiment erhielt den Marschbefehl nach Süden. Bayern, Österreich, Jugoslawien, die letzte Schlacht gegen Titos Truppen.

»Wir sehen uns wieder, ich weiß es«, sagte sie zum Abschied und gab ihm ihre Heimatadresse. »Du kannst dorthin schreiben, meine Eltern schicken mir meine Post nach.«

Ich liebe dich, wollte er sagen, ich werde Tag und Nacht an dich denken, aber seine Kehle war zu, er bekam kaum Luft. Er konnte nichts anderes, als sie ein letztes Mal in den Arm nehmen und ihr über die Locken streichen, die ihr Gesicht umtanzten, den Duft ihrer Haut einatmen, spüren, wie ihr Herz pochte, ihre Lippen suchen, sie berühren, küssen.

So gern er Deutsch sprach, so schwer fiel ihm das Schreiben. Niemand hatte es ihm beigebracht. Er wusste nicht, wie man Liebe buchstabierte, Sehnsucht, Sterne, Seligkeit. Und wie sollte er ihr auf billiggrauem Papier verständlich machen, dass er die Tage zählte, bis der Krieg zu Ende wäre und sie sich wiedersähen? Einmal legte er ein Foto von sich bei, das ein Kamerad in den Alpen von ihm gemacht hatte, bevor er mit seiner Kompanie jugoslawischen Boden betrat.

Eine Antwort hatte er nie bekommen.

Warum? Stimmte die Adresse nicht, oder war sie auf der Flucht umgekommen?

Nein! Vor wenigen Tagen hatte sie ein Kind zur Welt gebracht.

Sanan rechnete. Das Kind, das er eben der Hebamme in den Arm gelegt hatte, musste seines sein.

Als er am nächsten Morgen aufwachte, blinzelte die frühe Sonne durchs Fenster. Sie blendete. Sanans Kopf brummte. Um ihn herum drehten sich Decke und Wände, auch sein Körper drehte sich. Er trug noch immer das Hemd vom Tag zuvor, die Hose lag achtlos auf dem Fußboden. Der Landsmann im Etagenbett über ihm warf sich rastlos hin und her, das Holzgestell ächzte und knackte, Staub und Stroh rieselten auf ihn herab.

Er erinnerte sich, dass zunächst nur der Bakscha und er getrunken hatten. Später am Abend waren andere Bewohner der Unterkunft dazugekommen, auch Polen vom Haus nebenan. Sie hatten Wodka mitgebracht und ließen ihn sich bezahlen. Der Wodka der Polen war verrufen. Vom Teufel persönlich gebrannt! Man erzählte sich von Vergiftungen und Todesfällen. Niemand traute dem Gesöff, alle tranken es. Wie er in der Nacht ins Bett gekommen war, wusste er nicht.

Sanan versuchte aufzustehen. Schwerfällig bückte er sich nach seiner Hose und schlich mit weichen Knien hinaus zu den Toiletten und zum Waschraum, wo er seinen Kopf unter kaltes Wasser hielt. Dann setzte er sich vor die Tür der französischen Lagerverwaltung und wartete. Er müsse mit dem Gendarmen sprechen, für den er gedolmetscht habe, versuchte er dem diensthabenden Offizier zu erklären, als dieser nach einer Stunde kam. Sanan zog den Zettel aus der Tasche, den ihm der Deutsche gegeben hatte.

»Buchheim, Brodenbach«.

Er hielt dem Uniformierten den Namen hin, bezweifelte aber, dass dieser ihn richtig verstanden hatte. Doch der Offizier bedeutete ihm, sich auf den Hocker zu setzen, der an der Wand des Bureaus stand, und griff zum Fernsprecher. Ein

Feldfernsprecher! Sanan glaubte zu träumen. Er meinte, im gesamten Rankweiler Krankenhaus keinen einzigen Apparat gesehen zu haben, und hier stand ein Prachtexemplar. Dann hieß es wieder warten.

Dreimal innerhalb der nächsten zwei Stunden klingelte es scheppernd. Dreimal nahm der Franzose den Hörer ab, setzte eine wichtige Miene auf und schnarrte einen Schwall Wörter in die Muschel. Dreimal legte er wieder auf.

Und Sanan wartete. Dachte nichts. Wartete. Studierte die Landkarte über dem Schreibtisch des Verwaltungsoffiziers. Wartete. Hier floss der Rhein, da die Mosel. Er erriet die französischen Namen, die in den Flusslauf hineingeschrieben standen: Rhin, Moselle.

»Der Kreis dort?« Er zeigte zu der Stelle, wo auf der Karte eine kreisrunde Markierung eingezeichnet war.

»*C'est cette caserne ici*«, erwiderte der Offizier

»Diese hier?«, fragte Sanan nach. »Die Gneisenau-Kaserne?«

»*Oui.*«

Als der Fernsprecher ein viertes Mal schepperte, legte der Uniformierte nicht wieder auf, sondern rief ihn an den Apparat. Am anderen Ende der Leitung hörte er den Franzosen, der den Jeep gefahren hatte.

»Sie wollen Buchheim sprechen?«, rief der auf Deutsch durch den Hörer. »Warten Sie, er sitzt neben mir.«

Die Verbindung knisterte und knackte, dann vernahm Sanan die Stimme des deutschen Gendarmen.

»Sie wollten mit mir reden. Was ist passiert?«

»Ich habe das Foto gesehen, das die Hebamme gestern mitgebracht hat.«

Er fühlte sich elend, am liebsten hätte er den Hörer wieder aufgelegt, aber er zwang sich weiterzureden. »Sie hat es auf dem Tisch liegen lassen.«

»Das ist nicht schlimm, wir haben noch mehr Abzüge.«

»Sie wissen noch nicht, wer die Tote ist?«

»Nein …«

»Es ist ... Ich glaube, ich kann es Ihnen sagen. Sie heißt Ida.«

»Wir sind in einer Stunde bei Ihnen.«

Sanan reichte dem Verwaltungsoffizier den Hörer. Voll Schrecken stellte er fest, dass er sich nicht mehr an die Farbe von Idas Augen erinnerte. Und er hatte sie doch so oft gezeichnet.

36

ELLO

»Ello …?«

»Ich weiß schon, was du sagen willst.« Ello schenkte sich Kaffee ein und setzte sich zu Oma Tres'chen an den Frühstückstisch. »Keine Sorge, ich geh für dich.«

»Wirklich? Du bist ein Schatz. Friedhöfe sind mir einfach zuwider. Aber was soll man machen? Bei dem Wetter brauchen die armen Pflänzchen nun mal Wasser.«

Ello beeilte sich mit dem Frühstück, räumte die Küche auf, küsste das Hummelchen auf die Stirn und Oma Tres'chen ins Haar und verabschiedete sich von Frau Meiszner. »Ich muss anschließend nach Niederfell«, entschuldigte sie sich bei ihr. Sie überließ heute der Amme zum ersten Mal das Kind zum Wickeln. Ob Frau Meiszner wegen der blauen Flecke etwas sagen würde? Und wenn schon! Man muss nicht immer alles erklären. Die Dinge sind, wie sie sind. Punktum.

Das Grab von Oma Tres'chens Mann hatte es wirklich nötig. Vor allem die zwei Farne, die die Großtante aus dem Wald geholt hatte, den einen für den Sohn, den anderen für Annemie. »Es geht doch nicht, dass die beiden kein Grab haben«, hatte sie gesagt, obwohl sie bezweifelte, dass die Farne die viele Sonne vertrugen. Wenn die Zeiten besser würden, wollte Oma Tres'chen zwei Lebensbäumchen für Konstantin und die Enkelin setzen.

Ello war eben mit Gießen fertig, als sie Kathrin Würths am Brunnen sah.

»Sag nur, du willst die schweren Kannen schleppen?«

»Der Vater hat's im Rücken und kann sich nicht bewegen.«

»Trotzdem, Kathrin, das kommt nicht in Frage, oder willst du eine Frühgeburt riskieren?«

Kathrin zögerte, dann ließ sie sich helfen.

»Hast du noch ein bissel Zeit?«, fragte sie danach.

»Heute nicht.«

Plötzlich tat es Ello leid, dass sie Kathrin schon wieder vor den Kopf stieß. »Aber wenn ich das nächste Mal wegen des Kindes komm«, sie deutete auf Kathrins runden Bauch, »richte ich es so ein, dass ich ein bisschen bleiben kann.«

»Ich back uns einen Mokkakuchen.«

»Unter Schwarzwälder Kirschtorte mach ich's aber nicht.«

Sie lachten.

Ello hatte ein gutes Gefühl, als sie den Friedhof verließ und sich auf den Weg nach Niederfell machte. Bestimmt würde diese Resi heute zu Hause sein. Man durfte ja auch einmal Glück haben.

Neben ihr bremste ein Auto. Die bekannte edle Karosse! Ello verdrehte die Augen. War das jetzt Glück oder Pech?

»Wohin müssen Sie?«, fragte der Arzt, der das Beifahrerfenster heruntergekurbelt hatte.

Nicht dorthin, wohin Sie wollen, lag Ello auf der Zunge. Aber sie beherrschte sich. Der Mann war der einzige Doktor in der ganzen Umgebung, und die Leute schienen mit seiner ärztlichen Kunst zufrieden zu sein. Nein, sie durfte es sich nicht mit ihm verderben. Wer wusste, wann sie ihn wieder bräuchte, für ihre Frauen oder auch für sich, und wenn es nur wegen noch mehr Fußbällen wäre. Eine freundliche Miene aufzusetzen gelang Ello dennoch nicht, als sie sich zum Wagenfenster hinunterbeugte.

»Ich muss nach Niederfell.«

Über den Sitz hinweg öffnete er ihr den Schlag. »Bitte schön.«

Wenigstens fuhr der Doktor ordentlich. Nicht so rasant wie der französische Offizier. Wenn sie bei Jean-Paul hinten im Jeep saß, hielt sie sich krampfhaft am Chassis fest. Und so sympathisch ihr der Offizier auch war, so heilfroh war sie, wenn sie am Ziel angekommen waren und sie noch lebte.

Nein, der Brodenbacher Arzt fuhr manierlich. Aber garantiert hatte er nur Angst um sein schönes Auto. Dabei war auf den Straßen nichts los, der Verkehr bescheiden. Wenn sie da an das Gewimmel auf den Kölner Straßen vor dem Krieg dachte!

»Und wie geht es dem Säugling?«, unterbrach der Arzt das Schweigen zwischen ihnen. »Was macht der Fleck? Soll ich nicht doch in den nächsten Tagen bei Ihnen vorbeikommen und ihn mir anschauen?«

»Danke, das ist nicht nötig. Ihre Zeit ist kostbar. Der Fleck geht weg«, sagte sie kurz angebunden. Sie hatte keine Lust, ihm von ihrem Besuch im kalmückischen Emigrantenlager zu erzählen.

»Sehen Sie, was habe ich Ihnen gesagt! Aber Sie hatten mir ja nicht glauben wollen.«

»Schwaadlappe«, murmelte sie bei sich und freute sich, dass sie zumindest auf diesem Gebiet mehr wusste als der Herr Akademiker.

Und noch einmal hatte Ello Glück. Resi war zu Hause und öffnete ihr weit die Tür.

Ello hatte sich die Frau klein, weich und rundherum kugelig vorgestellt, dazu grauhaarig mit Dutt und Dirndl. Grauhaarig war die Frau tatsächlich, die sie an der Haustür begrüßte, aber ansonsten entsprach sie mitnichten Ellos Bild von einer drallen Almbäuerin. Resi war groß gewachsen und schlank. Die akkurat geschnittenen Haare lagen ihr dicht am Kopf, und, was Ello im ersten Moment sprachlos machte, die Frau trug einen Hosenanzug.

»Ich habe schon gehört, was Sie wissen wollen. Agnes hat es mir erzählt. Kommen Sie herein! Drinnen ist es gemütlicher als hier im Eingang«, rief Resi. »Möchten Sie ein Glas Wasser oder lieber Kaffee? Aber ich warne Sie, er schmeckt abscheulich, keine Ahnung, was man mir da angedreht hat.«

Die Frau lachte ein dunkles Lachen, in ihrem Gesicht bildeten sich lustige Fältchen um Augen und Mundwinkel. Sie schob Ello ins Wohnzimmer.

»Ich bin gleich wieder bei Ihnen.«

Auch das Wohnzimmer hatte nichts von einer Alpenwiese. Der große Schrank an der Längswand war voller Bücher. Auf einem Rauchtisch stand ein Grammofon, seitlich daneben ein kleineres Regal mit Platten, und mittendrin im Raum prangte ein stattlicher schwarzer Flügel. Ello konnte der Versuchung nicht widerstehen und strich sacht über das glänzende Holz.

»Sind Sie Künstlerin?«, fragte sie neugierig, als Resi wieder zurückkam. Auf einem Tablett balancierte die Frau eine Kaffeekanne und zwei Tassen. Mit ihren langen, schmalen Fingern kam sie Ello wie eine Konzertvirtuosin vor.

»Nein, nein, ich spiele nur so für mich, meine Mutter war die Pianistin. Von ihr ist auch der Flügel. Aber um sein Innenleben ist es schlecht bestellt.«

Sie hob den Deckel hoch.

»Es fehlen Tasten, und Saiten sind gerissen, und die Werkstatt des Klavierbauers, der vor dem Krieg immer zum Stimmen gekommen ist, gibt es nicht mehr. Ausgebombt. Was mit dem Mann passiert ist, weiß ich nicht. Im Übrigen, ich habe im Augenblick gar nicht das Geld, um das gute Stück reparieren zu lassen.«

»Und die vielen Bücher?«

Wieder lachte Resi ihr vergnügtes Lachen. »Ich habe in Koblenz in einem Verlag gearbeitet. Aber auch den gibt es nicht mehr.«

»Und wie sind Sie jeden Tag dorthin gekommen?«

»Mit dem Fahrrad, eine Stunde hin, eine zurück. Jetzt habe ich keines mehr, ist requiriert worden. Das Grammofon haben sie zum Glück nicht gefunden. Das hatte ich gut weggepackt. Aber nun setzen Sie sich, sonst wird der schreckliche Kaffee kalt, und kalt schmeckt er noch schrecklicher als warm.«

Auch während sie einschenkte, hörte sie nicht zu erzählen auf.

»Sie wollen wissen, wer dieser Mann war, der hier übernachtete. Agnes hat Ihnen ja wohl gesagt, dass ich noch gar keine Pensionsgäste nehmen wollte. Ich weiß auch nicht, wer den Mann an mich verwiesen hat. Auf jeden Fall stand er am letzten Samstag vor meiner Tür. Er war sehr höflich, sein Aussehen korrekt. Er stelle auch keine Ansprüche, er wolle nur eine Verwandte im Kloster Kühr besuchen und bleibe höchstens zwei Nächte.«

»Was für eine Verwandte?«

»Das sagte er nicht. Ich habe mich dann überreden lassen. Die Uhr, die er mir für die Übernachtung geben wollte, sah so aus, als dass ich sie gegen etwas Vernünftiges eintauschen könnte. Also habe ich ihm das Zimmer gerichtet, während er einen Spaziergang zur Mosel machen wollte.«

»Wissen Sie, ob er sich dort mit jemandem getroffen hat? Mit dieser Verwandten zum Beispiel?«

»Zu mir hat er nichts gesagt, aber nach allem, was mir Agnes erzählt hat, muss er der Mann gewesen sein, der sich mit dieser jungen Frau am Fähranleger gestritten hat. Wer sollte es sonst gewesen sein? Es gibt doch sonst noch keinen Fremdenverkehr.«

»Hat er Ihnen seinen Namen und die Adresse gegeben?«

»Ja, das lass ich mir immer geben.«

Resi ging an einen kleinen Sekretär und holte einen Block mit Anmeldeformularen heraus. »Hier habe ich sie. Heinrich Falder, Villingen.«

»Villingen? Liegt das nicht im Schwarzwald?«

»Ja, er hat zwar Hochdeutsch geredet, aber der Dialekt war nicht zu überhören.« Sie überlegte. »Er hat mir am Ende noch ein kleines ›Fläschle‹ Kirschwasser verehrt.«

»Wie alt war dieser Herr Falder? Und wie sah er aus?«, fragte Ello.

»Wie er aussah? Ich sagte ja schon, ordentlich, gediegen.«

Resi schmunzelte. »Dunkler Anzug, Weste, Krawatte, Krawattennadel. Eine schöne Nadel. Gepflegtes Schnauzbärtchen, kleiner Bauch. Um die fünfzig, fünfundfünfzig.«

»Fabrikant?«

»Er hat nichts weiter von sich erzählt. Aber Fabrikant? Ja, vom Typ her könnte er das gewesen sein. Aber Sie haben mich auch für eine Pianistin gehalten, und ich war es nie.« Um Resis Augen bildeten sich wieder lustige kleine Fältchen.

»Da haben Sie recht. Wissen Sie denn, ob er diese Verwandte dann noch getroffen hat?«

»Nein, das weiß ich nicht. Am Sonntagnachmittag kam er von einem langen Spaziergang zurück. Er hatte es eilig, wollte umgehend abreisen. Na ja, Gäste sind mitunter sprunghaft, das weiß ich noch von vor dem Krieg. Und er war ziemlich aufgeregt, weil er einen Manschettenknopf verloren hatte, ein Erbstück seines Großvaters, wie er sagte. Er hat mir das Gegenstück gezeigt. Wirklich ein schöner Knopf, sicher wertvoll. Gold mit einer Perle und einem Brillanten. Ich kann schon verstehen, dass er deshalb aufgebracht war. Allerdings hab ich mich gefragt, warum jemand mit einem so teuren Schmuck herumreist. Das ist schon leichtsinnig.«

»Vielleicht, um ihn zu tauschen wie die Uhr, die er Ihnen gegeben hat«, überlegte Ello.

»Kann sein, aber ich glaube es nicht, dann hätte er ein Ersatzpaar dabeigehabt. Hatte er aber nicht. Er bat mich, ihn unbedingt zu benachrichtigen, falls ich das Stück finden sollte. Er würde sich selbstverständlich revanchieren. Ich hab's ihm versprochen und ihm dann aus meinem Nähkasten zwei Knöpfe zusammengebunden, Sie wissen ja, so mit einem kleinen Fadensteg, damit er wenigstens nicht mit offenen Hemdsärmeln herumlaufen müsste.«

37

ELLO

———⁂———

Freitag, den 24. August 1945

»Du hast Besuch, er sitzt im Wohnzimmer«, verkündete Oma Tres'chen, als Ello am späten Nachmittag nach Hause kam. Sie war müde und verschwitzt, nach Besuch war ihr nicht zumute.

»Wer ist es denn?«, fragte sie, während sie sich in der Küche unterm Kran Gesicht und Hände wusch und ein Glas Wasser trank.

»Der Gendarm ...«

»... und ein Chinese«, trumpfte Margit auf. Sie und Oma Tres'chen waren dabei, Kirschen aus dem Garten einzumachen. Der rote Saft tropfte dem Mädchen vom Kinn herab. Bis zu den Ellbogen war es verschmiert, und aus dem Handtuch, das Oma Tres'chen ihm umgebunden hatte, würde man die Flecke nie mehr herausbekommen.

Der Gendarm? Hatte er neue Informationen oder erfahren, dass sie nach Niederfell gegangen war, und wollte nun wissen, ob und was sie herausbekommen hatte? Aber wozu der kalmückische Dolmetscher? Im Flur warf sie einen Blick in Oma Tres'chens großen Spiegel. Schrecklich, wie sie aussah! Ihr Gesicht hochrot, als hätte sie mit Margit zusammen Kirschen entsteint. Sie gefiel sich überhaupt nicht.

Buchheim erhob sich, als sie die Tür aufmachte.

»Verzeihen Sie, dass wir hier so einfach hereinschneien«, entschuldigte er sich. Er wirkte nervös, und wie neulich hatte Ello auch jetzt wieder das Gefühl, dass der Gendarm eigentlich etwas anderes sagen wollte.

Durchs Treppenhaus kam das zarte Krähen der kleinen Hummel. Der Kalmücke zuckte zusammen, auch Buchheim lauschte angespannt.

»Sie hat Hunger«, erklärte Ello, »die Kleine ist ein Kind

wie aus dem Lehrbuch, meistens schreit sie pünktlich auf die Minute. Und mit der Amme klappt es nun auch gut«, setzte sie nach kurzem Zögern hinzu. Und wirklich, es dauerte nicht lang, dann war nichts mehr zu hören außer dem gleichmäßigen Ticktack der Standuhr und dem Gegacker von Hennes Friedrichs Hühnern im Nachbarhof.

»Draußen steht kein Auto. Wie sind Sie hergekommen? Doch nicht zu Fuß?«, fragte sie.

»Jean-Paul hat uns abgesetzt, er musste zurück in die Kommandantur.«

Ello schaute von Buchheim zu dem Kalmücken und wieder zurück. Keiner schien etwas sagen zu wollen. Buchheim hüstelte unbeholfen. Auf was warteten sie?

»Sie hatten recht, Ello«, brachte der Gendarm schließlich hervor.

»Ich? Mit was hatte ich recht?«

»Dass Jewgeni Nikolajewitsch nicht der Vater von Idas Kind ist. Aber wir wissen inzwischen, wer es ist.«

»Nein!« Ello schrie fast vor Überraschung. Und dann, in einer plötzlichen Eingebung, starrte sie den Dolmetscher an. Der zeichnete mit dem Zeigefinger das Blumenmuster der Tischdecke nach, gestickte rosa Blüten und grüne Blättchen. Blättchen, Rose, Blättchen, Vergissmeinnicht, Blättchen, Vergissmeinnicht, Rose …

»Sie?«

»Eigentlich heiße ich Sanan, Simon nur für die Franzosen«, fing er umständlich an. Er öffnete das flache abgewetzte Ledermäppchen, das vor ihm auf dem Tisch gelegen hatte. Ein Foto und mehrere kleine Zeichnungen kamen zum Vorschein.

»Sie haben Ida doch noch lebend gesehen«, fing er an. »Ist sie das?«

Die Ähnlichkeit der Porträtbilder mit der verunglückten Ida und dem Frauengesicht von der Bleistiftskizze aus ihrem Zimmer im Kloster war frappierend. Ohne Zweifel, das war Ida, wie Ello sie noch gekannt hatte. Ida von vorn, im Halbprofil, einmal schlafend. Das Foto hingegen zeigte sie in Rotkreuz-uniform neben zwei anderen Lazarettschwestern im Kreis verwundeter, aber lachender Soldaten. Sie drehte darauf den Kopf einem der Kranken zu, der mit verbundenem Arm im Bett saß. Simon. Oder eben Sanan.

Der Kalmücke erzählte. Manchmal unterbrach er sich, als suche er nach den richtigen Worten. Am Ende schien er mehr zu sich als zu ihr oder zu Buchheim zu sprechen.

»Warum hat sie mir nicht gesagt, dass sie ein Kind erwartet? Warum hat sie mir nie auf meine Briefe geantwortet? Ich verstehe es nicht.«

»Vielleicht wusste Ida es selbst noch nicht, als Sie sich trennen mussten.«

Simon, oder Sanan, Ello musste sich erst an den neuen Namen gewöhnen, ging nicht darauf ein. »Vielleicht hat sie einen anderen Mann kennengelernt.«

»Nein«, sagte Ello zum zweiten Mal, dieses Mal aber nicht sprachlos vor Verblüffung, sondern in voller Überzeugung: »Nein.«

Sie lief nach oben in ihre Kammer und kam gleich darauf mit Idas Heften zurück, die sie vor Sanan und Buchheim auf den Tisch legte.

»Sie hat sie also aufbewahrt.« Fast verträumt klang Sanans Stimme, als er die Bilder durchblätterte. »Das hier war bei Lublin. Und das war das Häuschen der Bäuerin. Ida wollte die Bilder unbedingt haben.«

Er schob die Zeichnungen zusammen und gab sie Ello zurück.

»Bis auf die zwei letzten sind alle von mir.«

»Dann hat Ida also auch gemalt?«

Ello konnte sich das gut vorstellen. Am Ufer eines Flusses sitzen, auf die Wellen schauen, auf die Bäume, in deren Ästen der Wind spielte, und versuchen, den Eindruck festzuhalten. Vielleicht würde sie es auch einmal probieren.

»Manchmal. Sie wollte, dass ich es ihr beibringe.«

Sanan griff zu dem Oktavheft, das Ello ihm hingelegt hatte, und begann, die Aufzeichnungen darin zu lesen.

»Es geht nicht so schnell«, entschuldigte er sich nach einer Weile. »Ich habe Deutsch nie lesen und schreiben gelernt. Ich habe immer nur gesprochen.« Wieder vertiefte er sich in Idas Notizen.

»›Wo bist du? Ich würde alles darum geben, wenn ich dich nur noch einmal im Leben wiedersehen dürfte‹«, murmelte er halblaut vor sich hin.

Als er fertig war, schlug er das Heft zu. Aber er legte es nicht zurück, sondern umklammerte es wie jemand, der sich festhalten musste, um nicht zu fallen.

»Ich habe ihr so oft wie möglich geschrieben, damit sie weiß, wo wir gerade sind.«

Weinte er?

»Es sieht fast so aus, als ob Ida diese Briefe nie bekommen hat«, mutmaßte Buchheim.

»Vielleicht stimmte die Adresse nicht.« Sanan zog einen Zettel aus der kleinen Ledermappe. »Hier: Ida Falder, Villingen, Bri...«

»Was sagen Sie da?« Ello packte Sanan am Arm. »Der Mann, mit dem Ida Streit hatte, war ein Herr Falder aus Villingen.«

Lange Zeit sagte niemand etwas. Bis Ello von ihrem Besuch in Niederfell zu berichten begann. Als sie die Sache mit dem Manschettenknopf erwähnte, unterbrach Buchheim sie.

»Ein Knopf mit Perle und Brillant?«

»In Gold gefasst, sehr teuer, hat Resi gesagt.«

»Einen solchen Manschettenknopf habe ich an der Stelle gefunden, an der Ida abgerutscht ist. Diese Resi muss uns sagen, ob es der gesuchte ist.«

Ello bekam vor Aufregung kaum ein Wort heraus. »Das heißt ...?«

»Nein, nein«, stoppte Buchheim ihre Überlegung, »vorläufig heißt das noch gar nichts. Selbst wenn es sich um den gesuchten Manschettenknopf handelt, muss der Mann noch keine Schuld an Idas Sturz haben.«

»Wer könnte dieser Mann gewesen sein?«, fragte Oma Tres'chen, die mit Margit hereingekommen war und sich zu ihnen gesetzt hatte. Das Mädchen kletterte auf ihren Schoß und kuschelte sich mit dem Daumen im Mund an sie.

»So groß und noch immer am Daumen lutschen«, spöttelte Oma Tres'chen liebevoll und drückte das Kind an sich. Margit kicherte.

»Es könnte ein Bruder sein«, überlegte Ello, »aber laut Resi war der Mann älter, um die fünfzig.«

»Also eher ihr Vater«, dachte Oma Tres'chen laut.

»Ja«, bestätigte Ello. »Das würde auch die Schreierei zwischen Ida und diesem Mann erklären. Schwester Hildegard hatte ja erzählt, dass Idas Verhältnis zu den Eltern nicht besonders gut gewesen sei. Der Mann hatte sie ja sogar schlagen wollen. Nur dass da der kleine Thomas dazwischengefahren ist. Aber oben auf dem Bleidenberg gab es keinen Thomas.«

»Sie hat aber nie schlecht über ihre Eltern geredet«, gab Sanan zu bedenken. »Hätte sie wirklich Krach mit ihnen gehabt, hätte sie mir doch nicht deren Adresse gegeben.«

Ello musste Sanan recht geben.

Buchheim war aufgestanden und trabte gedankenverloren im Zimmer auf und ab. »Wenn Herr Falder der Vater ist und Ida die Tochter, warum nannte sie sich dann Rempin? War sie also doch verheiratet gewesen?«

Ello schaute bei dieser Frage den Kalmücken verstohlen an. Wie würde er darauf reagieren? Tatsächlich schien Sanan verblüfft. Doch da klopfte es an die Zimmertür, und Frau Meiszner kam mit dem Hummelchen herein.

»Ich wollte nur fragen …«, fing sie an, hielt aber abrupt inne, als sie aller Augen auf sich gerichtet sah.

Sanan stand auf. Machte einen Schritt auf sie zu. Blieb stehen. Dann streckte er mit einem Mal die Arme nach dem Säugling aus.

»Ariuna«, sagte er leise.

Frau Meiszner stand wie erstarrt da.

»Es ist in Ordnung, geben Sie ihm ruhig das Kind«, sagte Ello, und Frau Meiszner reichte es ihm, widerstrebend und mit einer Miene, als wolle sie sagen: »Und wenn er es fallen lässt?«

Sanan ließ es nicht fallen. Mit der Kleinen im Arm setzte er sich wieder hin, und langsam, ganz langsam breitete sich ein Strahlen über sein Gesicht aus.

So wie der schwarze GI gestrahlt hatte, als Liesels Kind in der Nacht der Besetzung von Alken zur Welt kam und der Soldat ihnen das Foto seines Johnny zeigte, dachte Ello.

»Was heißt ›Ariuna‹?«, fragte sie nach einer Weile. Sie wusste nicht, ob sie das fremde Wort richtig gehört und ausgesprochen hatte.

»So heißt meine kleine Schwester. Ariuna. Es bedeutet ›die Heilige‹.«

Sanans Augen begegneten den ihren. Eine Sekunde, zwei.

»Dann soll das Kind Ariuna heißen«, entschied Ello.

»Ariuna?«, echote Oma Tres'chen und runzelte die Stirn.

»Soll das heißen, dass unsere kleine Hummel nun einen Vater hat?« Ihr Blick richtete sich auf Sanan. Ello kannte die Großtante inzwischen gut genug, um zu wissen, dass die alte Dame die Neuigkeit erst mal verdauen musste. Doch da schlich sich ein Leuchten in Oma Tres'chens Augen. »Das Hummelchen hat einen Vater, nein, so was!«

»Aber wie hört sich das denn an!«, murmelte Frau Meiszner, doch Ello kümmerte sich nicht um die Kommentare von Großtante und Amme.

»Es bleibt dabei, Ariuna!«

Noch immer durcheinander, stupste Oma Tres'chen Margit an. »Geh, mein Liebchen, lauf in die Küche und hol uns allen was zu trinken!«

Margit rannte hinaus und kam mit einem großen Most-
krug zurück. Sie trug ihn vorsichtig vor sich her, damit nichts
überschwappte, ihre Zungenspitze lugte zwischen den Zähnen
hervor.

Ello half ihr. »Und jetzt noch Gläser!«

»Ich bring sie«, rief Margit.

Als alle versorgt waren und das Mädchen wieder auf Oma
Tres'chens Knien saß, wandte sich Sanan an Buchheim. »Sie
erwähnten vorhin den Namen Rempin. Wie kommen Sie
darauf?«

»Ida hat sich im Kloster als verheiratete Ida Rempin vorgestellt, und wir rätseln schon die ganze Zeit, was es mit diesem
Herrn Rempin auf sich hat. War sie verheiratet, oder war sie
nicht verheiratet?«

Sanan lächelte leise. Er wiegte die kleine Ariuna in seinem
Schoß, die nichts dagegen zu haben schien.

»Ich glaube, ich kann das erklären. Die Frau, in deren Häuschen wir uns immer getroffen haben, hieß Rempinska. Rempin
ist aber auch ein Ort in Polen. Ich war nie dort, aber wir haben
immer gesagt: ›Wir treffen uns in Rempin‹, wenn wir uns ver-
abredet haben.«

Buchheim und Ello schauten sich entgeistert an.

»Darauf wäre ich nie gekommen«, gab Ello zu. »Aber es
passt irgendwie. Ich vermute, dass es zwischen Ida und ihren
Eltern noch keinen Krach gab, als Sie sich kennenlernten,
Sanan. Folglich hat Ida Ihnen ihre Heimatadresse mit dem
richtigen Namen gegeben. Aber dann ist es aus irgendeinem
Grund zum Zerwürfnis gekommen, und Ida wollte keinen
Kontakt mehr zu ihrer Familie. Sie hat einen anderen Namen
angenommen, und in Erinnerung an die Zeit mit Ihnen hat sie
sich für Rempin entschieden. Ida muss Sie sehr geliebt haben,
Sanan«, fügte Ello leise hinzu.

»Dann hätten wir ja nun des Rätsels Lösung«, befand Oma
Tres'chen wieder mal ganz pragmatisch.

Sie schubste Margit von ihrem Schoß, ging zum Wohnzimmerschrank und holte die Flasche Hefebrand und fünf Gläschen heraus.

»Ich hoffe, dass uns Hennes Friedrich noch lange erhalten bleibt. Von wem krieg ich sonst den guten Hefe her, wenn es was zu feiern gibt? Keiner brennt besser als er.«

Sie schenkte großzügig ein und hob ihr Glas. Dann nahm sie Sanan scharf ins Visier.

»Aber das sag ich Ihnen, junger Mann, ich reiß Ihne de Kopp ab, wenn Sie dem kläähn Debbertche off Ihrem Schoß kaa goode Vadda säin.«

38

ELLO

―――ᴄᴏ―――

Mittwoch, den 29. August 1945

Die sonore Stimme des Mannes war schon von der Eingangstür des Brodenbacher Amtshauses zu hören. Sie war nicht unangenehm, aber durchdringend und anklagend. »Ich weiß nicht, was das alles soll«, hörte Ello den Mann protestieren. Er schien um Fassung zu ringen.

Sie klopfte an der Tür zur Gendarmeriestation. Als sie Buchheim »Ja, bitte!« rufen hörte, trat sie ein. Buchheim saß hinter seinem Schreibtisch, ihm gegenüber der Herr, der der Villinger Uhrenfabrikant Heinrich Falder sein musste, eine sichtlich gut situierte Unternehmerpersönlichkeit mit achtunggebietender hoher Stirn, randloser Brille und einer Perlennadel in der Krawatte. Höchstwahrscheinlich der Vater der verunglückten Ida Rempin und vermutlich Augenzeuge des Unglücks auf dem Bleidenberg. Oder mehr als ein Augenzeuge?

Neben ihm eine vollschlanke Frau, die Ello unwillkürlich als Dame bezeichnete. Es konnte sich nur um Frau Falder handeln. Mit ihren sorgfältig ondulierten schwarzen Haaren, den vollen Lippen und schön gebogenen dunklen Augenbrauen erinnerte sie Ello an Ida, wie sie kurz vor ihrem Tod ermattet und doch glücklich auf Oma Tres'chens Sofa gelegen hatte. Frau Falder allerdings machte keinen besonders glücklichen Eindruck. Ihre Hände kneteten nervös ein weißes Taschentuch. Sie hatte bestimmt keine gute Nacht hinter sich.

Warum hatte die Frau sich diese Reise angetan, dachte Ello. Gegen sie hatte doch niemand auch nur den geringsten Verdacht geäußert. Oder wollte sie ihren Mann in einer schwierigen Situation nicht allein lassen? Ello empfand Mitleid mit ihr, sie wünschte, dass sich alles als ein Missverständnis herausstellte und es eine plausible Erklärung gäbe, damit das

Ehepaar bald wieder nach Hause reisen könne. Schließlich sah Herr Falder nicht gerade wie ein Verbrecher aus.

In einer Ecke bemerkte Ello zwei französische Militärpolizisten. Wahrscheinlich waren es die, die die Eheleute von Villingen hierhergebracht hatten.

Die Festnahme und Überstellung von Herrn Falder hatte nur vier Tage gedauert. Ello konnte es noch immer nicht glauben. Sie hatte mit mindestens zwei bis drei Wochen gerechnet und sich schon überlegt, wie sie das dem Pastor beibringen sollte, der ständig fragte, wann die Leiche endlich aus der Sakristei verschwinden würde. Dabei brauchte er den Raum doch gar nicht. Es fanden ja keine Gottesdienste in der Kapelle statt. Obwohl sie den Pastor natürlich verstehen konnte. Ein Sarg mit einer Toten darin, der in einem Gotteshaus herumstand, war nun mal keine sonderlich angenehme Vorstellung.

Aber dann war Buchheim am gestrigen Abend stolz mit dem von der Kommandantur bewilligten Dienstfahrrad bei Oma Tres'chen aufgekreuzt, hatte allen Damen des Hauses je ein winziges Wiesensträußchen überreicht und sie, Ello, für diesen Vormittag als Zeugin nach Brodenbach geladen. Tatsächlich war der sonst auf Distanz bedachte französische Kommandant Buchheims dringender Bitte um Amtshilfe überraschend bereitwillig nachgekommen und hatte Himmel und Hölle, alle vorhandenen Fernsprecher und funktionsfähigen Fernschreiber zwischen Brodenbach, Trier und Baden-Baden in Bewegung gesetzt und die Offiziere der Sûreté zum unverzüglichen Handeln gedrängt.

»Demnächst kommt die Generalität auf Truppenbesuch, da muss der Mann doch zeigen, dass er die *boches* im Griff hat und seinen Laden in Ordnung«, hatte Buchheim geulkt, als er sich bei Dunkelheit wieder auf die Heimfahrt gemacht hatte. Und Ello wunderte sich. So vergnügt kannte sie Buchheim gar nicht. Lag es am Fahrrad?

Unterm Fenster der Gendarmeriestation hielt in diesem Augenblick der Jeep, mit dem Jean-Paul Sanan aus Koblenz und Resi aus Niederfell abgeholt hatte. Als die drei eintraten und Herr Falder die Frau sah, wurde sein ohnehin schon roter Kopf noch eine Spur dunkler. Er atmete heftig, Ello befürchtete, dass er gleich erstickte.

Buchheim klopfte mit einem Bleistift auf den Schreibtisch. »Der Kommandant ist verhindert, er wird von seinem Polizeioffizier, Herrn Jean-Paul Gourriérec vertreten. Damit wären wir vollzählig, fangen wir an«, verkündete er. Er musste geübt haben, denn der französische Nachname war Buchheim unfallfrei über die Lippen gekommen, und Ello gestand sich zum wiederholten Male ein, dass sie den Hilfsgendarmen in jeder Hinsicht unterschätzt hatte. Sie setzte sich zu Sanan auf die Bank an der Wand.

»Wie geht's dem Vater?«, fragte sie flüsternd.

»Wie geht es meiner Ariuna?«, fragte er zurück. Wenn er so ein warmes Glitzern in den Augen hatte, fand Ello ihn umwerfend.

Buchheim hatte ein Blatt Papier mit Aufzeichnungen vor sich liegen. Während er die Verschlusskappe von seinem Dienstfüllfederhalter abschraubte, schien er seine Stichworte noch einmal zu überfliegen, dann bat er Resi aufzustehen.

»Danke, Frau Newel, dass Sie gekommen sind. Zuallererst: Ist das …«, Buchheim deutete auf Herrn Falder, »… der Herr, der sich vorletzte Woche, um genau zu sein, vom 18. auf den 19. August, bei Ihnen als Übernachtungsgast einquartiert hat?«

»Das ist er.«

Herr Falder fuhr hoch. »Was will die Frau mir andrehen, was soll ich …?«

Aber Buchheim schnitt ihm das Wort ab. »Langsam, Herr Falder, eins nach dem anderen …«

»Aber ich weiß doch gar nicht, was Sie von mir wollen. Ja, ich habe bei dieser Frau für eine Nacht ein Zimmer gemietet. Ich war in Sachen Uhren unterwegs, und da dachte ich, das ist eine gute Gelegenheit, hier in der Gegend eine Verwandte zu besuchen. Ich weiß nicht, warum ich hierher in dieses Kaff verschleppt worden bin.«

»Bitte, Herr Falder, bleiben Sie ruhig, es wird sich hoffentlich alles klären. Beantworten Sie einfach nur meine Fragen.« Frau Falder hatte ihren Mann am Rockzipfel auf den Stuhl zurückgezogen und tätschelte ihm den Arm. Aber er stieß aufgebracht die Hand seiner Frau zurück.

»Lass das«, raunzte er sie an. Frau Falder schoss das Blut ins Gesicht.

Buchheim wartete, bis eine Fliege von rechts nach links über seine Notizen gewandert war. Dann nahm er seine Fragen wieder auf.

»Wer ist die Verwandte, die Sie besuchen wollten, Herr Falder, und wo wohnt sie?«

Warum begann er so steif, dachte Ello, warum kam er nicht direkt auf den Punkt? Tochter. Tot. Kind. Punkt. Sie besaß nicht Buchheims Engelsgeduld.

Frau Falder schien es ähnlich zu ergehen. Sie stupste ihren Mann aufmunternd an. »Nun red schon.«

»Meine Tochter«, knurrte der.

»Name der Tochter? Alter?«

»Ida. Ida Falder. Gerade vierundzwanzig geworden.«

»Wo befindet sich Ihre Tochter Ida jetzt?«

Herr Falder schreckte zusammen. »Was soll diese Frage?«

»Wissen Sie es, oder wissen Sie es nicht?«

»Bis …«, Herr Falder suchte nach einer Antwort, »bis vor vierzehn Tagen, also ich meine, als ich sie das letzte Mal gesehen hatte, war sie noch hier an der Mosel.«

»Sie haben sie also getroffen?«

»Einmal.«

»Wo?«

»In diesem Niederfell.«

Buchheim lehnte sich zurück und spielte mit dem Füllfederhalter. Schraubte ihn zu und wieder auf, zu und wieder auf.

»Erzählen Sie von dem Treffen mit Ihrer Tochter!«

»Da gibt es nicht viel zu erzählen. Es war gut. Sie hat von ihrer Arbeit in einem Heim für kriegsversehrte Soldaten geredet. Ich hab ihr alles Gute gewünscht.«

Ello wollte aufbrausen. Ihre Meinung über Herrn Falder hatte sich schlagartig verändert. Drei Personen hatten gesehen, wie der Mann mit Ida rumgezankt hatte, und da saß dieser Mensch hier und tat, als hätte er die Unschuld mit Löffeln gefressen. Als habe Buchheim ihre Gereiztheit bemerkt, trommelte er ungeduldig mit den Fingern seiner linken Hand auf die Schreibtischplatte, dann stand er auf, ging zur Bureautür und öffnete sie.

»Ihr könnt jetzt kommen«, rief er nach draußen.

Zwei Männer erschienen mit dem schlichten Sarg, stellten ihn auf dem Boden ab und begannen, die Schrauben des Deckels aufzudrehen.

Sanan war aufgestanden. »Ist sie … Ist es …?« Aber Ello hielt ihn am Arm fest.

»Tun Sie sich das nicht an, bleiben Sie hier! Behalten Sie sie in Erinnerung, wie sie auf Ihren Zeichnungen war.«

Ello bettelte fast, der Kalmücke sank zurück. Er verbarg das Gesicht in seinen Händen.

»Herr Falder«, sagte Buchheim, nachdem die Männer sich jeder ein Tuch um Mund und Nase gebunden und den Sargdeckel abgenommen hatten, »kennen Sie diese Person hier?«

Herr Falder rührte sich nicht. Es war Frau Falder, die schrie.

39

ELLO

---⁓---

Mittwoch, den 29. August 1945

»Seit Monaten hatten wir nichts mehr von Ida gehört.«
Herr Falder sprach schleppend und mit langen Pausen. Sanan zitterte. Mitfühlend legte Ello ihm die Hand auf den Arm, er schien es nicht zu merken.
»Wir machten uns Sorgen. Es war Zufall, dass wir dann von einer Freundin unserer Tochter erfuhren, wo sie ist. Ida hatte ihr geschrieben.«
Buchheim machte sich ein paar Notizen, bevor er mit der Befragung fortfuhr. »Hatten Sie Ida Ihr Kommen mitgeteilt?«
»Nein.«
»Warum nicht?«
»Ich wollte sie zur Rede stellen.«
»Warum?«
»Sie hat uns Schande bereitet.«
»Das müssen Sie erklären!«
»Was gibt es da zu erklären?« Frau Falder war leichenblass, aber ihr Ton schneidend scharf. Mit dem Tuch, das sie noch immer in den Händen hielt, trocknete sie sich die Augen.
»Herr Gendarm! Wir sind ein hoch angesehenes Familienunternehmen und gehören zu den ersten Familien der Stadt. Ich habe Ida von Anfang an abgeraten, als Krankenschwester an die Front zu gehen. Sie war ja noch so jung und unerfahren. Aber Ida hatte schon immer einen Dickkopf. Wollte einfach nicht auf uns hören. Sie wollte zum Roten Kreuz. Unbedingt. Und es kam, wie es kommen musste. Einer von diesen Männern hat natürlich ihre Naivität ausgenutzt, und prompt ist sie schwanger geworden. Und dann schrieb sie uns, dass sie zurück nach Villingen wollte! Mit so einem Bauch, stellen Sie sich das vor! Das geht doch nicht! Wie wären wir denn dagestanden?«

Entrüstet hatte Frau Falder wieder zu weinen angefangen. »Wie konnte sie uns das nur antun? Und dann noch von so einem ... so einem hergelaufenen Soldaten, dumm und ungebildet!«

Sie putzte sich nervös die Nase, ihre Augen funkelten.

»Ich habe ihr geantwortet, dass sie bleiben soll, wo sie ist, und dass sie das Kind nach der Geburt zur Adoption freigeben muss. Sofort. Danach könne sie wieder nach Hause kommen, wir wären bereit, ihren Fehltritt zu verzeihen. Aber sie hat unsere Großzügigkeit nicht zu schätzen gewusst.«

Jetzt war es Herr Falder, der besänftigend die Hand seiner Frau nahm.

»Du hast einen sehr schönen Brief geschrieben, Melanie, ich hätte das nicht so gut gekonnt wie du. Du musst dir keine Vorwürfe machen.«

»Was hat Ida denn auf Ihren Brief geantwortet?«

»Sie war wirklich uneinsichtig und weigerte sich, das Kind fortzugeben. Das war ihr letzter Brief. Der kam aus einem Flüchtlingslager in Appenrade. Danach haben wir nichts mehr von ihr gehört. Hätte diese Freundin von ihr sich nicht verplappert, wir hätten nie erfahren, dass sie inzwischen an der Mosel war.«

»Worauf Sie, Herr Falder, hierhergereist sind, um Ihre Tochter zur Rede zu stellen.«

»Ich wollte ja nur, dass sie Vernunft annimmt. Die Tochter eines angesehenen Traditionsunternehmens mit einem unehelichen Kind! Das müssen Sie doch zugeben, Herr Gendarm, dass das nicht geht. Welcher Mann möchte noch so eine Frau? Aber die Firma muss doch weitergeführt werden, wenn ich einmal nicht mehr bin. Und Söhne haben wir keine.«

»Aber Ihre Tochter wollte keine Vernunft annehmen?«

»Nein, leider nicht.«

»Woraufhin Sie sie den Abhang hinuntergestoßen haben. Sie haben eben die dunklen Stellen in ihrem Gesicht gesehen, alles Schürfwunden vom Sturz.«

Frau Falder riss die Augen auf. Ihr Mann wirkte nicht minder erstaunt. »Wie bitte? Was soll ich getan haben?«

»Ida den Abhang hinuntergeschmissen«, erwiderte Buchheim. Er war die Ruhe selbst. »Vielleicht haben Sie über mögliche Konsequenzen in diesem Moment nicht nachgedacht.«

»Wo ist denn in diesem blöden Dorf an der Mosel ein Abhang, den ich sie hätte hinunterschubsen können?«

Er kontert geschickt, dachte Ello, sein Erstaunen scheint echt zu sein.

»Nicht an der Mosel, dort haben Sie nur versucht, sie zu schlagen.«

»Ich habe sie nicht geschlagen, nie hätte ich meine Tochter geschlagen.«

»Drei Leute haben es gesehen.«

Zum ersten Mal versagte dem Uhrenfabrikanten die Stimme. Er stammelte, brach ab. Die Fliege, die zuvor über Buchheims Notizen gewandert war, suchte vergeblich durchs geschlossene Fenster einen Ausgang ins Freie. Sie rumorte verärgert.

»Herr Falder, ich hätte da noch eine Frage.« Buchheim öffnete die Schublade seines Schreibtischs und holte etwas heraus. »Frau Rosemarie Newel, die Zimmerwirtin, bei der Sie Logis genommen haben, erzählte uns, dass Sie bei ihr vermutlich einen Manschettenknopf verloren haben.«

Frau Falder horchte auf. »Hat sie ihn gefunden?«

»Ist es dieser hier?« Buchheim legte das Stück vor sich auf die Tischplatte.

»Ja, das ist er. Wie schön, dass er wieder da ist.« Frau Falder freute sich.

Herr Falder schwieg. Er war aschfahl geworden.

»Sie ahnen, wo wir den Knopf gefunden haben«, stellte Buchheim fest. Erschrocken presste Frau Falder eine Hand vor den Mund.

»Woher wussten Sie, Herr Falder, dass Ihre Tochter Ida am Sonntag zum Bleidenberg gegangen ist?«

Als der Fabrikant antwortete, bebte seine Stimme, immer wieder unterbrach er sich.

»Ich dachte, ich versuch halt noch mal, mit ihr zu reden, und bin zu diesem Kloster Kühr. Sie hatte mir ja gesagt, dass sie dort untergekommen ist. Die Schwester an der Pforte meinte, Ida wollte zu einer alten Kirche auf einem Berg in der Nähe, und tatsächlich, hinter einer Kurve kam sie mir entgegen. Zuerst war sie sehr vernünftig, sie hat verstanden, dass wir nicht glücklich über die Situation waren. Sie hat auch geweint, aber dann wurde sie wieder starrköpfig. Sie wollte das Kind einfach nicht zur Adoption geben.«

Niemand im Raum rührte sich. Selbst die Fliege hatte sich irgendwohin verkrochen und war nicht zu hören. Herrn Falders Stimme wurde von Satz zu Satz schleppender.

»Ich weiß wirklich nicht, wie es passiert ist. Ein Wort hat das andere ergeben. Wir haben uns angebrüllt, ich hab sie an der Schulter gepackt, ja, ich habe sie auch geschüttelt. Und dann plötzlich, ich weiß nicht, wie es passiert ist … Sie ist gerutscht.«

»Und Sie haben nicht versucht, sie festzuhalten oder ihr wieder hochzuhelfen?«

Von Herrn Falder kam keine Antwort. Buchheim wiederholte seine Frage.

Herr Falder atmete schwer. »Ich war so wütend. Es tut mir leid, unendlich leid.«

Die Zeit stand still. Nur in Ellos Kopf kreiste unablässig der Spruch der Koblenzerin: »Den Krieg überlebt und dann so etwas. Den Krieg überlebt und dann so etwas. Den Krieg überlebt …«

Erst als Sanan seinen Arm vorsichtig aus ihrer Hand löste, nahm sie allmählich ihre Umgebung wieder wahr. Das Uhrenfabrikantenehepaar, zwei gebrochene Gestalten, die reglos auf ihren Stühlen saßen. Die beiden französischen Soldaten, die sich auf einen Wink Jean-Pauls hin rechts und links des

Ehepaars postiert hatten. Buchheim, der noch immer den Federhalter in der Hand hielt, aber nicht mehr schrieb. Den schwarzen Fernsprechapparat, der nicht angeschlossen war. Die Staubflusen auf dem Fußboden vor dem Aktenschrank. Das helle Rechteck an der Wand, wo während des Kriegs ein Plakat oder eine Dienstanweisung gehangen haben mochte. Oder das Porträt jenes Menschen, von dem sie alle geglaubt hatten, er bringe ihnen das Heil.

Sanan war aufgestanden.

»Ich habe Ida geschrieben. Was haben Sie mit meinen Briefen gemacht?«

Er betonte jedes einzelne Wort.

Herr und Frau Falder hoben erstaunt die Köpfe. Starrten den Kalmücken an. Sprachlos.

»Antworten Sie auf die Frage des Herrn!«, befahl Buchheim.

»Ist das ...?«, wisperte Frau Falder.

»Ja, ich bin es«, sagte Sanan, »ich bin der hergelaufene, dumme, ungebildete Soldat. Ich bin der Vater von Idas Kind. Was haben Sie mit meinen Briefen gemacht?«

Frau Falder antwortete nicht.

»Sie haben sie nicht Ihrer Tochter Ida weitergeschickt?«, fragte Buchheim.

Herr Falder nahm seine Frau in Schutz. »Ich habe diese Briefe gelesen. Sie waren voller Fehler, ich war entsetzt, mit was für einem Analphabeten sich Ida eingelassen hatte. Ich habe meiner Frau befohlen, sie zu verbrennen.«

»Das stimmt nicht«, widersprach Frau Falder, »ich habe das getan. Ich habe sie gelesen und verbrannt. Vor allem auch dieses entsetzliche Foto.«

»Pscht, Melanie, lass es gut sein. Ich war es, Herr Gendarm.«

»Eine letzte Frage an Sie beide: Sprechen Sie Englisch?«

Beide schüttelten die Köpfe.

»Französisch?«

Herr Falder verneinte. »Aber meine Frau.«

»Ich habe ein paar Brocken bei den Nonnen im Internat gelernt«, wandte sie ein. »Wieso?«

»Dann können Sie es natürlich auch schreiben?«

»Nicht gut. Französische Orthografie und Grammatik sind ja schwer. Und die Nonnen meinten, die Hauptsache sei, dass wir uns verständlich machen können. Und das reicht doch auch.«

»Ach, wirklich? Was würden Sie sagen, Frau Falder, wenn ich Sie hiermit als ein hergelaufenes, dummes, ungebildetes Weib bezeichnete?«

40

E L L O

Mittwoch, den 29. August 1945

Noch stand die Sonne hoch am Himmel. Über dem Friedhof flimmerte die Luft, Mücken tanzten. In dem frischen Erdhügel über der zugeschütteten Grube steckte ein schlichtes Holzkreuz. »Ida Rempin«. Die Leute, die zur Beerdigung der jungen Frau gekommen waren, hatten sich auf den Nachhauseweg gemacht. Nur der Pastor unterhielt sich noch mit Buchheim, dem Ortsvorsteher und dem Lehrer. Über Burg Thurant segelten rosa Abendwölkchen.

Sanan stand am Grab. Ello trat neben ihn. Die kleine Ariuna auf ihrem Arm quengelte leise.

»Morgen geht es nach Frankreich«, sagte er.

»Können Sie nicht bleiben?«

»Ich habe keine Wahl, Besatzungsrecht.«

»Ariuna braucht Sie.«

»Im Augenblick?«

»Später auf jeden Fall. Wenn sie größer wird.«

»Dann lassen Sie mich jetzt nach Frankreich fahren. Ich habe dem Oberpriester versprochen, dass ich ihm bei der Organisation der kalmückischen Gemeinde im Exil helfe. Es wird nicht einfach werden, und der Bakscha ist schon alt.«

Auf einem von der Sonne aufgeheizten Sockel eines Grabkreuzes wärmte sich ein leuchtend schwarz-gelber Salamander. Dann – war es ein Windhauch, eine Bewegung? – verschwand das Tier in einer Ritze zwischen zwei Steinen, schneller, als Ello gucken konnte.

»Nehmen Sie Ariuna mit?«

Eine Weile sagte Sanan nichts. Dann drehte er sich zu ihr, nahm ihr das Kind ab, wiegte es.

»Ich glaube, Ariuna hat hier viele gute Mütter. Und Frankreich ist nicht weit. Ich möchte meine Tochter groß werden sehen.«

»Ich werde auf sie aufpassen.« Beim letzten Wort versagte Ello die Stimme. Sie hatte Albert auf ihrem Schoß nicht beschützen können!

»Was ist?«, fragte Sanan.

»Eine Erinnerung. Der Krieg …«

»Er ist vorbei, Ello. Mit den Folgen müssen wir leben, aber wir werden es lernen.« Er gab ihr das Kind zurück, das wieder eingeschlafen war. »Jean-Paul wartet, um mich zurück ins Lager zu fahren. Versprechen Sie mir etwas?«

»Was?«

»Dass Sie meine Briefe nicht verbrennen werden, wenn ich Ihnen schreibe.«

Lieber Sanan, wollte Ello sagen, lieber Sanan …

»Ich werde sie nicht verbrennen. Versprechen Sie mir auch etwas?«

»Was?«

»Dass Sie oft schreiben.«

»Ich küsse Sie«, sagte er, »… und Ariuna.«

Sie schaute ihm hinterher, wie er zum Friedhofsausgang ging, wo Jean-Paul schon den Jeep angelassen hatte. Noch einmal drehte Sanan sich um und winkte.

»Es ist ein angenehmer Mensch«, bemerkte jemand neben ihr. Sie hatte Buchheim nicht kommen hören, wusste nicht, wie lang er schon da gestanden hatte. Was hatte er von ihrem Gespräch mitbekommen?

»Kennen Sie Villingen, Herr Gendarm?«

»Ich bedaure, nein. Übrigens, ich heiße Max.«

Ello überhörte den letzten Satz.

»Was meinen Sie, wie das Urteil gegen Idas Eltern ausfallen wird?«

»Das kann ich Ihnen nicht sagen, ich bin kein Jurist.«

»Ich wollte, dass Herr Falder im tiefsten Kellerloch verreckt«, zischte Ello und erschrak zugleich über die Schärfe ihrer Gedanken. »Dabei tun die beiden mir leid. Ich glaube nicht, dass sie jemals wieder glücklich sein werden im Leben.«

»Vielleicht ist das die schlimmste Strafe.«

»Wie gerecht sind dann Strafen, die ein Richter verhängt?«

Sie betrachtete das Bündel Kind in ihrem Arm. Wenn du groß bist, kleine Hummel, wird dein Vater dir von deiner Mutter erzählen, und er soll nicht verschweigen, was geschehen ist. Dann ist es an dir zu entscheiden, ob du eines Tages auf deine Großeltern zugehen und ihnen verzeihen kannst.

»Enkelkinder können Wunder bewirken«, sagte sie laut.

»Was meinen Sie damit?«, fragte Buchheim.

»Ach, nichts.« Ello hakte sich mit einem Arm bei Buchheim ein. »Gehen wir, Ariuna wird bald trinken wollen. Apropos trinken, war ich neulich sehr betrunken?«

»Nun ja«, meinte Buchheim, »ein bisschen. Aber nicht mehr als jeder andere, der zum ersten Mal von Kalmücken zum Wodka eingeladen wird. Im Übrigen kann ich Ihnen versichern, dass Sie reizend ausgesehen haben.«

»Ach, Max, Sie sind wunderbar, ich muss mich bei Ihnen entschuldigen.«

»Weshalb?«

»Das erzähle ich Ihnen, wenn Sie mich einmal zu Bohnenkaffee und echter Schwarzwälder Kirschtorte einladen.«

Sie hörte Buchheims Schritte neben sich auf dem Weg zum Friedhofsausgang und war dankbar, dass er nicht antwortete. Der eine, überlegte sie, war grundsolide, zurückhaltend und klug, der andere zeichnete zum Verlieben schön und hatte ihr eine faszinierende neue Welt geöffnet. Ihre Gefühle fuhren Karussell.

Sie gäbe etwas darum, einmal mit jemandem darüber reden zu können. Mit Kathrin Würths? Bei einem Gläschen Hefe? Besser bei zweien. Es ging schließlich um zwei Männer.

Hoch überm Tal der Milan, ein zweiter gesellte sich zu ihm, umkreiste den ersten. Gemeinsam schwangen sie sich in die Höhe, verschwanden über dem Hunsrück.

ANHANG

Glossar

Die Bedeutung der im Roman vorkommenden fremdsprachigen oder mundartlichen Ausdrücke ergibt sich im Allgemeinen aus dem Textzusammenhang. Dennoch werden die wichtigsten Begriffe im Folgenden noch einmal erläutert. Die Autorin weist auch darauf hin, dass Wörter, Verbformen und Schreibweisen des Moselaner Platt sich von Ort zu Ort unterscheiden können.

Einzelbegriffe und fremdsprachige Satzteile

Baadsche (kalmück.) – liebevoller Ausdruck für Vater, Papa

Bakscha (kalmück.) – Titel eines kalmückischen buddhistischen Oberpriesters

Birekraut (moselan.) – Birnenkraut

Boche, boches (franz., Sg/Pl.) – französisches Schimpfwort für Deutsche

Bon (franz.) – gut

Bonne chance (franz.) – Viel Glück

Bortsig (kalmück.) – leicht gesüßte, in Fett gebackene Gebäckstücke, ähnlich einem Schmalzgebäck oder Krapfen ohne Hefe; eine beliebte, traditionelle kalmückische Speise

Bullesje (moselan.) – Arrestzelle, Gendarmeriegewahrsam

Ce n'est pas le cas. (franz.) – So ist es nicht. Wörtlich: Das ist nicht der Fall.

C'est cette caserne ici. (franz.) – Das ist diese Kaserne hier.

Chef de cuisine (franz.) – Küchenchef

Churul (kalmück.) – buddhistischer Tempel, Gotteshaus

Debbekoche (moselan.) – typisches Kartoffelgericht entlang der Mosel in Form eines Auflaufs, Schreibweise und Zubereitung variieren

Debbertche (moselan., Sg./Pl.) – Kind, Kinder, kleines Kind

Displaced-Persons-Camps oder *DP-Lager* (engl.) – Bezeichnung für die vom Flüchtlingswerk der Vereinten Nationen eingerichteten und verwalteten Lager nach dem Ende des Zweiten Weltkriegs in Deutschland, Österreich, Frankreich und Italien für die Unterbringung sogenannter DPs, das heißt Personen, die sich kriegsbedingt nicht in ihrer Heimat aufhielten, sondern in der Fremde »gestrandet« waren

Dommage! (franz.) – Schade!

Est-ce que vous avez faim? (franz.) – Haben Sie Hunger?

Et maintenant, manger. (franz.) – Und jetzt, essen.

Fribourg (franz.) – Freiburg

Inventaire (franz.) – Inventur

Je vous prie. (franz.) – Bitte. Ich bitte Sie.

Kend, Kenner (moselan., Sg./Pl.) – Kind, Kinder

Kowelenz, Kowelenzerin (moselan.) – Koblenz, Koblenzerin

Lay (moselan.) – regionale Bezeichnung für markante Felsformationen, die hoch über dem Fluss steil ins Tal abfallen

Midwife (engl.) – Hebamme

Mon Dieu (franz.) – Mein Gott

My baby, Johnny, five months. (engl.) – Mein Baby, Johnny, fünf Monate.

N'est-ce pas? (franz.) – Nicht wahr?

Ochir (kalmück.) – Männername, Aussprache: Otschr

On y va! (franz.) – Auf geht's! Also dann, los!

Pfüat di (österr.) – Gruß zum Abschied

Pitter (moselan./rhein.) – Peter

Plät (moselan./rhein.) – Glatze

Pont (moselan.) – eine größere Fähre, auf der neben Fußgängern auch einige wenige Autos oder ein Traktor über die Mosel setzen konnten

Saschen – altes russisches Längenmaß, 1 Saschen = 2,336 Meter

Schängel (Koblenzer Ausdruck) – Bezeichnung für in Koblenz geborene Jungen

Schwaadlappe (kölsch) – Schwätzer, Dummschwätzer

Spasiba (russ.) – danke

Sûreté (franz.) – Sicherheit, hier im Sinne von Sûreté nationale: Bezeichnung der französischen Polizeibehörde von 1944 bis 1966

Travailleurs forcés (franz., Pl.) – Zwangsarbeiter

Tsagaan Uvgun, der Weiße Alte Mann (kalmück./mongol.) – im kalmückischen und mongolischen Buddhismus der Wächter des Lebens und der Langlebigkeit

Venez! (franz.) – Kommen Sie!

Werst – altes russisches Längenmaß, 1 Werst = 1,0668 Kilometer; 1 Werst = 500 *Saschen*

Mundartliche Satzteile

Bis do die Männer vom Schocke Alwis vom Feld jekom säin. – Bis die Männer vom Schocke-Alwis vom Feld gekommen sind.

Dat stinkt doa suh, dat man et net aushalle kann. Doa läit noch en Dude. Ich waas net, worim ich heï säi soll. Ich han doch jar nix imacht. – Das stinkt dort so sehr, dass man es nicht aushalten kann. Dort liegt noch ein Toter. Ich weiß nicht, warum ich hier bin. Ich habe doch gar nichts gemacht.

Dat woar noch kaa Stun ahl. – Das war noch keine Stunde alt.

Han ich ischriee. – Habe ich geschrien.

Ich daacht immer nur, wie kreen ich die zwei häi de Hang roff? Ich han mich net itraut, se allein da lieje ze loose, um Helf ze holle. – Ich dachte immer nur, wie kriege ich die zwei hier den Hang hoch? Ich habe mich nicht getraut, sie allein da liegen zu lassen, um Hilfe zu holen.

Ich han Kaffee jekriecht. – Ich habe Kaffee bekommen.

Ich han zwei Krieje metjemach. – Ich habe zwei Kriege mitgemacht.

*Ich hätt et net für milich jehalte, dat dat noch mol zereck-
kimmt.* – Ich hätte es nicht für möglich gehalten, dass ich
das noch einmal zurückbekomme.

Ich loose häi ka Fenster mie uffstinn, dat kinne Se mia glaawe. –
Ich lasse hier kein Fenster mehr aufstehen, das können Sie
mir glauben.

Ich waaß net. Wat ich net waaß, mischt mich net haaß. – Ich
weiß nicht. Was ich nicht weiß, macht mich nicht heiß.

Ierscht daacht ich … – Zuerst dachte ich …

*Ihr kinnt äich dat net viastelle, dat es mir durch Mark un
Baan jange.* – Ihr könnt euch das nicht vorstellen, das ist
mir durch Mark und Bein gegangen.

in de Scheatz – in der Schürze

isoot – gesagt

Loost mich jin. Mei Mudda haut mich dot. – Lasst mich gehen.
Meine Mutter haut mich tot.

Mir is sonst kaane annere enjifalle. – Mir ist sonst niemand
anderes eingefallen.

Nix han ich iseen. – Nichts habe ich gesehen.

selwa – selber

Watt bes do für ne Blötschkopp. – Was bist du für ein Blödkopf.

*Wenn Sie dem klaähn Debbertche off Ihrem Schoß kaa goode
Vadda säin.* – Wenn Sie der Kleinen auf Ihrem Schoß kein
guter Vater sind.

Bibliografie

Um diesen Roman schreiben zu können, habe ich Gespräche mit vielen Zeitzeugen oder deren Kindern und Enkelkindern geführt. Daneben halfen mir Fach- und Sachbücher über den Zweiten Weltkrieg und speziell über die Situation an der Ostfront und an der Mosel. Hinzu kamen Zeitschriftenartikel, Ortschroniken, Tagebücher und das Internet mit aufschlussreichen Artikeln, Fotos und Videofilmen. Aus der Fülle an Materialien seien im Folgenden nur wenige Titel genannt. Es handelt sich um Bücher und Beiträge, die für meine Geschichte besonders relevant waren oder mich im besonderen Maße berührt haben.

Über die Kalmücken und ihre Verbindung zur Wehrmacht konnte ich bis auf die Untersuchung von Joachim Hoffmann (†) bedauerlicherweise so gut wie keine schriftlichen Aufzeichnungen finden. Auch Informationen über die Lage der Kalmücken im Nachkriegsdeutschland sind äußerst rar. Die einzige größere Arbeit zu diesem Thema scheint im Augenblick nur das in russischer Sprache verfasste Buch der Deutsch-Kalmückin Jelena Remileva (†) zu sein.

Guchinova, El'za-Bair: The Kalmyks, London/New York 2006 (in englischer Sprache)

Guchinova, El'za-Bair: Pomnit' nel'zia zabyt'. Antropologiia deportatsionnoi travmy kalmykov (Sich stets erinnern, nie vergessen. Anthropologie des kalmückischen Traumas der Deportation), Stuttgart 2005 (in russischer Sprache)

Heimes, Ernst: Bevor das Vergessen beginnt. Nachermittlungen über das KZ-Außenlager Cochem, Zell/Mosel 2019

Heimes, Ernst: Ich habe immer nur den Zaun gesehen. Suche nach dem KZ-Außenlager Cochem, Zell/Mosel 2019

Hoffmann, Joachim: Deutsche und Kalmyken 1942 bis 1945, Freiburg 1974

Machemer, Hans/Hardinghaus, Christian (Hrsg.): Wofür es lohnte, das Leben zu wagen. Briefe, Fotos und Dokumente eines Truppenarztes von der Ostfront 1941/42, Berlin/München/Zürich/Wien 2018

Müller, Rolf-Dieter: An der Seite der Wehrmacht. Hitlers ausländische Helfer beim »Kreuzzug gegen den Bolschewismus« 1941–1945, Berlin 2007

Okunlola, Suzah: Dem Volk dienen. Ein Lesebuch zur Geschichte der Polizei Rheinland-Pfalz 1945–2008. Veröffentlichungen der Landesarchivverwaltung Rheinland Pfalz, Band 109, Koblenz 2009

Orians, Wolfgang/Salewski, Andreas/Glück, Oskar: Kalmückien. Kalmykia. Chalmg Tangtsch. Ein Reisetagebuch, Weinheim 2019

Remileva, Jelena: Propavschie karawany kalmytskoi stepi. Obzor istorii kalmytskoi emigratsii 1923–1952 gg (Die verschwundenen Karawanen der kalmückischen Steppe. Überblick über die Geschichte der kalmückischen Emigration 1923–1952), Moskau 2020 (in russischer Sprache)

Stadler, Harald/Kofler, Martin/Berger, Karl C.: Flucht in die Hoffnungslosigkeit. Die Kosaken in Osttirol, Innsbruck 2015

Weiß, Petra: Displaced Persons in der Gneisenau-Kaserne, in: Horchheim 1214–2014, Hrsg.: Heimatfreunde Horchheim e. V., Red.: Hans Josef Schmidt, Koblenz 2014

Burataeva, Aleksandra: Zug der Erinnerung. Videofilm zur Erinnerung an die stalinistische Verbannung der Kalmücken nach Sibirien. https://www.youtube.com/watch?v=705uAQ-SUOU; abgerufen am 21.07.2022 (in russischer Sprache)

Spitz, Michael: Kampf um Alken, unter: https://www.historisches-alken.de/alken/44-geschichte-alken/85-kampf-um-alken-maerz-1945; abgerufen am 21.07.2022

Dank

Ohne die zahlreichen Gespräche mit Zeitzeugen oder deren Kindern und Enkelkindern, die bereit waren, Erinnerungen und Erlebnisse mit mir zu teilen, wäre dieses Buch nie zustande gekommen. Ihnen allen danke ich von Herzen.

Viele dieser Erzählungen lösten in mir Nachdenklichkeit aus, oft Ratlosigkeit und nicht selten eine unermessliche Wut angesichts der Brutalität von Krieg und Gewalt und der Unvernunft des Menschen. Doch zugleich berührten sie mich zutiefst. Denn sie sprachen auch von der Sehnsucht des Menschen nach Überwindung von Feindseligkeiten, von dem Wunsch nach Toleranz und einem friedlichen Miteinander, von der Hoffnung auf ein bisschen Glück. Einige dieser Geschichten sind in der einen oder anderen Form in meinen Roman mit eingeflossen.

Mein besonderer Dank gilt Nimgir Bembejew und seiner Tochter Ariuna Bembejew, dass sie mir in großzügiger Weise die in einem langen Interview festgehaltenen Erinnerungen ihres Vaters und Großvaters Danzan Bembejew zur Verfügung gestellt haben. Großer Dank gebührt auch neben vielen anderen Elza B., Kalmückien, Almana Mukabenova, Kehl, Heribert Hürter, Hildesheim, Alois Esch und Margarete Oster, beide Moselsürsch, sowie Claudia Schönershoven und Schwester Radegundis vom Herz-Jesu-Haus Kühr in Niederfell. Sie alle haben mir ein eindrucksvolles Bild vom Leben an der Mosel und in Kalmückien in der Zeit um 1945 vermittelt.

Wichtige Sachauskünfte sowie Hilfestellung bei mundartlichen Gepflogenheiten verdanke ich Gerhard Deisen, Brudermeister der St.-Michaelsbruderschaft Alken, Ewa Winter aus Brodenbach, Peter Querbach aus Burgen, der Hebamme Daria Dötsch aus Münstermaifeld-Metternich, Angelika Marks, Schmidtheim, dem Autor und Koblenzer Buchhändler Ernst Heimes, dem Thoraxchirurgen Dr. Alberto Lopez, Köln, sowie dem Ehepaar Heidi und Michael Landsperger aus Niederraunau und Wilhelm Sohn aus Blaustein bei Ulm. Die drei Letzteren befassen sich unter anderem mit der Geschichte der Kalmücken in ihren Regionen und haben mir daher wertvolle Hinweise geben können. Viel Unterstützung bekam ich auch von freundlichen Archiv- und Bibliotheksmitarbeiterinnen und -mitarbeitern wie Ellen Junglas, Landeshauptarchiv Koblenz, und Michael Koelges, Stadtarchiv Koblenz. Über die Arbeit von Gendarmerie und Polizei an der Mosel in den ersten Nachkriegsjahren informierten mich Jan Karweik von der Pressestelle der Hochschule der Polizei Rheinland-Pfalz sowie Egon Lichtmeß, Trier, Wilfried Rindsfüßer, Alken, Ernst Wich-Glasen, Brodenbach, und insbesondere der Andernacher Erste Kriminalhauptkommissar Walter Günther. Ihnen allen und vielen anderen bin ich sehr verbunden, dass sie mir ihre Zeit schenkten und geduldig alle meine Fragen beantworteten. Trotz sorgfältiger Recherche können sich jedoch in mein Buch Fehler eingeschlichen haben. Falls dies der Fall sein sollte, liegt es nicht an den oben genannten Personen, sondern allein an mir.

Nicht zuletzt danke ich meiner Schwester Helga Müller-Schwartz, meiner Freundin und Autorenkollegin Dorothea Renckhoff sowie vielen anderen Freunden und wunderbaren Nachbarn auf dem Maifeld für ihre Anregungen und Ideen und dem Team des Emons Verlags für die gute Zusammenarbeit.

Petra Reategui
MOSELHOCHZEIT
Broschur, 352 Seiten
ISBN 978-3-95451-181-5

»Die Stärke des Romans ist seine lebendige Szenerie, seine Authentizität. Die Autorin erzählt mit viel Liebe zum Detail – und entwirft ein farbiges Lebensbild der Moselregion vor 200 Jahren. Auf der Basis einer ausgiebigen Archivrecherche nimmt Petra Reategui ihre Leser mit auf eine eindringliche Zeitreise.« SWR

www.emons-verlag.de

Petra Reategui
WEINBRENNERS SCHATTEN
Broschur, 336 Seiten
ISBN 978-3-95451-429-8

»Eine lebendige, fundierte und nebenbei faktenreiche Darstellung des Lebens im noch jungen Karlsruhe. Unterhaltsam wie lehrreich.« BNN

www.emons-verlag.de

Petra Reategui
DER GRENADIER UND DER STILLE TOD
Broschur, 272 Seiten
ISBN 978-3-7408-0921-8

»Die Autorin schafft es durch ihre genaue Recherche, die Vergangenheit zurückzuholen. Der Spannungsbogen wird lang gehalten und die Leserschaft wird zum Mitkombinieren ermuntert.«
ekz Bibliotheksservice

»Petra Reategui hat aus dem tragischen Geschehen eine spannende, quicklebendig erzählte Story gemacht, deren Ende ebenso verblüffend wie skurril ist.« buecheratlas.com

www.emons-verlag.de